MEMORY HOUSE
记忆坊文化

罪恶无声

Fall in evil

深渊

郑守伟 著

江苏凤凰文艺出版社
JIANGSU PHOENIX LITERATURE AND
ART PUBLISHING

图书在版编目（CIP）数据

罪恶无声．Ⅱ，深渊／郑守伟著．— 南京：江苏
凤凰文艺出版社，2024.4
ISBN 978-7-5594-8157-3

Ⅰ．①罪… Ⅱ．①郑… Ⅲ．①长篇小说 – 中国 – 当代
Ⅳ．① I247.5

中国国家版本馆 CIP 数据核字 (2024) 第 001741 号

罪恶无声．Ⅱ，深渊

郑守伟 著

选题策划	记忆坊 & 美读	
责任编辑	白　涵	
特约策划	水　格	
特约编辑	暖　暖	
装帧设计	小贾设计	
排　　版	天　缈	
出版发行	江苏凤凰文艺出版社	
	南京市中央路 165 号，邮编：210009	
网　　址	http://www.jswenyi.com	
印　　刷	环球东方（北京）印务有限公司	
开　　本	670 毫米 × 970 毫米 1/16	
印　　张	65.5	
字　　数	900 千字	
版　　次	2024 年 4 月第 1 版	
印　　次	2024 年 4 月第 1 次印刷	
书　　号	ISBN 978-7-5594-8157-3	
定　　价	178.00 元（全四册）	

江苏凤凰文艺版图书凡印刷、装订错误，可向出版社调换，联系电话 025-83280257

目录
CONTENTS

CONTENTS

第 1 章
腐体

朱晓去南港前，有不少人劝过他。

他们说："朱晓，你踏踏实实留京不好吗，这茬太危险了，你别有命去，没命回。"

朱晓吊儿郎当地回答："咱们一个月才拿多少钱，要是能拿命换一个一等功，再给我家老头儿、老太太换点生活补助倒也值得。"

其实，当接手南港的任务时，朱晓心里确实有点害怕。

他已经预料到将来会面临许多次明里暗里、防不胜防的危险。

只是他做梦也没有想到，有一天会被开除公职，亡命天涯。

此时正是南港落叶的季节，熙熙攘攘的火车站里，攥着车票的远行客走走停停，拖着行李，也拖着疲惫。其中，一个戴着口罩和低檐帽的男人背着偌大的包，悄没声儿地离开月台，走向出站口。

范雨希背着包，走在人来人往的火车站里，问身旁的孔末："看见那人了吗？低着头，夹着屁股，步伐幅度太小了，是不是有些奇怪？"

孔末望着火车站里比往日更严的安检和逐渐聚集的缉毒警察，压低声音："这么大阵仗，看来警方有行动。"

"帮他们一个忙？"范雨希说着，轻轻地踢了行李箱一脚，行李箱慢慢地滑向了那个缓步而行的可疑男人。

男人左顾右盼着，丝毫没有注意到脚下的动静，被横挡在身前的行李箱绊了一跤。一条缉毒犬突然狂吠了两声，凶猛地朝着摔在地上的男人冲去，锋利的獠牙触目惊心。一时之间，男人起不了身，手忙脚乱地朝前爬去，被缉毒犬一口咬住了背上的包。

"不许动，脱下帽子，摘掉口罩！"缉毒警察围了上来，命令道。

摘下口罩后，男人露出了一张苍白病态的脸，眸子里混着红血丝，双唇泛着快要脱落的白皮。缉毒警察全体戒备，抢过男人的包，将里面的东西全倒在了地上，细细检查过后，除了满包的药物，并未发现毒品。

此时，男人已经站了起来，剧烈地咳嗽着："都是我治病用的药。"

缉毒犬嗅了嗅掉落在地上的口罩，又对着正准备离开的男人恶狠狠地吠了两声，缉毒警察反应过来，正要抓他，男人拔腿便跑。只是，男人还没朝前跑几步，忽然痛苦地弯下了腰，狂吐不止，待缉毒警察追上来时，他已经倒在地上，浑身抽搐，翻起了白眼。

坐在不远处静静看着这一幕的孔末一语道破："毒品在他胃里。"

范雨希惊讶道："体内藏毒？"

"为了躲避检查，一些毒贩会生吞毒品，等到了目的地之后，再将毒品通过排泄的方式排出体内。为了保护毒品和食道，毒贩往往会将毒品装进不易分解和光滑的避孕套内，再吞入体内。"孔末和范雨希混入了围观的人群，悄声说，"几克毒品足以致命，一旦胃内的避孕套发生破裂或被消化，毒品就会直接泄漏。这人活不成了。"

在场的缉毒警察采取了抢救措施，却无法阻止男人的生命体征逐渐变弱。

"毒品是从哪里弄来的！"不肯放弃的缉毒警察拍着男人的脸颊追问。

尚有一丝意识的男人艰难地吐出了几口白沫和字眼："恭……家……"

范雨希和孔未互相对望了一眼，神色瞬间凝重。

京市，凉薄的空气里弥漫着霾的味道，拥挤的街道上，不少行人已经披上了外衣。

朱晓风尘仆仆地踏进了京市公安局刑侦总队的总队长办公室，一推开门便抱怨："老大，总队也不缺经费，下次招我来开会能不能让我坐趟飞机？交警队那边干什么吃的，路上堵得要命！空气质量太差了，环保局是不是该管管了！"

坐在办公桌前拿着报纸的中年男人已经等候许久了，正是京市公安局刑侦总队的总队长江军①。他不比朱晓大多少岁，却比朱晓沉稳得多。他放下报纸，看着一进门就喋喋不休的朱晓，笑了笑："你小子还是老样子。"

朱晓毫不生疏地给自己倒了杯水，一屁股坐了下来。

江军问："你把你的两个线人也带到京市来了？"

"哪敢让他们和我坐一趟火车，这会儿，他们该启程了。"朱晓说着，将杯里的水一饮而尽。

"你调任南港八个月有余了吧？这期间破了三桩大案，把南港达一锅端了，功劳不小。"

朱晓挠着头："就是赵彦辉那老家伙老对我打官腔，还派了一个三十多岁的笨协警盯着我，碍手碍脚的。您说我立了功，上头会不会直接把支队长的位置给我？"

"别嘚瑟！上头说了，暗光不灭，你不能升职，不能调任。"江军的手指在桌面上轻敲着，"听说你刚到南港那天就被撞进了医院？"

"甭提了，我这是倒了血霉！"朱晓骂骂咧咧，"撞我的是辆套牌车，没抓着人！"

"你该清楚，这是暗光给你的警告。"

---

① 江军：系作者小说《谋杀法则》中的重要角色，是一名优秀的警察，如今是京市公安局刑侦总队的总队长。

朱晓收敛了表情，变得严肃起来："南港前副支队长余严春尸骨未寒，他们这么快就又对我下手了，果真没把警方放在眼里！老大，机密归机密，可是什么信息都没有，我怎么查？是不是能再提供一些关于暗光的线索？南港的线索几乎断了。"

"几乎？"

"剩下一个马上要被判刑的杨荣，现在他女儿死了，恐怕他不会轻易透露和暗光接头的方式。"朱晓摸着下巴，"我审了他两个月，他始终不肯松口。"

江军从抽屉里取出一盘老式的录影带递给了朱晓："警方前卧底警察方涵[1]失踪后，我们在他的住处发现了一盘录影带，这是刻录件。"

方涵是警界的传奇人物，在警校期间，成绩优异，被称作天才，因"盗窃"被"开除"，混迹社会，后成为警方卧底，屡破重案，对于他的事迹，朱晓早已烂熟于胸。

"'盗窃'和'开除'是市局总队为了骗过敌人而特意安排的吧？"朱晓接过录影带，为方涵抱不平。

方涵卧底潜伏的几年间，破获了多起离奇大案，取缔了多个犯罪组织，他的经历至今仍被警界后辈津津乐道。朱晓向来视方涵为楷模，誓要成为像他一样的警察。数年前，方涵的神秘失踪为他的经历抹上了一层传奇色彩，直到几个月前，被委派调查暗光的朱晓才从江军口中得知，方涵失踪前，暗光的猎手曾在其住宅周围活动，他的失踪极有可能与暗光有关。

谈话的工夫，市局里喧哗了起来，其中夹杂着几声叫骂。朱晓收起录影带，随着江军出去查看。

不知什么时候，市局办公大厅里多了一口棺材，棺材上方铺着一块白布。几名警察和一对正在撒泼的老年夫妇围着棺材，双方僵持不下。大妈的

---

[1] 方涵：系作者小说《谋杀禁忌》中的主角，是一名卧底警察，后离奇失踪。

双手抵在棺材上，死活不肯松手，大爷单手叉腰，劈头盖脸地骂道："今儿我一定要带我的女儿回家！"

尽管棺材盖了盖子，但朱晓还是敏锐地捕捉到了空气里淡淡的尸臭味和海腥味。他仔细地打量着那口棺材，发觉正有几缕白气若有若无地从棺材缝里飘出来。这是一口可插电的冰棺，一般被殡仪馆在火化死者前做保存和瞻仰遗体使用。

"怎么回事？"江军问。

立刻有人汇报："江队，两年前西郊火葬场失窃的遗体找着了。"

朱晓一愣，回想起来。两年前的一个清晨，西郊火葬场报警，称一具遗体失窃。朱晓接警后带人前去查探，可是翻遍了整个火葬场也没能找着丢失的遗体。警方怀疑遗体于天还未亮时被偷，于是翻看了所有监控录像，谁知在凌晨时，所有监控探头全部发生故障。

失窃的是一具年仅二十岁出头的女性遗体，死者名为安小真，经调查，死亡原因是服用过量"百草枯"和安眠药自杀。火葬场报警当天，正是安小真即将火化的日子，哪知尸体不翼而飞了。

几天后，朱晓因职务调整，不再负责这起案子。由于仅是自杀和尸体遭窃，不涉及谋杀，这起案子便被下放到了派出所调查。没想到，两年之后，失窃的遗体才被找到。

一名警察苦口婆心地劝说："大爷，大妈，您听我说，我们一定会将你们女儿的遗体还给你们，但是尸体丢了两年，太古怪了，我们需要检查一下。"

大爷叉着腰，指着那名警察的鼻子骂："得亏你们知道我女儿丢了两年，死了两年还不能下葬，我女儿能走得安心吗！你们为什么看都不让我们看一眼？"

"那就让他们瞅一眼呗！"朱晓大步走到了冰棺前，不顾其他几名警察的阻拦，将铺在冰棺上的白布掀开了。

大爷和大妈透过透明的冰棺盖，瞥见了躺在冰棺里的遗体，当即被吓得面色铁青。冰棺里的女人穿着白色衣服，皮包骨的脸颊凹陷，双目垂闭，干瘪的皮肤白得像蜡，有些地方又黄得像泥，像是发腐了，又像是没有。遗体上还覆着快要消融的冰霜，湿答答的；遗体的头发掉光了，脱落的发丝缠成一团黑漆漆的线团窝在头顶，双唇没有闭上，仔细一看，嘴里早就没有牙了；脸上有好几处疮口，东一块，西一块。

朱晓轻拍着冰棺："大爷，大妈，现在我们就可以把遗体给你们，我们敢给，你们敢收吗？"

大妈没敢靠近，壮着胆子质问："我女儿怎么成这样子了？"

朱晓回答："您该问您的女儿怎么还能保持这副样子。两年了，早该烂得连一块好肉都找不着了！"

江军制止了喧闹："等我们查完，会把遗体送回去的。"

受了惊吓的大爷和大妈终于战战兢兢地走了，几名警察赶紧将棺材推进了法医实验室。

朱晓掏出手机看了一眼未读信息，招呼也不打便往外走。江军叫住他："不多待一会儿？"

朱晓晃了晃手机："去见个人。晚点去尝尝师娘的手艺。"

手机屏幕上，未读信息的发件人备注着两个字："鬼手"。

天快黑时，范雨希和孔末终于抵达了京市。

他们在地下停车场一个无人的角落上了一辆神秘的小车。

朱晓来到江军家时，范雨希和孔末已经被接到这儿，和江军的爱人刘佳攀谈好一会儿了。朱晓搓着手，毫不拘谨地抓起桌上的一块肉塞进嘴里。

刘佳笑骂："洗手！"

朱晓权当耳旁风了，四处望了望："老大呢？"

"说是有一起案子，加班呢。"刘佳说着，温柔地看向范雨希，"小希，只要是个正常人，都会用皮囊伪装自己的心思，只是有的人伪装得差，能被看穿，有的人伪装得好，谁也看不透，这很正常，不要灰心。"

范雨希轻声问："佳姐，您也有看不穿的人？"

刘佳没好气地瞪了朱晓一眼："是不是这小子对你吹牛了？我也是人，当然没有办法看穿所有人。我不过是凭借理论和经验，根据一个人的言行举止去揣度他可能产生的每种心思的概率和比重。"

"概率和比重？"范雨希愣愣地道。

"人心是复杂的，即使是同一个人，在同一个时刻，也有可能产生不止一种情绪。概率是指产生每种情绪的可能性占多少，就像天气预报，预报下雨只是表示大概率会下雨，但不代表一定下。"刘佳指着孔末，"而比重，就像他，我从他的脸上看到了对你的两种感情——喜欢和讨厌，我觉得，他喜欢你大于讨厌你。"

"谁会喜欢这个死女人！"正往嘴里扒饭的孔末突然肩头一颤，放下碗筷，迅速跑进刘佳为他准备的客房。

朱晓打岔道："哟呵，这小子还会害羞。"

范雨希低着头，脸蛋红扑扑的。

"欲速则不达，今儿咱们就先谈到这儿吧。"刘佳笑道。

朱晓收起了笑脸，压着声音："师娘，您找到办法替孔末进行人格融合了吗？"

刘佳摇头："他的病情很严重，必须联合精神病学专家和心理学专家共同诊断。我研究了他的病历，我想，午后两点半至夜间九点的孔末才是他真正的主人格。"

朱晓捂着嘴，惊讶万分："这世界上原本就有这么讨厌的人？我一直以为暴躁的孔末是他分裂出来的人格！"

这时，门被推开了，江军终于回来了。

范雨希赶紧起身打了招呼。江军看在眼里，点了点头："你放心吧，受害人家属有知情权，过一阵子，我会让朱晓在不透露侦查机密的条件下，把你妈妈的案情细节全都告诉你。"

范雨希心中的大石终于落了地，连声道谢。

江军又问朱晓："你不是出去见人了吗？"

"甭提了，被放鸽子了。"朱晓摆着手，"老大，您是为安小真的遗体加班？"

"今儿，南港禁毒支队抓了一个人，是从京市过去的，体内藏了一斤的毒品。我们接到线报，京市存在一个小型地下制毒厂，专门制造新型毒品。

这人去往南港很可能是受了制毒厂的派遣，送毒品给毒贩子验货的。"

"制毒厂把毒品卖给毒贩子，毒贩子再卖给瘾君子，自成一套商业模式。"朱晓嘲讽道，"瘾君子不好过啊，吸个毒还有中间商赚差价。"

江军凝重地叹了一口气："虽然这次被发现的新型毒品制作条件严苛，但制作周期更短，成本更低，成瘾性更大，如果不及时捣毁制毒窝点，后果将不堪设想。"

范雨希回想起体内藏毒者临死前透露出来的信息，无比忧心。

次日，天刚亮。

一栋破旧的小区住宅楼里，尹丽早早地穿上了安保服，匆匆忙忙吃了早餐。

这栋楼里住的大多是务工的年轻租户，也有一些上了年纪的空巢老人。尹丽二十岁出头，来到京市许多年了，换过好几份工作，一年前，她被一个安保团队录取，成了一名女安保员。

几天前，安保团队和京市展览馆签署了劳务合同，负责今天在展览馆举办的画展的安保工作。尹丽眼看马上要来不及了，匆匆把餐盘丢进洗碗池，开了门。

"哟，尹丽啊，起这么早，没和男朋友一起出去？"找尹丽搭话的是住在隔壁的一个老大妈。

尹丽礼貌性地点了点头，算是打过招呼了。老大妈头发花白，少说也有八十岁了，腿脚不太方便，眼睛和耳朵都不太好使了，一个人住，总是起得很早。尹丽不喜欢她，因为她总是胡言乱语。

尹丽进了电梯，老大妈拄着拐杖也进来了。

"你那男朋友是干什么工作的啊？每天都起那么早。"老大妈问，"你们结婚没有，怎么住在一起了？"

"大妈，您有孩子吗？建议让他带您去医院检查检查脑子。"这一次，尹丽终于忍不住还嘴了，等电梯门打开后，赶紧跑了出去。这已经不是老大妈第一次对她说这样的话了，她每一次都觉得不高兴，因为她是一个人住。

清晨的展览馆空无一人，尹丽来到这里与安保团队的同事会合。这次画展将展出十几位知名画家的大作，其中一幅备受瞩目的名画《畸形的爱》价值千万。

　　安保团队负责维持现场秩序和部分安防措施，责任重大，尽管画展是在入夜后才开展，但他们一大早就来这儿做准备工作了。

　　范雨希和孔末攥着手里的两张入场券，来到展览馆外时，天已经快黑了，距离入场还有一个多小时。

　　"你说，朱晓要带我们来见佳姐，恭爷就刚好给了我们两张票，让我们来看画展，事情怎么会这么巧？"范雨希百思不得其解，"这倒让京市之行名正言顺，可以掩人耳目了。"

　　朱晓并未向任何人透露"声音"的身份，这也是恭临城的要求。

　　孔末摆着一副臭脸，显然对画展不感兴趣。

　　展览馆的另一处角落，朱晓终于如愿以偿地见到了昨天放他鸽子的人。

　　"朱队，您才是'鬼手'吧，手都伸到画展来了！""鬼手"揉着太阳穴，一脸头痛的表情，"您怎么知道我在这儿？这次画展是邀请制，您没有入场券，是怎么进来的？"

　　朱晓朝四下张望："跟我走。"

　　"鬼手"拒绝道："我这儿还有工作呢，我是真不想给您当线人，您换人吧！"

　　"不想当我的线人，两个月前你出狱后，到南港去干什么？"

　　"鬼手"沉默了一会儿，回答道："'蜘蛛'的身份暴露了，您再闹出那么大的动静，我要是没去那趟南港，还真不知道当线人那么危险！这差事，我不干。"

第 2 章
画展

展会亮起了灯，一幅幅栩栩如生的画作被裱在画框里，悬挂在偌大的展览馆里。

尹丽来到了陈耀的身后，问："陈耀，你在看什么？"

陈耀与尹丽身着同样款式的安保服，站在一幅画前看得入了神。画上，一个男人单手拥着女人的颈，与她深情亲吻，身下的另一只手却持着小刀刺进了女人的腹部。这正是此次画展上价值最高的名画——《畸形的爱》。

陈耀回过神来，随和地对尹丽笑了笑："没什么。"

尹丽抓着衣角，像是做了什么重大的决定："其实，我知道你一直在暗恋我。我考虑了很久，我们在一起吧。"

陈耀的表情凝固了，先前嘴角挂着的一抹温柔陡然间荡然无存，双眸里爬上了一丝焦虑。他还没回答，安保员们都聚拢了过来，尹丽对着他眨了眨眼睛，轻声说："那就这么说定了！"

"集合！"一个男人拍着手叫道，他是安保团队的老板卫启义，"画展马上就要开始了，大家按照部署，马上到自己的岗位上去。都打起精神来，特别是尹丽、陈耀和吴点点！你们一整天都无精打采的，没吃饭吗！"

卫启义把十几名安保员都打发到了各自的岗位上去后，这才伸了个懒腰，回头扫了一眼《畸形的爱》，目光里透露着贪婪，由衷地赞叹道："好画！"

时间一到，画展如期开始，展览馆开始检票，前来观画的人群缓缓地入场。这些人大多是各行各业的精英，花了不少心思才拿到此次画展的入场券。这次画展是邀请制，出于防止画作被盗摄的目的，展览馆要求所有观众在进场前将手机和摄像机寄存。

范雨希混在人群里，对身旁的孔末说："不知道是不是眼花了，刚刚我看到朱晓了。"

人群太拥挤了，孔末暴躁地推开身边推搡的人，不耐烦地回答："不是眼花。"

"你也看到了？"范雨希踮起脚尖，又朝四处望了望，可是，朱晓已经不知到哪里去了。

他们好不容易才进了展览馆。范雨希带着孔末直奔《畸形的爱》，想见识一下被传得神乎其神的画作的庐山真面目。此时，《畸形的爱》展窗前面早已经挤满了人，大多数是冲着这幅画而来的。画前两米远的地方拉起了隔离带，观画的人只被允许站在隔离带外赏画，偶尔有几个人想走近一些，便会立刻被安保员呵斥："看不懂指示牌吗！不准靠近，不准触摸！"

范雨希和孔末排了一个小时的队，总算来到了隔离带前。《畸形的爱》画上的线条错综复杂，但并不让人觉得凌乱，色彩单调却又恰到好处，特别是画中男人手里匕首上的那抹鲜红，让人油然生出一股无法言语的震撼。

"破画。"孔末扫了一眼画作，直言道。

范雨希白了他一眼："你的审美真的是一言难尽。我打听过了，这是著名画家苗予的画作，要不是恭爷和他有故交，咱们可没机会进来。"

范雨希又细细地欣赏了画作许久，这才和早已经站不住的孔末走向其他展窗。所有前来参展的人都观赏过《畸形的爱》之后，其他原本冷清的画作展窗前才陆陆续续地聚了一些人。

过了九点，展会即将结束。

范雨希和孔末正要往展览馆外走去时，大灯突然熄灭，展览馆陷入了一片漆黑之中。这时，有人大喊："安保员，去看看怎么回事！"

黑暗持续了近一分钟，展馆依旧没有恢复供电。乍然间，伴随着一道轰鸣巨响，展览馆中央的地面突然迸出了火花，火花夹杂着浓烟一闪而逝。之后热浪袭来，又传来几声痛苦的哀号，两个人倒在了地上。

"是爆炸！"人群里，不知谁高声喊道。

人群骚动了起来，所有人都忙着往展览馆外跑去，顷刻间，大门处被围得水泄不通。

范雨希和孔末摸黑来到了那两名伤者身边。

"小希，报警！叫救护车！"孔末在伤者身上摸到了温热的液体，由于周围太黑，他无法准确地查探对方伤势。

范雨希焦急道："进来的时候，手机被展览馆拿去寄存了！"

就在此时，展览馆在断电十分钟后，终于恢复了供电，朱晓取来大喇叭高声喊："警察！都给我停下！"

爆炸没有再度发生，渐渐地，骚动的人群安静了下来。朱晓奔到两名伤者身边，发现两名伤者身上有多处烧伤，但看上去并不严重。

忽然间，有人高声喊："《畸形的爱》不见了！"

闻言，所有人都朝《畸形的爱》的展窗望去，果然，墙上的画框玻璃早已经被人砸碎，画框里空无一物——有人将画偷走了！原先守在展窗旁的那名安保员倒在地上昏迷不醒，朱晓查探后，发现是被人打晕了。

卫启义慌张地掏出对讲机："所有安保员到我这儿来集合！"

很快，十几名安保员跑了过来，大家面面相觑，谁都不知道刚才发生了什么。卫启义气得破口大骂："你们是干什么吃的，现在画被偷走了，你们还像刚睡醒一样！"

孔末站在人群里，冷静地对身旁的范雨希说："爆炸的威力不大，看来是小偷制造恐慌，趁机偷画的手段而已。"

"怎么少了一个人？"卫启义数着人头，忽然问，"尹丽呢？"

卫启义拿着对讲机不断叫着尹丽的名字，但是无人回答。没过多久，有人跑了进来，着急地喊道："外面有个人死了！"

朱晓连忙跑了出去，众人纷纷跟上。

展览馆的后门处正躺着一个女人，卫启义立刻认出她来："尹丽！"

朱晓蹲下身摸了摸尹丽的脖子和鼻孔，发现她已经没有气息了。但他仍然不肯放弃，立即开始急救。十分钟后，警方和救护车赶到，朱晓大汗淋漓地停止了施救。救护员确认，尹丽已经死亡。

尹丽双目圆瞪，双唇张开，尸体上没有明显的出血口，脖子上发红、发青，有一道呈线型的扼痕。朱晓抬起头看了一眼墙上的监控探头后，又在尹丽的手掌里发现了一小包粉末状的东西，拾起后嗅了嗅，脸色顿时变了。

市局刑侦总队的法医实验室里，朱晓和江军等来了法医的尸检报告。

"基本可以确定尹丽死于窒息，凶手扼住死者的脖子，导致死者喉部多处软骨破裂。尸体后脑处发现轻微磕碰伤，推测是凶手将死者扼在地上时与地面摩擦造成的。尸体上没有发现其他明显的因抵抗留下的伤口。"

朱晓重复道："没有抵抗性伤口？"

"死者脖子上的扼痕处还发现了一些新月形的伤口，推测是凶手的指甲留下的，伤口处发现了少许硅胶，怀疑凶手作案时戴着硅胶手套，所以我们无法从伤口处提取凶手的DNA。"

"朱晓，"江军忽然说，"这起案件由你指挥侦查。"

朱晓连忙摆手："老大，饶了我吧，现在我归南港管。"

江军严肃道："通过化验，确定你从死者手掌拿到的那包东西是两地禁毒队联合调查的新型毒品。这起案子怕是和南港有牵连。案子没破，你就不要回去了。"

朱晓仍然推辞："这该归禁毒队管。"

"现在死了人，刑侦队必须配合！而且，你会对这起案子感兴趣的。"江军从一旁拿过一份尸检报告，"两年前，安小真死前，也在这个安保团队里工作，你曾经负责的案子不想破了？"

朱晓一愣，连忙接过尸检报告并迅速翻开。

一旁的法医报告："安小真遗体的腐化程度远低于正常的腐化程度，我们怀疑遗体被人低温冷冻了两年，皮肤组织的勘验结果证明了我们的推测。怀疑皮肤上的疮口是遗体开始腐化后、冷冻前，被人不断触摸而导致的，之后，遗体被冷冻了起来。"

朱晓敏锐地有了猜测："尸体被侮辱过吗？"

"尸体的下半身发现了多处不同于正常腐化的破损，怀疑有人在尸体冷冻前对其实施了侮辱行为。"法医解释，"但是尸体被冷冻了太长时间，我们没在尸体上找到犯罪嫌疑人遗留的DNA。"

朱晓合上了尸检报告，想了想，对江军笑道："老大，您也知道，南港事多，我寻思着明儿就回去呢。"

江军看透了朱晓的心思："你小子学会和我谈条件了，说吧。"

朱晓给法医使了个眼色，等法医出去后，才叹了口气："等孔末的精神恢复正常后，我希望警方能破格录用他。"

江军坐到了一旁，沉思片刻后，反问："他的精神状况有可能恢复正常吗？"

"不知道。"朱晓摇了摇头，叹息道，"咱们肩上有警衔，对讲机一响就得行动，看见枪口也得往上扑。咱们是警察，做这些是应该的，可他们不是。他们替我干着最危险的事，我总觉得欠着这群小子。"

朱晓用各种条件让线人替他办事，但每日心底都会不安，他比谁都清楚，自己的手上掌握着好几条鲜活的生命。他之所以故意将自己与线人之间的合作归结为互惠互利、冰冷的合约，是怕线人们真的将自己当成了朋友。他希望当自己遇到危险时，线人可以毫不留情地将他出卖，免得为了他而陷入危险境地。

凌晨，朱晓在一处巷子里与"鬼手"见面。

朱晓盯着"鬼手"的脸，仿佛要将对方看透："告诉我，画是不是你偷的？"

"鬼手"直呼冤枉："朱队，以前我是个小偷，但坐了两年牢后，已经改邪归正了，您不能见着什么东西丢了，就说是我偷的。"

"那你为什么要当安保员？"

"找工作赚钱啊！您又不是不知道，我还有老母亲和弟弟要养活呢。""鬼手"摊着手，"再说，切电闸、制造恐慌，那人偷画偷得那么没技术含量，怎么可能是我干的。"

朱晓以命令的口吻说："准备一下，这件事过去之后，和我回南港。"

"鬼手"不乐意："要我说几遍，我不给你当线人，我还想留条命呢！"

朱晓冷哼："你说，你的老母亲和弟弟要是知道你坐了两年牢，会是什么反应？"

"鬼手"的脸色变了："你威胁我！"

"你早就答应过给我当线人，现在既然你反悔了，就不要怪我了。"

"鬼手"咬着嘴唇犹豫片刻，最终还是妥协了："行。那你答应过我的事情必须做到。"

"放心，以后我会给你介绍一份体面的工作，你要是养活不起老母亲和弟弟，我替你养活。"

朱晓回到刘佳的住处时，范雨希和孔末还没入睡。

朱晓再三确认："你们回来时，有人跟着吗？"

"放心吧。"范雨希回答。

朱晓放心不下："我们还要在京市待一阵子，以防万一，明儿你们就搬出去，不要再住在师娘家了。"

朱晓将一切告诉了他们。

"丢了两年的遗体、名画被窃、安保员被杀、出现在两地的新型毒品。"孔末罗列着线索，"这些事物之间有关联吗？"

"案情复杂，我不能离开南港太久，必须尽快破案。"朱晓说，"安小真的遗体被人在一个无人问津的垃圾场发现了，没有人看见是谁抛尸到那儿的。"

尸体被发现时，身上结的冰已经化得差不多了，浑身湿漉漉的。接警的警察担心尸体进一步腐化，便立刻从火葬场借来了一口冰棺，将尸体放了进去。

"偷尸体的人涉嫌侮辱尸体的罪名。"朱晓说，"安小真的死可能有蹊跷，明儿我会再去查一查。"

当年，安小真被确定死于服用过量"百草枯"和安眠药，送医抢救无效后死亡，现场没有他杀的迹象，被认定为自杀。

"今晚的盗窃案呢？"范雨希问。

"凶手在实施偷窃前，切断了电闸，又用小型爆炸品制造恐慌，随后开始偷画。展览馆内的监控探头因断电而全部关闭，只有一处的监控探头正常运行。"

朱晓所说的那处监控探头位于尹丽遇害的案发现场。这个监控探头用的是独立电源，断电后几分钟会自动启用独立电源，从而确保正常运行。警方调取了监控录像后，却发现凶手作案时段内的画面一片漆黑，经检查，监控探头的镜头上被粘上了一块口香糖。角落里还发现了一架小梯子，警方推测凶手是在断电后、监控探头启用独立电源前，利用小梯子将口香糖粘到镜头上的。警方化验了口香糖，没有发现人的唾液，推测是用水将口香糖揉搓至咀嚼状的。

同时警方还找到一副被丢弃的夜视眼镜，凶手就是利用这个工具在黑暗中畅通无阻的。

"凶手偷画得逞后，去了展览馆的后门，后门只有尹丽一个人在值班。我怀疑凶手被发现后，为了尽快逃离，从而实施了杀害。"朱晓推断道，"尹丽的尸体上没有发现抵抗性伤口，说明她几乎是在发现凶手第一时间被凶手掐住咽喉，然后摁在地上，直至窒息死亡。掐痕的特征表明凶手是用右手实施犯罪的，他的力量必然远远大于尹丽，几乎可以推测凶手是身体强壮的成年男性。"

"朱队，这可能是熟人作案。"孔末揣测道，"即使是在力量上占据绝对优势的强壮男性，想要第一时间按住尹丽也绝非易事。尹丽很可能对凶手没有戒备心。"

朱晓顺着孔末的话推断道："不只是熟人，还可能是同事。"

凶手在杀害尹丽前，使用梯子将口香糖粘到了监控探头上，这说明凶手在后门处逗留了一会儿。除非是尹丽的同事，借检查监控探头之名登上梯子，才不会引起怀疑。

"凶手偷到画之后，一定将画卷起来藏在身上了！"范雨希大呼，"如果是同事作案，案发后，凶手一定在展览馆内没有逃离，画还在他的身上。"

"丫头，那时候没有任何线索和证据，要对现场两百多号人一一搜身谈何容易。"朱晓也暗道可惜，"警方验过了，尹丽没有吸毒史，手里攥着的那包毒品很可能是在挣扎时，无意间从凶手身上扯出来的。凶手很可能有吸毒史，也可能是毒贩子。"

几人交谈到了天微微亮，才各自回房休息。

翌日清晨，远在南港的恭家大院里，阿二急匆匆地向恭临城汇报："恭爷，南港支队请您过去一趟。"

恭临城拄着拐杖站起了身："什么事？"

"因为毒品的事。"

恭临城的双眼微眯，唤来了关闻泽："你到京市去替我带一个人回来。"

关闻泽双手插兜，一句话也不答，便出了门。阿二感受到关闻泽眼里的冷漠，不自觉地打了一个激灵，此刻的关闻泽杀气腾腾。

恭临城来到南港支队后，赵彦辉亲自见了他，还带了禁毒支队的支队长。赵彦辉没有绕弯子，把一袋从体内藏毒者尸体里剖出来的毒品丢到了他的面前："说说吧，怎么回事。"

恭临城的眼底爬上了一抹冷意。

第 3 章

贼群

一大早，朱晓便接到了赵彦辉的电话。

"'猫'与恭临城关系紧密，真的靠得住？"

朱晓被赵彦辉没头没尾的问题问蒙了："赵队，我不是和您说了嘛，我能控得住范雨希。要不我和您详细说说范雨希妈妈的案子？"

"不必了。你心里有数就好。"赵彦辉严肃地说，"关闻泽去了京市，应该是恭临城的意思。据我调查，恭临城和毒品案有关。"

"啊？"朱晓走到了一处无人的角落，"赵队，您听我说，恭临城和毒品的事肯定没有关系。"

"为什么这么确定？"

朱晓犹豫再三，敷衍道："喂？我这儿信号不好……"

朱晓挂断电话后，回想起恭临城第一次以"声音"的身份与他见面时的场景。他千算万算，没想到前副支队长的神秘线人竟然是南港警方向来重点关注的恭临城。恭临城向他表明了身份，但依旧保持着神秘，不肯说自己的线报都是从哪里获取的，更是要求朱晓对所有人保密，其中自然包括警方的其他人。

朱晓同样对恭临城有所保留，并未向他透露孔末的真实身份。一开始，朱晓甚至想对恭临城隐瞒范雨希的身份，可是，恭临城早已经猜透了。

恭临城被传讯后，拒不承认涉嫌贩毒和运毒，警方证据不足，他很快就被放了。朱晓随手拨了恭临城的号码，刚一接通，便强忍着怒意问："你还嫌不够乱吗，把关闻泽派到京市去干什么！"

恭临城叹了一口气："我一辈子光明磊落，不能落下个晚节不保的下场。我必须将诬陷恭家大院的毒贩子找出来。"

"有我在，谁能诬陷得了你？"朱晓压着嗓音，"你和范雨希都不肯给我提供关闻泽的情报就算了，现在还让他到京市来和稀泥，如果出了问题，你能负责吗！"

"毒火都烧到恭家大院来了，就算我不派他去，他也不会坐视不管的。朱队，这事我管不住他。"

朱晓严厉地警告："猎手榜榜首的信息经地下网曝光后，关闻泽成了南港支队的重点怀疑对象。丑话说在前面，一旦证实地下网的信息属实，我会毫不犹豫动手抓人，不管你和范雨希谁求情，都没有用。"

"我相信他不是。"恭临城的语气里透露着对关闻泽的绝对信任。

朱晓不再和恭临城讨论这个话题，说："南港达雇用的猎手在调查范雨希的任务中死了，暗光不会善罢甘休，一定会更加盯紧她。但京市的案子很棘手，我需要她的帮助。"

"既然恭家大院被诬陷贩毒，不如我就把这个消息传出去，好让这孩子有光明正大调查制毒厂的理由。"恭临城叮嘱，"请你叮嘱小希，不要对任何人暴露她的身份，即使是朝夕相处的孔末也不行，多一个人知道，她就多一分危险。"

即使是在京市，朱晓也不敢掉以轻心。范雨希和孔末一定是暗光的重点关注对象，一旦被查到他们和警方有关系，后果将难以预料。他们查案需要名正言顺，如今，恭临城给了他们涉案的理由。

"放心吧，她答应过我，会对孔末保密的。"朱晓撒了一个谎。

朱晓来到两年前接手安小真自杀案的派出所调了档案。

老大爷和老大妈老来得女，四十多岁才生下安小真。安小真与父母一起生活在近郊区的老房子里，由于家境贫穷，她早早地便辍学打工，闯荡社会，不知道从哪里学会了一手不赖的偷术，成了扒手。几年前，她因盗窃罪蹲了号子，由于在狱中表现良好，获得了减刑，三年前才出狱，没多久便进入了卫启义的安保团队工作。可是工作刚满一年就出事了。

两年前的一个早晨，老大爷和老大妈发现女儿迟迟没有起床，便推门查探，发现女儿躺在床上，怎么叫也叫不醒，气息微弱。老大爷和老大妈立即呼叫了救护车，将女儿送医。经医院抢救无效后，老大爷和老大妈白发人送黑发人。

当时，朱晓带队出警，勘查过后，在床头发现了一个水杯和一大瓶"百草枯"农药，现场没有打斗的痕迹，结合医院给出的死亡报告，派出所开具了死亡证明，允许死者火化入葬。老大爷和老大妈上了年纪，无力守夜，当晚，遗体被放置在火葬场的灵堂里。到了火化当天一早，遗体失踪了，夜间的监控探头也因断电而全部发生故障，怪异的是，火葬场和灵堂的门窗完好无损，并未发现有强行撬开的痕迹。派出所接手案子后，又找了许多天，但没能找着遗体。

朱晓再次回想起案件的细节，总觉得哪里怪怪的，但又说不清楚。他翻遍了卷宗，还是没有找到疑点，就连案发现场的安眠药和"百草枯"的来源都合情合理：安眠药是安小真自己到医院开的，"百草枯"是老大爷下地使用的农药。

朱晓不肯放弃，又往医院跑了一趟，见了当初抢救安小真的医生。

那名医生对安小真印象深刻，因为安小真是他生平所见吞服"百草枯"剂量最多的患者。

"百草枯"化学名称为1-1-二甲基-4-4-联吡啶阳离子盐，没有特效解药，致死率接近百分之百，区区几毫升的药量就能造成吞服者肺部纤维化和身体多处系统受损。患者通常在煎熬两到三周后才会一命呜呼，服用"百草枯"自杀的患者往往有时间后悔，却没机会活命；如果吞服量较多，它甚至可以在几小时到二十四小时内杀死吞服者。安小真便属于后者。

"京市早已经禁售这种杀虫剂了，但是由于它见效快，还是有一些厂商顶风作案。"医生解释，"其实，为了防止使用者误服，'百草枯'的厂商会在农药里加入非常难闻的刺激性化学品。我接诊过的误服或为了自杀而服用'百草枯'的大多数患者只喝了一点儿，因为实在难以下咽。"

朱晓又找到当初给安小真开安眠药的医生调了病历。安小真自出狱后，患上了轻度抑郁症，经常睡不着觉，于是医生给她开了安眠药，这完全正常。病历只记录了安小真的病情，至于她为什么会生病，恐怕需要去问问安小真的父母。

正当朱晓准备去拜访两位老人时，接到了消息：《畸形的爱》的创作者苗予悬赏百万找回画作。

京市的一栋豪宅内，范雨希和孔末来拜访了苗予。

"苗先生，我看过您的画，当真是一件艺术品。"孔末一进门便夸奖。

范雨希跟在孔末的身后，无语地翻了一个白眼，想起了当天晚上另一个孔末对画作的二字评价——破画。

苗予的年纪和恭临城一样大，优雅地笑道："近来恭爷身体可好？"

"苗先生挂念了，恭爷身体很好。"范雨希恭敬地回答，"恭爷吩咐我们来查查案子。"

苗予叹息道："想不到，我的一幅画竟然把恭家大院牵连进来了。"

范雨希连忙说："牵连我们的是毒品，和您的画无关。"

"话虽如此，我还是觉得过意不去啊，毕竟有一个年轻的安保员为此丧了命。"苗予气得脸都涨红了，"这些毒贩子害人不浅，现在还偷画杀人，希望警方早点将他们绳之以法！"

苗予发过脾气后，起身去了酒窖，要取酒招待范雨希和孔末，二人连忙跟上。苗予的酒窖很大，连着地下仓库。苗予披上了外套，一边走，一边笑着："我的这些酒都需要藏在低温的环境里，我年纪大了，怕冷，便很少下来。"

孔末朝四处看了看，连着酒窖的地下仓库里，除了几个大冰柜和杂物，什么也没有了。

"苗先生，我能进仓库看看吗？"孔末问。得到应允后，进仓库绕了一圈，看着大冰柜里的碎冰入了神。

直到上方传来声音，孔末才随着范雨希和苗予出去查探。

他们面前站着关闻泽，范雨希的眉头紧蹙："你怎么到京市来了？"

孔末警惕地望着关闻泽，住进恭家大院的这两个月，他并不经常见到关闻泽。大多时候，关闻泽总是在外跑动，直至深夜才回恭家大院，就连恭临城都不知道关闻泽究竟在干什么。夜间的孔末时常跟踪关闻泽，但关闻泽很机警，总能将他甩开。孔末确定，关闻泽知道自己被跟踪了，但从来都不说破。

关闻泽掠过范雨希，来到苗予面前："恭嘉明在哪里？"

苗予微微一愣："我已经一年多没见过他了。"

孔末拉过发愣的范雨希，轻声问："恭嘉明是谁？"

范雨希仔细地回想，忽然间想了起来。

关闻泽得到回答后，转身离去，范雨希刚想跟上去，孔末拉住了她："查案要紧。"

两人告别苗予，来到了卫启义的安保公司。安保公司规模不大，案子发生后，所有安保员都没接活，窝在狭小的办公室里发着愣。孔末和范雨希的到来令卫启义忧心忡忡。

卫启义连忙招呼二人坐下："二位，能不能替我向恭爷说说好话，这事真的不能怪我们，我们已经尽力了。"

"你也听说过恭爷？"孔末疑惑地问。

"我也是从南港到京市来打工的。"卫启义简直要哭出来了，"我不容易啊，员工死了，我得支付一大笔慰问金，名画又被偷了，展览馆还要追究我们的责任。"

范雨希的眼神从一屋子的安保员身上扫过，很快，坐在角落里的陈耀引起了她的注意。陈耀抿着下唇，目光游离，看上去有些难过，但又有些轻松。范雨希指着陈耀问："你和死者尹丽是什么关系？"

陈耀浑身一颤，不可思议地抬起头，有种内心被人窥探了的错觉："没……没什么关系。"

"撒谎！"范雨希气势汹汹地喝了一声。

卫启义立刻劝说："陈耀，快点老实说了，咱可得罪不起这位姑奶奶！"

陈耀咬着牙，终于松口了："画展开始前，尹丽和我说，她也喜欢我。"

卫启义瞪大了眼睛，一把将陈耀揪了起来："你再说一遍。"

在公司里，尹丽和卫启义的恋情几乎人人都知道，而陈耀暗恋尹丽的事也不是秘密，只是，陈耀碍于尹丽和卫启义之间的关系，从来没有涉足。范雨希一把将卫启义推开："再说得详细一点。"

陈耀一五一十地将画展开始前与尹丽交谈的内容说了出来。范雨希盯着陈耀的表情，更觉得怪异了。照理说，暗恋对象死了，陈耀应该悲痛欲绝才对，但范雨希偏偏从陈耀的嘴角读出了解脱的意味。

卫启义听了，一脚踢翻了桌子："死女人，死得好，竟敢给我戴绿帽子！"

"说谁死得好呢？"质问声传来。

朱晓带着几名警察来到了这里。他忽略了范雨希和孔末，径直走向卫启义："不查还好，这一查，你们这一屋子的安保员竟然都是犯罪嫌疑人。"

卫启义正在气头上，不留情面地反驳："警官，屁可以乱放，话可不能乱说！说谁是犯罪嫌疑人呢！"

"你，卫启义，因盗窃入狱，坐过五年牢；他，陈耀，因盗窃罪坐过一年牢；她，吴点点，因偷窃蹲了两年号子；还有两年前自杀的安小真和刚死的尹丽都有盗窃的前科。"朱晓戳着卫启义的肩膀，"我说，你们小偷是聚会呢？"

范雨希和孔末也没想到，这个安保团队的每一个人都是有盗窃前科的小偷。

卫启义的脸色一阵青一阵白，之后慢慢冷静了下来，心平气和地说："警官，那您也不能歧视我们这些洗心革面的人不是，还不允许我们工作了？"

"你是安保团队的老板，给我一个理由，为什么招的都是有盗窃前科的人？"朱晓直接问。

"我坐过牢，出狱之后，工作不好找，所以同情和我有一样遭遇的人。再者，我们的安保团队接的大多是看护财物的活，我觉得，只有小偷才更了解小偷。"卫启义振振有词，"所以，我不仅要聘请小偷，还要聘请最厉害的神偷！您不能因为我们曾经是小偷，又刚好在案发现场，就说我们监守自盗吧！"

范雨希一直盯着卫启义的脸，无法轻易地分辨出他是否撒了谎。

"成。"朱晓对手下挥了挥手，"我们怀疑尹丽的死是熟人作案，并且凶手有吸毒史。现在，我要检验一下你们近两年是否染毒，都给我剪一绺头发下来，我要带回去。"

卫启义还想说什么，但被朱晓的一个眼神吓退，只好乖乖剪下头发。很快，警方收集了十几个人的毛发，分别装在不同的小袋子里，一名警察立刻带着众人的毛发前往最近的一家戒毒中心。

"警官，现在我可以走了吗？"卫启义见朱晓没有理会自己，又对陈耀吼了一声，"敢和我的女人勾搭不清，给我出来！"

孔末和范雨希已经从陈佳的住处搬出来，住进了酒店。时至午夜，乔装打扮的朱晓进了酒店房间。

范雨希马上问："怎么样，化验结果出来了吗？"

朱晓点了点头："都检验过了，呈阴性，没有人吸毒。"

孔末想了想："有两种可能，凶手不在这群人当中，或者，凶手不吸毒，而是毒贩子，所以身上才有毒品。"

朱晓问范雨希："丫头，你有什么发现吗？"

"陈耀的表现有些古怪，无法判断卫启义。"范雨希忽然提到了另外一个人，"吴点点，那名女生，见到警察来了，有些慌乱。"

当时范雨希不动声色地观察了每一个人，大家的一举一动都没逃过她的眼睛。

"明儿你去见一见安小真的爸妈，今儿我见过他们了，那两个老人埋怨警察过了两年才找到尸体，不待见我们，啥也没问出来。"朱晓说着，又问了一句，"恭临城告诉你了吧，关闻泽来京市了。"

"见过了。"范雨希惆怅道，"是来找恭嘉明的。"

朱晓一怔："恭嘉明是谁？"

"传闻恭爷有个外甥，是恭爷胞妹的儿子。从前，恭爷有个妹妹，后来死了。她未婚先孕，生下了一个孩子，也随恭姓。"范雨希不确定道，"但是，我从来没见过恭爷的外甥，也没人敢在恭爷面前提起他。现在看来，传闻是真的。"

"恭嘉明，恭嘉……"朱晓不断地重复着这个名字，乍然间恍然大悟，"或许那个体内藏毒的人想说的不是'恭家'，而是恭嘉明的名字！"

尽管如此，范雨希仍然没有高兴起来。

"丫头，这事和关闻泽有关系吗？"朱晓试探道，"你不给我透露恭家大院和关闻泽的情报没关系，但是，如果因为你的隐瞒而发生了不可挽回的后果，你可不要埋怨我。"

范雨希迟疑了一会儿，反问道："你听说过一出生就染上毒瘾的婴儿吗？"

毒品的危害比任何人想象的都大，不仅害己，而且害人。胎儿在母亲体内，与母亲血脉相连，母亲血液中的物质会通过胎盘提供给胎儿。有一些怀孕期间的女性染上毒瘾，她们诞下的婴儿很可能也会沾染毒瘾。这些染毒的新生儿会因严重的戒断反应而焦躁不安，从而导致各种疾病，有的甚至会痉挛和窒息。

关闻泽便是这样的人。

"关闻泽能活下来是一个奇迹。后来，他的妈妈抛弃了他们父子，和毒贩子跑了。"范雨希担忧道，"他比任何人都痛恨毒贩子，现在，毒火烧到恭家大院了，如果让他先找到毒贩子，我担心他会做出过激行为。"

卫启义回到了住处，脸上还带着淤青，白天，他和陈耀打了一架。他舔着嘴角，小心翼翼地打开了抽屉，里面堆积着满满的画卷，都是一些知名画作。他轻轻地取出其中一幅画，打开来，不知疲倦地欣赏着，直到困得睁不开眼睛，他才将画放在桌上，倒头大睡。

那画正是《畸形的爱》。

隔天，市局刑侦总队接到线报，有人要在黑市里拍卖《畸形的爱》。

第 4 章
拍卖

市局刑侦总队立刻成立了抓捕小组，部署抓捕行动，准备在夜间闯入黑市，将黑市一网打尽，顺带抓捕偷画的凶手。朱晓在刑侦队开了一天的会，通过电话命令范雨希和孔末留在酒店，不许出门。

傍晚，范雨希坐立难安，敲开了孔末的房门，犹豫再三："你能不能帮我一个忙？"

孔末黑着脸，已然猜到了范雨希的心思："不帮。"

孔末说着，要将房门关上，范雨希立即抵住门："求你了。"

孔末的双拳紧握，终于让范雨希进了屋。范雨希坐下后，开门见山："朱晓不让我们出门一定和关闻泽有关系。"

范雨希猜对了，京市警方的线人在暗中关注着黑市周围的动静，在人群里发现了关闻泽的踪迹。关闻泽很可能对凶手动用私刑，朱晓担心范雨希关心则乱，暴露了身份，这才不允许她离开酒店。

孔末酸溜溜地问："要我做什么？"

"阻止关闻泽动用私刑。"范雨希向孔末投去恳切的目光。

"你知道黑市在哪里？"孔末扭过头，装作不在意。

"我找'蜘蛛'帮忙。"范雨希说着，拨通了周旱的电话。

电话那头传来周旱的调侃声："哟，希姐，听说你们去了京市，怎么着，什么时候回来找我玩？成天窝在安全屋里，我这蜘蛛腿都要生锈了。"

"周旱，帮我一个忙，我想知道朱晓的位置。"范雨希说，关闻泽没有携带可被定位的通信工具，她只能这样请求。

周旱吓了一个激灵："希姐，你这是唱的哪出？"

"别废话，就说帮不帮。"范雨希凌厉道。

周旱犹豫再三，答应了："那你不准告诉朱队。"

结束通话后，范雨希挪到了孔末身边，轻声笑："你闻到了吗？"

挨得太近，孔末有些不自在："什么？"

范雨希眨巴着眼睛，盯着孔末的脸："空气里飘着老陈醋的味道。"

孔末的耳根子忽然红了，跳了起来："死女人，你再说一句试试！"

范雨希即刻摆手，不再开玩笑："关闻泽是我曾经的朋友，仅此而已。"

范雨希说的是实话。对于她而言，关闻泽是那个在她迷茫和无助时向她伸出手的朋友，既像迷雾中的灯塔，也像凛冬里的暖阳。尽管关闻泽变了，甚至可能被邪恶吞噬，但她仍然不愿放弃他。

孔末已经走到了门外，恢复了平静："不需要解释。走吧。"

夜间八点，朱晓带着一队便衣警察，将一家酒吧悄悄包围。根据京市警方线人提供的线报，这个黑市流窜作案，没有固定的营业场所，靠替黑商非法拍卖非法得来的艺术品抽取提成获利。今夜，黑市团伙包下了一个酒吧，进行非法拍卖活动。京市警方已经盯了黑市团伙两个月，终于要进行收网行动了。

朱晓掏出对讲机，询问："酒吧里有多少人？"

"据我们的卧底摸查，里面有几十号人，大多是受邀前来买画的富商，犯罪团伙一共有十几人，没有枪支，但随身携带利刃。"对讲机里传来回复，"目前没有发现关闻泽的身影。"

"行动！"朱晓下了命令，带着便衣警察闯入了酒吧。

酒吧的后门是一条暗巷，范雨希和孔末来到这里时，发现了一个被打晕的人，从他身上掏出了警察证件。范雨希推测，关闻泽很可能从酒吧的后门溜进去了。他们刚踏进酒吧，便见到四处哀号逃窜的人。

朱晓鸣枪示警，但大家像亡命徒一样，只顾奔逃。朱晓暗骂一声，收起枪，命令大家徒手抓捕。范雨希左顾右盼，终于发现了关闻泽的身影，她快速追了上去，孔末也立即跟上。

朱晓好不容易控制住了黑市团伙的头目，厉声问："卖画的人在哪里？"

犯罪头目指着一个方向："包厢里。"

酒吧很大，朱晓赶到包厢前，关闻泽已经握住了包间的门把手，正要推门时，门忽然自己开了，一张椅子从门里飞了出来。对方趁着关闻泽侧身躲避时钻了空子，溜向了楼顶。

范雨希和孔末赶到楼顶时，关闻泽正站在天台边缘。

"关闻泽！"范雨希叫了一声。

关闻泽回过头，匆匆掠了一眼，毫不犹豫地跳了下去。酒吧一共两层，此处距地面近六米。孔末没有迟疑地追上去，也跳了下去。范雨希满心担忧地跑到天台边缘，朝下望去。

地面上搭着一个棚子，他们是跳在了棚顶上，这才没有受伤。

"范雨希！"赶来的朱晓揪住了正要往下跳的范雨希，"人呢？"

范雨希指着下方，朱晓朝下望了一眼，确认安全后，将范雨希推了下去："行，去吧。"

紧接着，朱晓也跳了下去。

终于，孔末率先追上了关闻泽。关闻泽的手里持着一柄锋利的匕首，慢慢地朝昏厥在地上的人走去。孔末飞起一脚踢掉了关闻泽手里的利刃，拦在了他的身前。

"让开。"关闻泽沉着嗓音。

孔末岿然不动："死女人让你别惹事。"

关闻泽话不多说，抡起拳头挥向孔末的脸。孔末急促地往后退，不料关闻泽没有就此罢手，又抡来了一拳。孔末退无可退，硬着拳头迎击。两个拳头撞在一起，两人都后退一步，停下了手。

孔末的手发颤，剧烈的疼痛让他没法儿再使上劲，但还是嚣张地咧着嘴角："全国武术冠军不过如此！"

关闻泽正要向前，忽然远处传来了脚步声，便只好作罢，凝眸看了一眼躺在地上的人，转身走了。

孔末这才疼得直甩手，张牙舞爪地吸了好几口凉气。范雨希和朱晓一到，他又将发肿的手藏在身后，忍着痛靠在树干上，另一只手鼓捣着头发。

朱晓第一时间询问："关闻泽呢？"

孔末看了一眼范雨希，没吭声。范雨希装起傻："我没说孔末是追关闻泽啊。"

朱晓怒道："那追的谁？"

孔末指了指地上躺着的那人。朱晓走到男人身边，仔细看了一眼，这人竟然是名画失窃时被打晕倒在展窗前的安保员张天宁。

关闻泽离开后，发觉有人在跟踪他。他停下脚步，说了声："出来吧。"

来人不再躲藏，缓缓地走了过来，街灯照亮了他的脸，是蒋海。蒋海饶有兴致地打量着关闻泽："你到恭家大院有一段时间了，查出范雨希的身份了吗？"

关闻泽冷冷地凝视着蒋海，没有作答。

蒋海耸了耸肩："我查过了，恭临城把范雨希捧在手心，不像是会请猎手的人。这就奇怪了，那你为什么突然回恭家大院了呢？难道是暗光直接给你派的任务？"

暗光在没有接到犯罪团伙雇用的情况下，一旦发现端倪，也会猎杀警方的线人和卧底，他们之所以接受雇用，只不过是为了寻找更多可能是线人和卧底的可疑人，并赚取高额的雇用金，维持暗光运转罢了。

"我接受了雇用，调查潜伏在恭家大院内的警方线人。上一名榜上的猎手死在了南港，你说，范雨希该不会真的是警方的人吧？"蒋海意味深长地大笑。

关闻泽停下脚步，回过头，冷厉地警告："离她远一点。"

"是怕我抢了你的功劳，还是怕我伤害你的小女朋友？"蒋海毫不顾忌，"关闻泽，范雨希嫌疑重大，无论你是接受了雇用，还是被直接指派了任务，都不该放过她。你不怕我向'毒姐'告状吗？"

"你以为她能命令我吗？"

蒋海一怔："连'毒姐'都无法命令你，看来你已经进入了暗光的核心层。"

"毒姐"位居猎手榜第五，但身份特殊，承担着下达暗光命令、调派猎手的要职，相当于暗光幕后者的传话筒，所有猎手都需要听她的命令。蒋海成为猎手多年，至今没有见过暗光的幕后者，只能与"毒姐"联系。他无法理解，一个传闻中从来没有杀过线人和警察的猎手不仅位居猎手榜榜首，而且进入了暗光核心层。他不甘地舔着嘴角："我会证明，我比你更应该得到他们的信赖！"

关闻泽不再理会蒋海，朝前走去。

"你想知道是谁雇用了我吗？"

关闻泽听到蒋海嘴里吐出来的四个字时，瞳孔猛地收缩——恭家大院。

市局刑侦总队里，朱晓连夜审讯了张天宁。

"断电的十多分钟里，你偷了画，杀了人，还跑回展窗前装作被人打晕，速度真够快的，你不累啊？"朱晓招呼身边的警察，"愣着干吗，准备记录啊！"

张天宁一脸哀怨："画不是我偷的。"

朱晓气得发笑，指着桌上的画卷："你的脑子撞坏了吧？哥们儿，这可是人赃并获！"

"真不是我偷的。"张天宁欲哭无泪，"这画是我偷来的。"

"和我玩绕口令呢！是在要我吗！"朱晓用力地拍桌而起。

"我的意思是这画不是我从画展上偷来的，而是从其他地方偷的。"张天宁低着头，没继续往下说。

"从哪儿偷的？"朱晓问。

张天宁一脸忌惮。朱晓看在眼里，换了个套路："成，偷了画，杀了人，还涉嫌贩毒，这要是不判死刑就见鬼了。"

张天宁蒙了，赶紧说实话："是从卫启义那儿偷来的。"

朱晓的思绪复杂，派人去请卫启义了。半个小时后，卫启义讪讪地被带进来，朱晓将画卷递给他："有人说这画是从你家偷的，你承认吗？"

卫启义摊开画卷后，细细地端详了一番，立刻点头："是我的，是我的，警官，谢谢啊！"

朱晓嗤笑："哟，承认得够爽快的啊。"

卫启义旋即明白了过来，矢口否认："我没偷苗予的画。"

"怎的，莫非这画是你画的？"朱晓马上要动手抓人。

"不是！"卫启义不断后退，撞开身旁的警察，"这画是仿造品，您看仔细咯！"

朱晓不得不派人去请已经入睡的苗予和几名专门鉴定画作的鉴定师，一直折腾到凌晨，终于确定卫启义的话属实，张天宁从他那儿偷的画的确是仿造品。他一直有收藏画卷的爱好，无奈买不起真迹，于是总是想方设法制造仿品，藏在家中以供欣赏。为了证明自己说的是真的，他还主动提供了家里收藏的其他画卷，经鉴定，果然都是名画的仿品。

苗予的画作《畸形的爱》在画展开始前一天就被送到了展览馆里。卫启义借着职务之便，偷偷拍了照，找人绘制了仿品。但是天一亮，就发现画被人偷了。直到警方将卫启义请到刑侦总队，他才知道是手下张天宁干的。

张天宁供述，由于警方总是盯着众人，他猜测警方怀疑画是他们这群人中的一人偷的。于是，在画作千万价值的诱惑下，有盗窃前科的张天宁手痒难耐，决定潜入众多安保员家中碰碰运气。卫启义是他选择的第一个目标，不承想，他立刻就得手了。紧接着，他联系了黑市，着急将画作出手，这才被抓了。

张天宁涉嫌盗窃，被警方拘留。

酒店内，范雨希替孔末擦药，万分感谢道："受了伤也不吱声。"

孔末无奈地摇了摇头："这小子爱面子，你又不是不知道。"

孔末的拳头消肿后，留下几道淤青，还破了皮。刚擦完药，门铃响了。范雨希起身开了门，朱晓一进房间就爆发了："既然你们选择了当我的线人，就必须无条件服从我的命令！"

范雨希早就做好了挨骂的准备，现在愣愣地戳着，没有还嘴。

"这么没有分寸，万一暴露了身份怎么办？"朱晓看向孔末。

孔末赶紧摆手："朱队，那时候这具身体不归我管，你别骂我。"

"你是欺负他头脑简单，还是仗着他喜欢你？简直胡闹！"朱晓憋着气，又指着范雨希，"你要死自己去，别拉上孔末！你知道为了查暗光，京市死了多少卧底和线人吗！"

范雨希被这么一骂，逐渐懊悔了，忽然觉得自己太自私了，眼神充满愧疚地望向孔末。孔末置身事外，又摆手："别和我说对不起，等明儿对他说。"

范雨希服了软："对不起，下次不会了。"

朱晓总算消了气，坐了下来："你别管关闻泽的事了，南港支队和京市市局都在调查他，如果他有问题，绝对逃不了，谁求情都没用！"

范雨希试探性地问："不是地下网查获的情报真实性存疑吗，警方认定他是猎手了？"

"他出走的那几年销声匿迹，你又不肯给我们提供他的信息，可以说，警方对他一无所知，他当然是我们的重点怀疑对象了。"

"可是，猎手不是接受雇用后才会执行猎杀任务吗？你觉得恭爷会雇用暗光的人吗？"

"天真。"朱晓冷笑，"我早就说过了，暗光猎杀线人和卧底的真正目的不是赚取赏金。即使没人雇用，暗光也会派遣猎手潜伏到怀疑对象的身边，这是去年京市一个警察用性命换来的情报。不接受雇用而被暗光直接派遣的猎手才是暗光的犯罪核心！"

范雨希的大脑轰鸣作响，回想起关闻泽险些射杀小R的场景，内心久久无法平静。

"你再考虑考虑吧，关闻泽到底有多危险，我想你已经清楚了。"朱晓转向孔末，"今晚抓的张天宁不是凶手，但是，现在更加可以确定，凶手大概率就是某个安保员。"

今夜，警方反复勘查过案发现场后，又有了新的发现。展览馆的供电间原本是上锁的，警方没有发现门锁损坏。经过物证中心鉴定后，警方确定门锁是被人用细铁丝打开的，由此可以推测凶手具备开锁的技能。

当天断电后，展览馆的员工进入供电间，发现电闸的确被人拉下了。但是，拉起电闸后，供电并未恢复。员工拿着手电筒摸查后，发现电线断了，这才花了十多分钟重新接电。鉴定中心研究了平整的电线切口，推论电线是被人剪断或切断的。

"凶手的身上带着剪刀或利刃。"朱晓说，"可是，他在杀死尹丽的时候，并没有使用武器。"

如果凶手铁了心要杀人，那么在身上有武器的情况下，一定会优先使用武器，方便迅速杀人逃离。可是凶手却徒手掐死了尹丽，其中只有一个原因：凶手怕沾染血迹。

"有道理。"孔末赞同道，"除非凶手需要回展览馆，否则他不会怕染上血迹。昨天，我在苗先生家看见了几个大冰柜，突然想到，我们是不是可以从冰柜入手？"

朱晓无法百分之百断定偷遗体和偷画杀人的是不是同一个凶手，但从目前掌握的线索来看，遗体失窃案和这起案子有两个相同点：都有偷窃行为、死者同属一个安保团队。

"先假定是同一个人干的。"朱晓摸着胡楂儿，"藏了遗体两年没被人发现，凶手更有可能将遗体藏在自己家了，那他的家里一定有一个足以安置一名成年女性尸体的大冰柜。"

朱晓决心找理由到所有安保员的家中查探一番。

第 5 章
失窃

天还没亮，朱晓就与"鬼手"见面了。

"鬼手"打着哈欠，困得连眼睛都睁不开："朱队，你们警察不用睡觉的吗？"

"你们小偷不也是夜猫子？"

"您对小偷的认知还停留在八百年前吧？对于小偷高手来说，白天动手才有挑战性！"

"行了，别吹了，既然那么厉害，那么给你布置一个任务。"朱晓严肃道，"我要你潜进每一个安保员的家中寻找冰柜。"

"你带队直接搜不就好了？""鬼手"的脸色变了，"您不是说，关闻泽很可能是猎手吗，我可听说了，他来京市了，我要是暴露了，怕是性命不保。"

"或许凶手与制毒厂有关系，如果我大张旗鼓地带人进去搜，制毒厂听到消息后直接解散了，禁毒支队那边非得把我生吞活剥了不可。所以，咱们必须不动声色地锁定犯罪嫌疑人。"朱晓安抚"鬼手"，"就算关闻泽是猎手，有警方保护你，怕什么？万一身份暴露了，大不了像'蜘蛛'一样住进安全屋。"

"鬼手"抱怨："他是宅男，和我能一样吗？我要是天天待在安全屋里，一定会疯的！"

"这事没商量。"朱晓命令道。

"鬼手"嘀咕了两声："那些安保员全是小偷出身，除了卫启义的技术比较烂，其他人的手法堪称一绝，甚至有两三个人不比我差。大家的警惕心都那么强，他们的家哪能说潜就潜。"

朱晓的声音沉了下来："你就说办不办？"

"鬼手"一咬牙："成成成。"

朱晓这才从身上掏出一个厚厚的信封："这是我半个月的工资，给你的老母亲和弟弟寄回去吧。"

"鬼手"喜出望外，没有推辞，接过信封后便拆开了，数了数，又埋怨："您一个堂堂副支队长，就这么点工资？"

朱晓瞪了"鬼手"一眼，"鬼手"赶紧闭上嘴，揣着钱悻悻地走了。

郊区的村落里，安小真的遗体在丢了两年后被找回的消息早已不胫而走。范雨希和孔末来到村落里，很容易就打听到了安小真父母的住址。安小真死了两年，老人的生活还是得继续。老大爷拖着迟缓的身体，一早就下地了，老大妈戴着老花镜，揽了一些针线活。

范雨希和孔末谎称是安小真的朋友，给老人送去了一些慰问金，这可把老人高兴坏了，做了几道小菜招待他们。其间，老大爷喝了一些酒，情难自抑，落下了眼泪，把安小真自杀的责任全揽在了自己身上。

安小真出狱后，发现老大爷仍在使用禁药"百草枯"，曾劝说过，但老大爷没有放在心上。老大爷万万没有想到，每天都在使用的农药，有一天竟会成为杀死女儿的凶手。

"她为什么会自杀？"范雨希问。

"谁知道呢。这孩子出狱后，本该开心才对。"老大妈哀叹。

安小真出狱之后，表现得非常乐观，决心痛改前非，还去找了一份安保员的正当工作。可是谁也没有想到，出狱一年后，安小真竟然会选择自杀。

"她没有哪里表现得不正常吗？"孔末暗自推敲了一番，疑惑地问。

老大爷擦着眼泪："就一次。这孩子说半夜睡觉的时候，总能听见一些奇怪的声音。"

老人并不知道安小真长期服用安眠药的事，想来是因为安小真孝顺，没对老人提起。孔末想了想，站起身："我们能去她的房间看看吗？"

两位老人互相搀扶着站起来，为他们带路。安小真死后，两位老人没有动过她的房间，房间还维持着安小真在世时的模样。孔末对范雨希使了一个眼色，示意她去其他地方看看。

安小真的房间不大，除了一张床，便只剩下一个衣橱和一张桌子。孔末什么也没发现，正要出去时，目光突然瞥到了床底。床缝很窄，勉强能钻进一个人。他躺在地上，又钻进床底，取出手机照明。

床板下的空间是空心的，有些脏，飘浮着细小的灰尘。孔末艰难地挪动身体，在床下的白墙上发现了许多污渍，再仔细看，发现竟然是许多目测约二十八厘米长的鞋印！他从床底钻出来后，又往墙上扫了一眼。虽然屋子破旧，墙体也有些发黄，但整体来看还是干净的。

两位老人怪异地看着孔末的一举一动，忍不住问："年轻人，你这是做什么啊？"

孔末指着床问："这张床原本就在这个位置吗？"

老大爷点了点头："这张床放在这个地方少说也有二十多年了。"

孔末打量了一下老大爷的个子，又看了看他的鞋子，没再继续说。这时，范雨希回来了，她的手里攥着一个破塑料漏斗，问老大爷："大爷，我在仓库里发现了这个东西，这是啥？"

老大爷接过漏斗，放在眼前看了一会儿，摇了摇头："没印象了，可能是我从哪里捡回来的废品吧。"

老大爷下地时，有顺道捡废品的习惯。被捡回来的废品都会放在仓库里，捡多了以后，老大爷便会将其卖了换点米钱。

"可以送给我吗？"范雨希请求。

孔末心领神会，没有说破。两个人离开村落时，已经是中午了，他们马不停蹄地赶往一家鉴定中心，将塑料漏斗送去检验。检验结果令两人大吃一惊——漏斗内壁上有"百草枯"的残留成分。

范雨希立即联系朱晓，询问了安小真的尸体检验结果。果然，检验的医生不仅在安小真的胃、食道和口腔内发现了"百草枯"，也在鼻腔和气管内发现了同样的化学成分。当初，医生认为这是正常现象，推测安小真在吞服"百草枯"时因刺激难闻的气味而发生了呛咳。

"安小真很可能是被谋杀的！"范雨希凝重道，"安眠药！安小真服用了安眠药后，陷入了昏睡，凶手通过漏斗给她灌入了大量的'百草枯'，然后呛进气管里了！"

范雨希推测，凶手用完漏斗后，将其丢进了地里，之后被老大爷阴差阳错地当成废品带回家了。孔末默不作声，范雨希挠了挠头："你是不是觉得我在胡说？"

孔末笑了笑："如果没有其他证据，你的推测的确只能算作推测而已。"

"听你的意思，你有其他证据？"

孔末点了点头："我在安小真床下的墙上发现了许多大约二十八厘米长的鞋印。安小真和老大妈都是女性，鞋子没那么长，老大爷个子不高，脚长也达不到近二十八厘米。二十年来，那张床没有移动过，除了这一家三口，有人钻进了床底，在墙上留下了那么多鞋印，你不觉得奇怪吗？"

范雨希恍然大悟："难道，安小真说她半夜总听见的怪声……"

朱晓熬了一夜，眼球都充血了，得到范雨希和孔末传来的消息时，正在应付尹丽的家属。尸检工作已经结束，尹丽的尸体被家属拉了回去。尹丽出生在单亲家庭，家里只有妈妈。一个女人不容易将尹丽的尸体带回老家，于是，尹丽的尸体被安放在殡仪馆里，等火化后再被带走。

朱晓得知安小真很可能是被谋杀的之后，更加不敢怠慢这起案子。他带着两名警察来到了尹丽的出租屋里，还没开门进去，隔壁的一个大妈就上来搭话了："那姑娘死了？"

朱晓点了点头："您认识尹丽？"

"是个勤奋的小女娃，每天天刚亮就出门工作去了。不过啊，她的男朋友比她更勤奋，每天天还没亮就走了。"大妈唏嘘不已，"这么好的女娃子，怎么说走就走了呢。"

朱晓心生疑虑："大妈，尹丽是有男朋友，但她一直都是独居。"

大妈摆手："不可能，我都瞧见好几回了。老人家觉少，好几次，天还黑着，我就起床了，恰巧在楼道里看见她男朋友开门出来。"

一旁的警察伸出手指："大妈，这是几？"

大妈眯着眼睛，久久回答不上来。

警察笑了笑，没有理会大妈，开门走进了尹丽生前住的出租屋。两名警察把尹丽的住处翻了一遍，指着洗漱台："牙刷、毛巾都是单人的，这大妈老眼昏花了，净瞎说！"

朱晓却觉得事情没有那么简单，回想起范雨希和孔末的汇报，他一头钻进了床底。这张床没有床沿，光线充足，他的第一反应便是看床下的墙体。墙很干净，没有鞋印。就在他要起身的时候，突然发现了异常。

虽然床底下积了灰尘，但是有一片地方是干净的。朱晓挪了挪位置，又观察了一会儿，竟然发现那片没有积灰的地方隐约呈现出一道人形！他站了起来，立即下命令："再去找大妈仔细问问情况，再派点人过来，重点提取床下的指纹！"

两个小时后，警察在尹丽床下提取到了许多指印和掌印，但是，印子上却没有纹路，勘验的警察推测，藏在床底的人戴了帽子和手套，别说指纹了，就连一根头发都没留下。

至此，朱晓彻底将安小真和尹丽的案子联系在了一起。

安小真生前，半夜时总听见怪声，这绝不是空口胡说，而是真的有人藏在了她的床底！她精神失常，需要靠安眠药入睡，很可能与此有关。只可惜，她生前没有想到查探床底，以致遭到杀害。

虽然尹丽生前独居，但是真的如大妈所说，有一个人总是潜入她家中，藏在床底，与她共眠。大妈年纪太大，不具备辨识的能力，楼道处也没有监控探头，究竟是谁潜入她家中成了一个谜。

朱晓不得不倒吸了一口凉气："竟然还有这样的变态！"

几天前。

尹丽结束了一天的工作，疲惫地回到出租屋，进了卫生间，脱下全身的衣服，舒舒服服地冲起了热水澡。由于水声太大，她丝毫没有听见外面细微的动静。一个男人娴熟地用两根铁丝打开了门锁，蹑手蹑脚地进了出租屋。

男人来到了卫生间外，透过门缝，贪婪地欣赏着清水下尹丽美妙的胴体，甚至忘记了眨眼。渐渐地，他的呼吸声越来越急促，恨不得伸手去尽情地抚摸。这时，水声戛然而止，尹丽裹着浴袍走出卫生间。

男人早已经不见踪影了。

尹丽躺在床上，熄了灯，很快便进入了梦乡。窗外的月光洒进来，床底下男人的脸被月光照亮了一半，另一半隐没在黑暗中。他躺在床底，伸手轻抚着冰冷的床板，闭着眼睛享受着，仿佛这样就能获得满足。

没过多久，男人也睡着了。

第二天一早，天还没亮，男人被床上的动静吵醒。透过床缝，他看见了一双白皙的腿。尹丽进了卫生间，开始出门前的洗漱。男人钻出床底，恋恋不舍地望了一眼卫生间的门，悄悄地走出了出租屋。

男人在楼道里又一次碰见了烦人的老大妈，立即将帽檐拉得更低，若无其事地朝前走去。

"小伙子起这么早啊？"老大妈向男人问好。

男人没有回答，大步地走向楼道，没有乘坐电梯。二十分钟后，尹丽也出了门，对此一无所知的她带着好心情，开始了一天的工作。

深夜，郊外的一栋民宅里，蒋海跷着腿，悠闲地吹着口哨。如果恭临城在这儿，一定会认出坐在蒋海面前的男人正是常年在外跑动的恭嘉明。

恭嘉明看着满桌的粉末包装袋，十分得意："厂子制造的这批东西成色不错。等再卖几批货，我的财力就不输恭临城那老家伙了。"

蒋海不感兴趣地问："你就不怕制毒厂被一锅端了？"

"那又怎样，我在暗中提供资金，没人知道我是谁，就算制毒厂的人都被抓了，也殃及不到我。"恭嘉明的嘴角高高扬起，"给南港的毒贩子送样品的家伙是我最信任的手下，他不仅没来得及透露我的身份，还给恭临城带去了麻烦，真是天助我也！"

"关闻泽到京市来了，应该是来抓你回去的吧？"

恭嘉明一怔："你见过他了？"

"看你的样子好像很怕他。"

"废话！"恭嘉明站了起来，"你不是说他是第一猎手吗？你必须阻止他，暗光总不能让猎手杀了雇主吧？"

蒋海冷着脸，一把将恭嘉明揪了过来："记住，以后不要在我面前提到猎手的排行！很快，我就会取代关闻泽的位置！"

恭嘉明咽了一口唾沫，连连点头。恭嘉明十分清楚蒋海的可怕，他不仅杀人不眨眼，而且感知不到疼痛，与其打斗，除非一击毙命，否则只能等着猛兽的反扑。恭嘉明曾听说过有些人天生没有知觉，感受不到疼痛和冷暖，这是一种罕见的疾病，但想不到这种病竟会成为暗光排行第二的猎手的看家本领。

蒋海这才恢复了人畜无害的表情，笑道："你雇用我替你铲除可能潜伏在恭家大院里的线人是为了接管恭家大院吧？"

"那个老家伙，放着那么多人和钱，却什么也不碰，自命清高！"恭嘉明没有否认，"要是我接手了恭家大院，一切就不一样了，怕就怕恭家大院里有警方的人。"

"我不管你和恭家的斗争，也不管你制毒贩毒。我只管我的任务，但我警告你，要是你有把柄被警方抓住，我会毫不留情地杀了你，免得连累我。"蒋海的语气像是在说一件微不足道的小事。

恭嘉明不敢与蒋海对望，点头答应。

几分钟后，敲门声传来，进来一个男人。

"老大，我来了。"男人隔着屏风，恭敬地躬身，不敢随便抬头，他知道，里面的大佬不允许任何人看见他的样子。

"进度怎么样了？"恭嘉明扯着嗓子问。

"过几天，下一批货就能造好。"

"加快进度，免得再生事端。"恭嘉明突然问，"画展出事了？"

男人擦了擦额头上冒出的汗："小事，小事。"

"人是你杀的吧？"恭嘉明问。

男人不敢回答了。

恭嘉明嘿嘿一笑："敢杀人是件好事，说明胆子大。不过，你给我把狐狸尾巴藏好咯，敢牵连到制毒厂，老子杀你全家！"

男人连忙回答："老大，您放心。"

天渐渐亮了，朱晓刚结束一场会议。

警方有了新的发现后，正式将安小真和尹丽的案子并案侦查，果断地将侦查范围缩小，将犯罪嫌疑人范围锁定在了安保团队十几名拥有娴熟盗窃手法的男性安保员身上。警察从尹丽的家中提取了墙上的鞋印，并推算出了嫌疑人的身高：一百八十厘米以上。但是，安保团队里的男性清一色都是高个子，警方无法根据鞋印进一步缩小怀疑范围。

朱晓又给"鬼手"打了电话："我说，你到底什么时候出手？"

"朱队，总得给我一些时间准备吧？"

"尽快！"朱晓催完之后，伏在桌子上准备小憩。

朱晓的心里一直有一个疑惑：安小真生前没有遭受过性侵，可为什么两年之后，法医再次检验尸体，却发现了尸体被侮辱的迹象？

"难道凶手更加变态，只对尸体感兴趣？"朱晓自言自语，忽然间，他做了一个大胆的推测，"难道他作案不是为了杀人，而是为了尸体？"

突然，办公室里的电话像催命铃一样响起。

"朱队，糟了，尹丽的尸体不见了！"

第 6 章
照片

两年前的一天，正值安保员们午休时间，安小真将陈耀约到了一家装潢精致的咖啡屋。

陈耀摘下帽子，朝四处瞟了瞟，问："怎么选在这样的地方，怪贵的。"

安小真咬着发紫的嘴唇，陈耀发觉了她的异常，关切地问："最近你的状态好像不太好，发生什么事了吗？"

安小真觉得浑身没有力气，她已经服用安眠药一段时间了，如果不服药，夜里根本睡不着。有时她会在夜里听见奇怪的动静，那感觉就像有一个透明人藏在屋子里，时时刻刻盯着她。她收起思绪，对着陈耀摇了摇头："就是没休息好而已，不用担心。"

两人用过餐，陈耀站起身，发现安小真没有动，觉得她还有话要说，于是又坐了下来，静静地看着她。安小真的手不安地摆弄着衣角，终于，她看向陈耀："我发现了一个秘密。"

陈耀一愣："什么秘密？"

安小真没有直接回答，而是问："在告诉你这个秘密之前，我想问问你，你是不是暗恋我？”

陈耀的眼底闪过一抹慌张，着急否认：“我把你当成朋友。”

安小真失落道：“真的吗？”

“真的！”陈耀想都没想。

安小真低下了头，不太高兴。陈耀长得斯斯文文的，说不上好看，但是自从出狱之后，他工作踏实，卖力上进，话不多，对她很好。渐渐地，安小真喜欢上了他，原以为陈耀的心意和她一样，没想到是她自作多情了。

安小真叹了一口气，红着脸问：“我喜欢你，你要不要试着和我在一起？”

陈耀不再慌张了，眉头紧蹙，语气变了：“不要。”

安小真苦笑，起身走了出去。陈耀坐在咖啡屋里，久久没有离开。

殡仪馆聚满了调查的警察，尹丽的母亲哭得伤心欲绝。与两年前安小真遗体失窃的情形如出一辙，今天一早，尹丽的尸体不翼而飞了。昨日，尹丽的遗体被放置在灵堂内，尹丽母亲伏在一旁守夜，深夜，因太疲倦而昏睡过去，醒来时，灵棺内已经空空如也。

朱晓调取了殡仪馆内的监控录像，发现尸体被盗前，殡仪馆的供电间被人撬开，所有监控探头的电闸被人拉下，其余电路的供电情况一切正常。而在监控探头的供电系统被关闭前，供电间处的监控探头突然变黑，仔细查看录像发现，画面里有什么东西飞向了镜头。朱晓派人去查看后才知道，那是一块被弹射到镜头上的口香糖，与展览馆内遮挡镜头的那块口香糖一样，上面没有检测到人的唾液。

昨夜，殡仪馆内只有尹丽一具遗体，十分冷清。夜间，殡仪馆的大门处有门卫值班。朱晓问了门卫，对方称没有可疑的人进入过殡仪馆，更没有发现有人抬着尸体离开。于是，朱晓又让人勘查殡仪馆的围墙。很快，警方在殡仪馆后方的围栏上发现了被人锯开的豁口，豁口大小刚好可以钻过一人。

在断电之前，凶手的身影很容易被监控探头捕捉到，但是朱晓反复翻看监控录像，并未发现异常。据此推断，凶手对监控探头十分敏感，甚至拥有专业的排查红外线探头的装置，从而避开了所有监控探头，顺利地前往供电间，拉下电闸后，又前往灵堂，趁着尹丽母亲昏睡之际，悄声无息地从灵棺内抱走尸体，从豁口处逃离。

"我就不信凶手能把整个街区的安防监控都给断电了！"朱晓顺着豁口来到了车水马龙的街道上，很快便发现了好几处装有安防监控的电线杆。

朱晓顺利地调取了安防监控的录像，豁口处是监控死角，但豁口处十米之外的四面八方都处于监控探头的可视范围之下，凶手靠近或逃离豁口处必然会被录像。

凌晨四点钟左右，街道冷清，只有零星的几辆小车经过。没过多久，一个戴着斗笠、推着垃圾车的环卫工引起了朱晓的注意。环卫工弯着腰，低着头，似乎在刻意掩盖自己的身形和身高，更没有露脸，只能隐约看出是个男人。他推着半满的垃圾车，朝着豁口方向走去，很快进入了监控盲区。大约十五分钟后，他又推着满载垃圾的推车回来，并且很快消失在了街道尽头。

朱晓对比了垃圾车内来时和去时的垃圾高度，断定环卫工是凶手伪装的，尸体就被藏在了垃圾车内。大约到了中午，警方在一处小巷里发现了那辆垃圾车，但是推车里除了垃圾，什么都没有了。

凶手的犯罪动机逐渐浮出了水面，杀人和偷画都不是凶手的真正目的，盗取尸体来满足内心对尸体的变态欲望才是凶手的最终动机。朱晓懊悔不已，要是他早一点推测出凶手的犯罪心理，一定会将尹丽的尸体保护起来，以防被盗。

朱晓结束殡仪馆的调查后，回到市局，叫来了一群警察。他将犯罪嫌疑人的范围缩小至安保团队后，便派了这群便衣警察蹲守在安保团队的公司和各个安保员的家门外。

"凌晨时分，有谁出了门？"朱晓问，见大家齐刷刷地摇头，一阵头痛，"是都没出门，还是不知道？"

"朱队，是真的不知道。一共十几个男性安保员，每个人派两名便衣日夜蹲守，加上轮换班，这就是近六十名便衣，我们人手不够啊！"一名警察抱怨，"而且，您不是怕制毒厂发现我们锁定了犯罪嫌疑人而解散了吗？我们总不能蹲在他们家门口去啊。"

十几名安保员的经济条件都不好，基本上居住在破旧的住宅楼里。为了不被发现，便衣警察大多蹲守在住宅楼十几米外的地方。住宅楼出口众多，没有监控探头，这群安保员又都是小偷出身，要是真的溜进溜出，还真不容易被发现。

"难道他扛着尸体回去也不容易被发现吗？"朱晓怒声道。

"朱队，凶手偷到尸体之后，天都快亮了，如果他扛着尸体回去，我们不可能发觉不了。"一名警察回答，"天亮之后，十几名安保员正常去上班，他是不是压根儿没带尸体回去，而是安置了尸体之后，趁着天亮，一个人偷摸回去了？"

朱晓想了想，挥了挥手："行了，今天晚上，你们就不用蹲着了。"

"为什么啊？"

朱晓瞪了那名警察一眼："多嘴！"

就在刚刚，朱晓收到了"鬼手"的信息：今夜动手。

下午，酒店房间内，范雨希和孔末安静地坐着，气氛像凝上了一层冰。

两点半之前，刘佳秘密来访，带来了一则不知是好是坏的消息：她联合了许多精神病学和心理学的医生和专家，决定试着替孔末进行人格融合的治疗。孔末情绪激动，严词拒绝，将刘佳赶走了。

这是范雨希第一次见两点半之前的孔末如此暴躁。

范雨希回想起了送客时，刘佳在电梯里偷偷对她说的那番话："越来越多的迹象表明，两点半之后的孔末才是主人格。"

刘佳推测，看似正常的那个人格是孔末为了保护自己而分裂出来的。

在亲眼看到父母遇害的惨剧后，孔末对这个冰冷的世界失去了希望。但是，为了活下去，为了守护自己的妹妹，为了继承父亲的衣钵，他不允许自己的心里充满仇恨。于是，在不知不觉中，他分裂出了另外一个人格，这个人格更加温柔、更加理智。

"小希，你要记住，比起两点半之后的孔末，两点半之前的他更会思考，或者说，更有心计。"刘佳最后的叮嘱话里有话。

范雨希叹了一口气，打破了僵局："他拒绝了，你呢，你会拒绝人格融合吗？"

孔末装作不在乎："随便。"

范雨希有些着急了："这怎么能随便呢？你到底是怎么想的？"

"人格融合后，是我会消失，还是那个讨厌鬼会消失？"孔末凝视范雨希，"你呢，更希望谁留下来？"

范雨希一愣，不知应该怎么回答。其实，既然刘佳已经断定两点半之后的孔末才是主人格，那在进行治疗的时候，一定会优先将主人格留下。这也是两点半之前的孔末会那样激动拒绝的原因，他猜测到了自己或许会消失。

"算了。"孔末见范雨希迟迟没有回答，站起身，"走吧。"

今天，安小真的遗体要进行火化，他们决定前去查探。范雨希点点头："那你再好好想想。"

傍晚，范雨希和孔末来到了火葬场，和安小真的父母打了招呼。两个老人抱头痛哭，令人心酸。朱晓作为警方代表，前来慰问，卫启义也带着一众员工来参加火化仪式。

时隔两年，安小真终于入土为安了。两位老人亲眼看见安小真被火化，总算放下心来。火化仪式结束后，朱晓径直走向卫启义："我们调取了你公司外的监控探头，尹丽死的前两天，你和她吵过架？"

监控录像里，卫启义还狠狠地打了尹丽一巴掌。

卫启义解释道："打人是我不对，但男女朋友吵架很正常啊。警官，您不会怀疑是我杀的人吧？她是我的女朋友啊，我杀她图什么啊！"

范雨希站在一旁看戏，重点关注的却是团队里唯一的一名女安保员——吴点点。吴点点的个子不高，躲在人群后面，刻意地不看朱晓，但又忍不住投去目光，眼角还朝四处瞥，像是做贼一样。

朱晓不再多说，又看向陈耀："你小子，这两三年之间艳福不浅。"

陈耀怔了怔，没答话。

"我们找到了一个目击证人。两年前，安小真在咖啡厅里向你告白，被你拒绝了？"朱晓摸着下巴，"据那名目击证人叙述，你看安小真的眼神分明是喜欢的，那时候，尹丽还没进你们团队呢，你为什么要拒绝安小真？"

范雨希将目光从吴点点身上挪开，看向陈耀。

陈耀有些慌神，说话也结巴了："她值得更好的人。"

只有陈耀自己清楚，他有多么喜欢安小真。直到安小真死后两年，新加入的尹丽才又让他有了好感。尹丽和安小真的性格很像，都十分温柔。

朱晓拍了拍陈耀的肩膀："你倒是可怜，暗恋的两个女人接连死了。"

天黑下来之后，朱晓偷偷到酒店见了范雨希。他听闻刘佳将对孔末进行人格融合治疗的消息后，一时之间也没了主意。

午夜过后，"鬼手"来到了卫启义的家门外，盯着门锁看了一会儿后，果断地转身走了。卫启义的家被张天宁潜入过后，换了新的密码锁，"鬼手"能破开，但免不了耗费很长时间。

"鬼手"换了目标之后，进展得非常顺利。大部分安保员的门锁都很普通，"鬼手"很轻易地就打开锁，潜了进去。大家住的出租屋都不大，"鬼手"翻了十几名安保员的家，没发现大冰柜，有的人家里甚至连小冰箱都没有。

凌晨三点，"鬼手"来到了陈耀住的破楼前。除了卫启义，任务名单里只剩下陈耀了。"鬼手"从身上摸出两根细铁丝，只用了几秒钟的时间便将锁打开，轻轻地推开门，先贴着耳朵听了一会儿，见没动静，才踮起脚走进了屋子。

屋子里很黑，但"鬼手"戴上了夜视眼镜。这间出租屋同样不大，没有客厅，只有一个卧室和卫生间，床和桌子紧挨着，旁边还立着一个大衣柜。"鬼手"往床上一瞧，发觉陈耀竟然不在家，于是放心地打开了卫生间的门，什么也没发现后，正要离开，门外突然传来了脚步声。

"鬼手"见周围空荡荡的，连个藏身的地方都没有，顿时手忙脚乱。

陈耀开了门，打开灯，进了屋子。他有些疲倦，并没有发现躲在衣柜里的"鬼手"。

"鬼手"透过门缝看着陈耀的一举一动，心提到了嗓子眼儿。陈耀脱了上衣，又开始解裤子。"鬼手"看愣了，拿出手机，将镜头贴在门缝上，对着陈耀一阵狂拍。

陈耀光溜溜地进了卫生间，直到水声传来，"鬼手"才轻轻打开衣柜，像逃命般出了门。在门被轻轻关上的那一刻，水声停了下来，恰巧关上水阀的陈耀隐约听见了外面的动静，警觉的他立刻出去查看。楼道里漆黑一片，什么也没有。他关上门，正要继续洗澡，突然停下了脚步。他望了衣柜一眼，缓缓地走过去打开柜门。

衣柜底，原本叠放得整整齐齐的衣服上多了两道像是脚印的褶皱，陈耀的眼神顿时变得阴冷。

对于一切还不知情的"鬼手"跑到了大街上，喘着粗气，立刻将偷拍的几张裸照发送给了朱晓。

"你劝劝孔末吧，如果两个人格没有达成一致，谁也没有办法强迫。"朱晓说，"白天的时候，你观察那群安保员有什么发现吗？"

"还是老样子，卫启义藏得太深，我没法儿看透。陈耀的反应很古怪，你说起安小真和尹丽喜欢他的时候，我从他的眼里读出了一丝厌恶。"范雨希直言。

"古怪归古怪，陈耀没有杀人动机，如果说求爱不成还好说，但是两名死者在死前都对他表露了爱意，他完全可以和对方在一起。"朱晓说，"陈耀不是凶手。"

范雨希考虑了一会儿，提醒朱晓："你最好提防一下吴点点这个人。"

朱晓挪开目光，干笑了两声："凶手是男的，我提防吴点点干啥？"

"她是你的线人吧？"范雨希一语道破，"已经两次了，她面对你时的表情太过慌张，生怕别人知道她和你有关系。"

"看来这丫头的心理素质有待提高。"朱晓不再隐瞒了，"她是我的线人'鬼手'。这丫头是做贼的，几个月前答应当我的线人，但是没有如约去见我。我这次到京市来还有一个目的，那就是带她回南港。"

"我不信任吴点点。"范雨希直言不讳，"我观察过她，总觉得她不单纯。不管你愿不愿意听，多提防总没错。而且，不要向她透露任何其他线人的身份。"

朱晓的眼睛眯成一条缝，将范雨希的话牢牢记在了心里。

就在此时，朱晓的手机响了，打开一看，竟然是几张裸照，立刻调侃："我派这丫头去执行任务，她竟然给我拍了这么多大老爷们儿的照片，是饥不择食了吗？"

但是，当朱晓将照片放大后，立即笑不出来了。他将手机递给了范雨希："我收回'陈耀不是凶手'那句话。"

第 7 章
单恋

四周黑漆漆一片，空气里凝结着冰霜，让人忍不住打起寒战。偌大的冰柜里，碎冰晶莹剔透，散发着寒气，碎冰上躺着一个双眸紧闭的女人，此时她脸颊微微凹陷，若不是胸脯处不再起伏，很难发现她已经死了。

一个男人忍受着刺骨的凉意，跨进了足够大的冰柜里，躺下来后，轻轻地拥过女人。他不敢太使劲，因为女人还没完全冻结，一旦太使劲，将会破坏已经逐渐腐化的尸体。

男人冷得发抖，齿间打战，却一脸满足。这片秘密的空间是他们的二人世界，没有人打扰。直到冰块像刀子一样刺痛男人的肌肤，他才终于受不了，站起身跳了出去，不断地搓手取暖。

男人解开扣子，低头看向自己的胸脯。两年来，他隔三岔五拥着冰尸入眠，胸膛的皮肤早已被冻得发黑发紫，直至坏死，就算用手指用力地戳它，男人也没有任何知觉。然而，男人并不后悔，当他望向冰柜里的尸体时，甚至有一丝兴奋。

男人蹲在冰柜旁，眼神中满是柔情地望着里面的尸体，轻声地问："你没死之前的日子多美好，能够在角落里安静地看着你就已经足够了。你为什么要喜欢上我？"

乍然间，男人变得狂躁，握紧拳头，指甲陷进了掌心。渐渐地，他又恢复了平静，继续温柔地凝视着尸体："没关系，现在，我又能安静地看着你了。"

天刚亮，朱晓便带着一大队警察强行破门，闯入了陈耀的家。戒备的警察全副武装，但是陈耀家中空空如也。朱晓扫视空荡荡的出租屋，忍不住爆了粗口："妈的，被发现了，来晚了一步！"

不久前，"鬼手"吴点点给朱晓发去了多张偷拍的照片。照片中的陈耀胸前呈现出黑色和紫褐色的瘢痕，仔细分辨，不难看出那是冻伤所致。朱晓命令警察到周边搜查，陈耀已经有所察觉，朱晓也顾不上制毒厂会不会闻风解散了，紧急发布了通缉令。

朱晓搜查了陈耀的家，正如吴点点传达的情报一样，陈耀家中并没有冰柜。他托着下巴思考着：除了自己家，陈耀还会把尸体藏在哪儿，才能不被人发现？

"朱队，我们发现了这个。"一名警察指着从柜子里拖出来的东西汇报道。

那是一个简陋的仪器，看着像冰壶，上面还插着U型的透明管子。朱晓一眼就认出来了，这是吸食毒品用的器械。

"这就怪了，这群安保员不是没有吸毒史吗？"朱晓有些诧异，"让禁毒队的人过来一趟。你们再把屋子好好搜一搜，重新提取陈耀的毛发送去检验。"

忙活了一阵后，又有警察来汇报："朱队，安小真尸体遭窃案有眉目了。群众举报，几天前，一家海产店的老板往垃圾堆里丢了一袋用黑色塑料袋包装起来的垃圾，疑似尸体。"

朱晓立刻带人前往那家海产店。警方上门后，海产店的老板惊慌失措，对丢尸的行为供认不讳，并带朱晓进了仓库。仓库很简陋，是用砖砌起来的，经朱晓目测，面积大概有三十平方米，里面放置着不少冰柜，冰柜里装着海产。

"你是说，凶手把尸体藏在这儿两年？"朱晓指着冰柜，立刻摇头，"不可能，你每天都要到仓库里取海产，进进出出，那么大一具尸体，你到前些天才发现？"

老板叹了口气，费劲地将一个大冰柜挪开。朱晓这才发现，冰柜后的砖墙上有一个像是狗洞一样的大窟窿，可供一个成年人进出。于是他打开了手电筒，不带犹豫地钻进去。

这是一个面积大约十平方米的暗格，暗格里存放着一个大冰柜，冰柜靠着从窟窿外接进来的线型插座供电。朱晓仔细闻了闻，空气里充满了腥味，他顿时想起了见到安小真遗体时闻到的那股淡淡的海腥味。

朱晓又钻了出来，问老板："这是怎么回事？"

"两年前，我租了这个地方当作我的仓库。"老板悻悻地说。

仓库就在海产店的后方，只有几米距离。租下店铺和仓库后，老板花了点钱把这里装修了一番。原本仓库非常简陋，老板拆了，重新用砖砌了墙。装修完成之后，老板又花了许多天去进货，便没有管这个仓库。

"凶手一定是趁我不在的那几天，把冰柜拖进仓库，偷偷接了电线，又砌了一堵墙。"

老板在仓库里摆放了许多大型冰柜，一般不会移动它们，所以，两年来，他完全没有发现墙上的窟窿。直到几天前，老板因经营不善，贴出了转租公告。

"有人来看了店铺和仓库，说我在公告上谎称仓库有四十多平方米，但是对方目测了一下，说这地方只有三十多平方米。"

当初，老板租下仓库的时候，亲自测量过，所以十分有信心，最后因为这事与对方发生了争吵。等他冷静下来时，再看这间仓库，忽然发觉是有些小，于是又测量了一遍。这一量，他发现仓库的面积竟然凭空蒸发了十平方米。仓库里囤的东西太多，两年来，老板竟然完全没有发现这件事。

"我把仓库里的东西都清空了，这才发现有人偷偷在我的仓库里砌了一堵墙，造了一个暗格！"

老板发现冰柜里的尸体后，吓得魂不附体，他怕跳进黄河也洗不清，便没敢报警，趁着夜深人静，把冰冻的尸体用黑色塑料袋装起来抛到了垃圾堆里。

朱晓拍着老板的肩膀："我说哥们儿，事情不是你干的，你心虚个啥？就是有你这样的人，我们警察的取证工作才会困难重重！"

朱晓回到市局时，张天宁发生了状况。张天宁在羁留室里又是撞墙，又是哀号，情绪非常不稳定，最后被紧急送往医院。医生检查过后的结果令朱晓大跌眼镜——张天宁的毒瘾犯了。

同时，禁毒队也传来了消息。警方在陈耀的家中提取到了数根毛发，经过检验后，结果呈阳性，证明陈耀在近两年内有过吸毒史，并且，警方已经确定陈耀吸食的正是京港两地警方联合调查的新型毒品。朱晓回想起之前的毛发检验结果，顿时有了猜测。

这些安保员都有案底，DNA信息被储存在警方的数据库内。前一次，众人的毛发被送往戒毒中心检测，只单纯地检验众人有无吸毒，并未进行身份核对。看来被送往戒毒中心的那些毛发被调了包。

朱晓立即询问了当初负责将毛发送往戒毒中心的警察，那名警察回忆，他在即将进戒毒中心时，被一个戴着口罩和帽子的人撞倒了，毛发应该就是那时候被调包的。

朱晓随即又回想起来，当时众人配合警方提取毛发后，卫启义将陈耀叫出门去，随后二人发生口角，大打出手。二人散开后，陈耀便走了，想必是立即追赶那名将毛发送检的警察去了。

朱晓怒极而笑："这些小偷的手法倒是炉火纯青！"

一名警察问："朱队，需要重新取那些人的毛发进行核验吗？"

朱晓点了点头："把卫启义那些人全都逮到警局来，一个一个地验！"

夜间九点后，范雨希和孔末受邀，秘密地来到了刘佳的住处。不久后，朱晓也赶到了，一进门就嚷嚷着："现在的小偷真是越来越无法无天了，什么事都敢干！"

朱晓见范雨希三人坐在沙发上，气氛有些尴尬，旋即干咳了两声："这是怎么了？"

孔末满脸的不悦，站了起来："当初你替我治疗，让我们共享了记忆，我非常感谢。但是，我不会同意继续治疗的。"

朱晓赶紧打圆场："孔末，你不是想成为警察吗？要成为警察，你就必须接受治疗。这是你当初答应的，你不是为了这个才愿意当我的线人的吗？"

"可是，当初你没有说要让我消失！"孔末突然嘶吼。

朱晓闭上了嘴，回答不上来。他的心里有些愧疚，让一个人消失的感觉就像杀死了一个人。

范雨希凝视着孔末，竟然觉得孔末有些可怕。

刘佳叹了一口气："算了，是我操之过急了。这件事过阵子再说吧。"

"对对对。"朱晓连忙转移话题，"师娘，你听说最近的案子了吧？你说，这凶手是什么心理，为什么不和活人在一起，非要抱着个死人过夜？"

刘佳听朱晓复述了案情后，思考了片刻，才问："你听说过'性单恋'吗？"

"这是什么玩意儿？"

"算是一种情感障碍，近几年才被人慢慢重视，目前还没有医学界的定论，更没有系统的研究，甚至没有具体的病例。有人称它为'性单恋'。"刘佳解释，"也许这类人群曾经遭遇过某种打击，导致他们在恋爱的过程中，只需要单向的情感表达，而不需要情感回应。"

说白了，他们只需要暗恋，或者说，只渴望单恋。"性单恋"人群视情节而有所不同，严重者，一旦接收到情感回应，便会停止喜欢对方，甚至因此厌恶对方。

"所以，陈耀是'性单恋'人群。"范雨希明白了过来，"两年前，他暗恋安小真，如今，他暗恋尹丽，所以偷偷潜进了她们的家，在床底与她们过夜，以此获得满足感。"

"这家伙无药可救了吧？"朱晓觉得不可思议，"所以，他杀死安小真和尹丽是因为两名女性回应了他的情感？"

陈耀的心理一层一层地被剖析，众人据此推测了他的犯罪动机，也揣摩了他偷尸的理由。陈耀无法接受单恋的情感状态被打破，于是杀了人，对于他而言，只有死人才是百分之百不会做出情感回应的。他杀了人后，偷了尸体，强忍着刺骨的冰冻与尸体在一起，正是因为单恋的情感状态再也不会发生改变。

"由于目前还没有对这类人群的研究，所以'性单恋'不能称之为一种病。"刘佳说道，"他的情况如此严重，我怀疑这与他吸食的毒品有关系。长期吸毒的人很可能产生诸多幻觉，心理也会逐渐变得畸形。"

"毒品真的害人不浅。"朱晓怒火中烧，"安保团队重新接受了尿检，你猜怎么着？十几个人当中，有一半的人吸了毒！"

除了卫启义、吴点点和其他几名刚加入安保团队不久的安保员，其他人的验毒结果都呈阳性。当日，对于陈耀将众人毛发调包的事，吸毒者们看在眼里，但是谁都没有说破。如今，证据确凿之下，大家倒是老实了，口径出奇一致，称毒品是陈耀贩卖给他们的。

涉嫌吸毒的安保员们都被警方拘留了，不日就将送往戒毒中心强制治疗。卫启义愁眉不展，他的公司算是彻底散了。

"现在最重要的是找到陈耀！这家伙真是把盗窃玩出了新高度！"朱晓为难道，"陈耀是毒贩子，找到他就能顺藤摸瓜，将制毒厂一锅端。但是，陈耀是小偷出身，诡计多端，恐怕踪迹难寻啊。我担心，等我们抓到他，制毒厂早就解散了。"

大部分小偷是盗财窃物，但陈耀偷了一片空间。为了不被人察觉，他没有将安小真的尸体藏在自己家，而是大胆地将其藏在了别人家的仓库暗格里两年之久。两年来，陈耀隔三岔五便会偷偷潜进仓库暗格里，对着冰冻的尸体发泄畸形的欲望。

如今，陈耀被通缉，更是无法将尸体带回自己的住处。朱晓推测，只要陈耀还想继续满足自己的变态欲望，便一定会故技重施，盗取一片空间藏尸。京市地广人多，朱晓觉得无从下手，见孔末一直沉默着，便问："孔末，你有什么想法？"

孔末沉着脸，不吭声。

范雨希劝道："孔末，破案要紧。"

孔末的语气竟有些冷嘲热讽："我替他破了案，难道他就会改变想法，让我留在这个世界上吗？"

朱晓的双眉蹙成一团："孔末，你非要现在谈论这个问题吗？"

孔末冷笑："我说得不对吗？"

"究竟谁才是主人格，你应该清楚。"

"因为他是主人格，就必须让我消失吗？如果不是他太懦弱，又怎么会有我？他需要我！"孔末歇斯底里地指着自己的脑袋，"需要我的时候，就让我出现在这个世界上，现在不需要我了，就要杀死我，对我来说，这公平吗？"

范雨希出言相劝："孔末，你不要激动。"

"闭嘴！"孔末的眼里布满红血丝，"那家伙除了空有一身功夫，有什么用！对于你们而言，我才更有用不是吗？范雨希，他喜欢你，我不喜欢，所以你就要让我死吗！"

朱晓试图平复孔末的情绪："孔末，等你冷静下来，我们再来谈。"

"你有什么资格和我谈？"孔末全然听不进劝告，"你配当警察吗？你把范雨希妈妈的案子作为条件，把替我进行治疗作为条件，让我们当你的线人。你的其他线人呢，又是受了怎样的威逼利诱？"

场面一度失控。

市局刑侦总队内，江军迎来了两位客人。

"李教授，你回来了！"稳重的江军显得有些激动，跳了起来。

被称作"李教授"的是一个中年男人，坐着轮椅，脸上尽显病态，身后一个漂亮的女人正推着他走了过来。

"都当上支队长的人了，怎么还这样？"李教授并不比江军大多少。

李教授是警界的传说，是当年备受关注的侦查学顾问，曾协助警方解开了330号公交车当众凭空消失之谜，破获"330案"①和"红衣女连环杀人案"②等多起离奇大案，更是一手将名不见经传的江军栽培成了优秀的刑警。只可惜，天妒英才，年纪轻轻的李教授患上了脑瘤，于多年前前往国外治疗。

"病治好了吗？医生怎么说？"江军看向李教授身后的女人。

"我在这儿，问我不就好了？"李教授平淡地笑着，"别为难沈诺了。"

沈诺是李教授的恋人，短发遮颈，勉强挤出了一个笑容："他放心不下方涵的案子，一定要回来。"

江军叹了一口气："我们查了暗光这么多年，还是没有重大突破。我那徒弟冒冒失失的，不知道能不能担起重担。"

这些年，李教授一直与江军保持着通信，虽然身在海外，但对国内的动态了如指掌。

"当年你不也是冒冒失失的？"李教授笑着，旋即又严肃了起来，"我倒是不担心朱晓，我担心的是……他的那些线人。"

"你是指，'影子'孔末？"

李教授并不否认："人格分裂者的情绪难以掌控。一旦两个人格产生了去留纠纷……"

江军想了想，做了决定："我会让朱晓不再用'影子'。"

"我回来的消息严格保密。"李教授望向了窗外的夜色，"警方是时候正面和暗光斗一斗了。"

---

① "330案"：作者小说《谋杀法则》中描述的离奇案件。

② "红衣女连环杀人案"：作者小说《谋杀法则》中描述的离奇案件。

第 8 章
选择

郊区的旧民房内，一个步伐缓慢的老年人来到了这里。民房和一个近两百平方米的地下室打通了，地下室中立着数个冰柜，此时，冰柜门敞开着，里面的碎冰散发着寒气，为一群身着白衣、戴着口罩的人提供着制毒所需的低温环境。

老年人环视了正如火如荼进行的制毒工作后，又步履蹒跚地爬上了民房的顶层，他没有敲门，而是直接走了进去，绕过屏风，对着正抽着烟的恭嘉明说："我要退出。"

恭嘉明掐灭了烟，冷声问："你现在想抽身可来不及了，我的大画家。"

老年人竟是苗予。

苗予显得有些着急，手里的拐杖直指恭嘉明的脸："关闻泽都找上门来了！范雨希和孔末也来到了京市，当初若不是我机警，早早地换了制毒地，我早就被发现了！"

苗予家的酒窖连通着一个仓库，原来那个仓库竟是制毒分子生产毒品的地方。画展过后，苗予第一时间将所有人撤离，只留下了几个维持低温环境的大冰柜。

恭嘉明心中不悦，但仍旧安抚道："恭临城知道，我在京市的这些年，蒙受你照顾，关闻泽找你只是单纯地打听我的消息，不会怀疑你的。"

"等他们开始怀疑我，我就完蛋了！"苗予怒不可遏，"你没告诉我，会在画展上杀人！"

苗予是制毒厂的主要出资人，但他十分谨慎，并未与恭嘉明进行直接的资金交易，而是借被"偷"走的画出资，以防警方追查。他与恭嘉明约定，恭嘉明的手下会在画展上"偷"走画作，借黑市兑成现金，当作制毒资金。然而，画展当日，苗予却没有料到会发生命案。

"画被偷，还能找个替罪羔羊进去坐两年牢，以应付警察的调查。现在人死了，现场还发现了毒品，刑侦队和禁毒队都盯着我们不放。我必须退伙！"苗予毅然决然道。

"你放心，警方查不到咱们头上的。"

苗予气得吹胡子瞪眼："你从来没有露过面，置身事外，当然不怕！我警告你，要是我被警方抓了，做鬼也会拖上你！"

恭嘉明的眼底闪过一抹冷光，不再劝说了："既然你这么怕死，我就不勉强了，你走吧。"

苗予走前，留下了最后一句话："姜还是老的辣，我劝你不要和恭临城斗了。警方盯得紧，趁早收手吧。"

苗予离开后，躲在另一间屋子的蒋海才缓缓走了出来："我从你的身上感觉到了杀意，你想杀了他？"

恭嘉明不否认："你没听见他说的吗，做鬼也要拖上我，我不能再留他。"

"果然心狠手辣。如果我打听到的消息没错，你无家可归的那几年，是他在全力帮助你吧？"

"所以，我会给他一个全尸当作报答。"恭嘉明阴笑，"他的画还在咱的手上。如果作者死了，画一定会更加值钱。你说，我何乐而不为啊？我愿意再多给你一倍的赏金，你替我杀了他。"

"暗光规定，不杀线人和卧底之外的人。"蒋海拒绝了，"而且，我接受你的雇用并不是为了赏金。"

恭嘉明笑道："我可听说了，你是暗光里最不服从命令的猎手。而且，这些天，我派去盯着苗予的手下发现，关闻泽可没少盯着他。"

蒋海一听关闻泽的名字，陡然间来了兴致："我答应。"

市局内，朱晓放下了手里的杯子："老大，您请我来喝茶，原来是给我丢了一个难题。这茶，我不喝了。"

江军凝视朱晓："我听你师娘说了，孔末的情绪已经逐渐失控，你不能再用这人了。"

这是朱晓第一次忤逆江军："老大，您就别费心了，他是我的人，我自有分寸。既然上头把任务交给了我，您就别插手了。"

朱晓站起身，往外走去。江军看着朱晓离去的背影，不再说什么，倒是从朱晓的身上看到了自己许多年前的影子，不由得苦笑。

朱晓来到医院里，见了因毒瘾发作而被送医的张天宁。张天宁面色憔悴，双手和双脚被捆在床上，不断地挣扎着，见了朱晓，哀求道："警官，求你了，再让我吸一口。"

"哟，难受啊？"朱晓坐到了床边，安静地注视着犹如疯狗一样的张天宁，"早知今日，何必当初。碰什么不好，非染上那玩意儿。"

张天宁张牙舞爪，浑身像被针扎一样难受。

朱晓掏出手机为张天宁录起了像："看看你，人不人，鬼不鬼。说说吧，吸毒多久了，从哪儿买的毒品？"

张天宁的眼球凸起，恨不得扑到朱晓身上，将他咬死。

"我发现了一件事倒挺奇怪的。包括你在内的其他吸毒者被抓了这么久，竟然没有亲属来探望。我们联系了他们，竟然没一个人的电话能打通。"朱晓说。

张天宁逐渐平静了下来，死死瞪着朱晓。

"如果我猜得不错的话，你们的家属都被毒贩子控制住了吧？"朱晓反问，撒了一个谎，"凶手已经被抓了，你不用怕，招了吧，总不希望耽搁我们救你们的亲属吧？"

张天宁发着抖："他被抓了？"

朱晓面不红心不跳地点头："毒贩子可不会心慈手软。"

张天宁看似犹豫了起来，过了一会儿，突然大吼："我不信！"

朱晓在心中暗骂，嘴上仍旧扯着谎："我骗你干什么，陈耀已经被抓了。"

张天宁望了朱晓许久，乍然间鬼吼鬼叫，挣扎得更加厉害，要求朱晓出去。无奈之下，朱晓收起手机，出了医院。

一名警察来汇报："朱队，您找的人从南港来到京市了，需要我到车站替您将其接过来吗？"

朱晓摇了摇头："给我备辆车，我亲自去。"

又一天即将过去，午夜前夕，朱晓走进了孔末的房间。

"怎么，还生气呢？"朱晓笑着问。

孔末木讷地坐着："朱队，您真要让我消失吗？"

"我承认，比起那家伙，我更喜欢你。但是，只要你们想成为正常人，就避不开谁去谁留的这个问题。"朱晓叹息道，"师娘只是从主人格的角度去考虑这个问题。或许你觉得不公平，但这个身体原本就属于他。"

孔末摊开了手掌，看着手心："可是，我觉得这个身体更适合我。"

不知为什么，听闻这句话的朱晓心底微微地泛起了寒意，竟觉得孔末非常可怕。

"身体是你们的，我作为外人，不应该要求什么。如果另外一个你同意，我不会反对留下你。"朱晓迟疑片刻，坦白道，"今儿，我的上司向我建议，不再使用你作为线人。"

孔末一怔："你答应了？"

朱晓摇头："我没有答应。其实，你比谁都清楚，你本就不应该从事线人的工作，现在，你们因为人格融合而发生争执，就更不适合当线人了。但是，当初是我把你拉到这条不能回头的路上来的，我必须为此负责，哪怕需要承担一些风险。"

孔末低着头："朱队，谢谢你。但是，我不想走。"

"这是你的选择，我不会干预。不过，我想你应该听听你妹妹的建议。"朱晓说完，打开了门，门外站着孔笙。

朱晓离开后，孔末才对着孔笙苦笑："他嘴上说不会干预我的选择，却把你请来了。"

孔笙的泪水在眼眶里打转，握住了孔末的手："哥，这些年，你很累吧。"

孔末的心被刺痛，他很累，但这么多年来，他不允许自己在孔笙的面前展现柔弱的一面。他依稀记得，他第一次出现时，宛如新生儿，对这个世界充满了好奇。他也是带着恨意来到这个世界的，主人格经历的惨剧也像他亲身经历的梦魇一样，纠缠着他。但他知道主人格赋予他的使命，于是，他强迫自己用尽全身的力量不去憎恨，让自己时刻保持着清醒和理智。他是为别人而生的，有时，他会觉得命运不公，凭什么他的诞生只是因为主人格的懦弱。

"孔笙，是不是你也觉得我应该走了？"

孔笙咬着下唇，不断地摇着头："我不知道，你们都是我的哥哥。"

孔末与孔笙对视，眼里充满了期待，轻声问了一句："你真的觉得我是你的哥哥吗？"

孔笙愣住了，不知应该怎么回答。在她的印象中，午后两点半的孔末才是小时候时常与自己拌嘴的哥哥。她眼前的这个孔末太温柔了，尽管对她很好，却让她觉得有些陌生。虽然许多年过去了，但孔笙仍然无法适应。

顷刻间，孔末眼底的希冀荡然无存，他伸出手，柔情似水地在孔笙的头上抚摸着："我知道你的答案了。"

孔笙的眼泪终于决堤了："哥……"

孔末对着她笑了笑："以后，一定要好好照顾自己。"

隔壁房间，朱晓将耳朵贴在墙上，努力地捕捉着任何一丝声响。

"我说，你这样不太好吧？"范雨希无语地问，"你不觉得愧疚吗？"

"我愧疚啥？"朱晓摆着手否认，这才坐下，"这兄妹俩讲话轻声细语的，啥也听不着。"

"你把孔笙找来当救兵，这样给孔末施加压力真的好吗？"

朱晓十分严肃："你不觉得两点半之前的孔末变了吗？"

范雨希没有回答，但她的确有同样的感觉。

"两点半之后的孔末虽然暴躁，但并不会让我感到恐惧。可是这些天，另一个孔末却让我汗毛倒竖，我也说不上来为什么会这样。"朱晓想着，又打了一个激灵，"算了，不说了。你替我看看这个。"

朱晓将手机递给了范雨希，打开了白天讯问张天宁时拍摄的录像。

范雨希看过后，双眉不自觉地蹙在一起："陈耀未必是毒贩子。"

范雨希发觉，当朱晓提及毒贩子被抓时，张天宁明显已经松懈了。但是，当朱晓提及被抓的是陈耀时，张天宁拒不招供，赶走了朱晓。仿佛陈耀被抓并没有让张天宁放心。范雨希据此推断，向张天宁贩毒的并非陈耀。

朱晓应和："当初，众人的毛发被调了包，我们以为大家都没有吸毒，这才推测凶手是毒贩子。如今，陈耀家中搜出了吸食毒品的仪器，再结合案发现场发现的毒品，只能证明他吸毒，无法推测他贩毒。"

范雨希又看了一遍录像，疑惑道："如果陈耀不是毒贩子，那为什么其他有过吸毒史的安保员全都一口咬定他是毒贩呢？"

朱晓一拍大腿："他们的家属也被毒贩子控制了，不敢说实话，陈耀又刚好被抓，所以他们串通好了，统一了口径！"

范雨希顺着线索继续推测："一个安保团队中有这么多人吸食毒品，这不会是巧合，他们的毒品很可能来源于安保团队里，而且，毒贩一定没有被抓，所以张天宁和其他吸毒者才不敢说实话。"

"安保团队中有一半的人没有吸毒，没有被控制，看来我必须重新查查那群人了！"

这时，门铃突然响了，朱晓透过猫眼看到了在门外站着的孔末。

朱晓赶紧向范雨希招手，轻声说："你来开。"

说罢，朱晓摊开一本杂志，若无其事地坐了下来。范雨希一阵无语："你明明就很愧疚。"

门被打开后，孔末向范雨希点了点头，算是打过招呼了，随即又走向朱晓："朱队，我想好了，我答应接受人格融合治疗。请你把孔笙送回南港吧。"

朱晓怔了许久："你……不多陪陪她吗？"

"不了。"孔末笑得云淡风轻，"她需要的不是我。"

一直以来，范雨希无法看透孔末的心，此刻，她却从他那一抹笑容里读出了令人绝望的苦涩。

"我会尽全力配合你破案。"孔末诚恳道，"但是我有一个请求。"

"关于孔笙吗？"

"我知道，你最初看上的不是精神不正常的我，而是她。"孔末说的话令范雨希暗自咋舌。

在范雨希眼中，孔笙只是个备受哥哥保护的小女生而已。

"她比任何人都聪明，但这不是她的优点，而是她时刻想摆脱的包袱，这些年，她经历的痛苦不比我和另一个我少，甚至超过我们千倍万倍。正因如此，当初我们才会那么反对让她当你的线人。"孔末郑重地说，"我们都希望她能平平凡凡地过一生，不想让她遭遇任何危险。所以，等我离开这个世界后，我不允许你打她的主意。"

范雨希没有想到，朱晓最初接触的竟然是表面看上去平平无奇的孔笙。

朱晓叹了一口气，没有任何犹豫："我答应你。"

"另一个我有点粗心，常常忽略孔笙的感受，我担心他承担不起做哥哥的责任。所以，我还想请你多多关照孔笙。"

范雨希的心里泛起了酸楚，仿佛正在诉说着临别遗言的孔末下一秒就会消失。

"孔末……"范雨希不自觉地叫了他的名字。

孔末回以一笑："范雨希，很高兴能认识你。你是第一个让他动心的女人，请你多多叮嘱他，我想，他会听你的话的。如果可以，让他放下心中的憎恨，告诉他，这个世界并不是那么黑暗。说到底，我就是他，他就是我，我希望他能成为更好的自己。"

范雨希的心情沉重，他们相识短短几个月，但一起经历过生死。

"我会静下心来整理这起案件的线索，明天，我们就行动吧。"孔末说着，开了门，"朱队，孔笙在外面等着了，我希望她能连夜回到南港，有我在的地方太危险了。"

门轻轻地关上了，朱晓觉得肩头压上了千斤的重担，久久无法起身。

范雨希试探性地问："就让孔末保持现状不行吗？"

"他要成为警察，就必须恢复正常。"朱晓的眼底闪过一抹残忍，"即使他不想成为警察，维持现状也不是一件好事。师娘说，孔末人格分裂后，能维持这么多年的精神稳定实属奇迹。如果再拖下去，难保有一天不会恶化，届时，精神恍惚是轻，精神崩溃是重，甚至可能分裂出更多人格。"

范雨希心疼起孔末来："为什么要这么对他？"

最终朱晓还是站了起来："有时候，人无法掌控自己的命运。"

在朱晓即将要开门之际，范雨希又叫住了他："当初，孔笙为什么会成为你的目标？"

"命运一旦残酷起来，会接连不断地折磨一个人，或是折磨一家人。"朱晓又一次叹气，"他们这一家太惨了。父母被杀害、哥哥人格分裂、妹妹……"

"孔笙她怎么了？"范雨希见朱晓没有继续往下说，追问道。

"你听说过……超忆症吗？"

第 9 章
范围

"哥，我想忘记。"

这是孔笙从小到大对孔末说得最多的一句话。每一个日夜，孔笙都被可怕的回忆纠缠着，无论她多么努力，爸爸和妈妈遇害的那一幕都烙印在她的记忆里无法抹去。可怕的是，即使过去这么多年，爸爸和妈妈挨了多少刀、被扎中的部位、临死前的眼神，她都记得一清二楚。

学生时代的孔笙，每一门功课都是满分，她几乎过目不忘，即使过去许多年，依然能清晰地记得哪一本课本里的哪一页配了什么插画、第几行的第几个字是什么，任何她见过的事物都储存进了她比机器还要强大的脑海里。

当孔末意识到问题的严重性，带着孔笙去医院检查时，绝望了。超忆症是一种罕见的医学异象，属于无选择记忆的分支。患上超忆症的病人将会失去遗忘的能力，他们的大脑将会无选择地自动保留经历过的所有记忆，具体到每一个细节。

孔末终于明白，他并不是那个最不被上天眷顾的可怜人，孔笙才是。时间是最好的良药，虽然孔末没能从阴霾中走出来，但已经学会了自我逃避。

可是对于孔笙来说，她的痛苦没有解药。每一天，孔笙都要无比真实地重新经历一遍小时候的梦魇。

孔末为了孔笙而选择继续活下去，孔笙又何尝不是为了孔末才没有选择轻生。在这个世界上，孔末和孔笙是彼此唯一的亲人，也是唯一支撑彼此活下去的信念。他们当中只要有任何一个人不在了，另一个人便会对这个世界彻底失去希望，毫不犹豫地离开。

孔末希望孔笙能做一个平凡的人，做自己喜欢的事。孔笙完成学业后，在南港的老街开了一家鲜花铺，每天都会卖花给走进鲜花铺的男男女女。她祝愿每一个人都拥有美好的记忆，因为只有她才最明白，对于人来说，痛苦的回忆是一种怎样沉重的负担。

孔末被南港支队拒绝录用后，陪在孔笙的身边，同她一起卖起了鲜花。

直到有一天，扎着绷带、打着石膏的朱晓一瘸一拐地走进了这间浪漫的鲜花小屋，对孔笙说："我希望你能成为我的线人。"

孔末一把揪住朱晓，将他丢了出去。不愿放弃的朱晓接二连三地拜访，他发现，在不同的时间段，孔末的性格也并不相同。于是朱晓选择了一个清晨造访，终于得以和冷静的孔末坐下交谈。

"孔笙是我最重要的人，我不会让她承受任何风险。"孔末态度坚决地说。

朱晓看着坐在一旁的孔笙，这个刚成年的女生眼神里没有光，嘴角没有弧度，就连向来以"心狠手辣"著称的他都不由得心生怜悯。他叹了一口气，不再勉强，问孔末："那你呢？"

孔末微微一怔："我？"

"我可以让你成为警察。"

晌午，孔末与范雨希从苗予的宅子中走了出来。苗予为恭临城画了一幅画，请他们带回南港代为转交。决心退伙的苗予选择不再与恭嘉明为伍，而是讨好恭临城。

对此毫不知情的范雨希攥着画卷，与孔末一路无话地来到了一条巷子里。当日，陈耀从殡仪馆偷走尹丽的尸体后，将垃圾车遗弃在了此处。警方排查了周遭的环境，发觉周围没有分布太多的监控探头，据此推测陈耀带走尹丽的尸体时，刻意避开了零散的监控探头。

孔末站在巷子口，托着下巴思考着。范雨希安静地站在一旁，望着孔末的身影，心里很不是滋味。孔末表现得非常认真，不像是一个即将告别的人，但是他越是这样，范雨希就越觉得唏嘘。

"小希，"孔末的呼唤声拉回了范雨希的思绪，"你在想什么？"

范雨希挤出一个笑容："这些天，你要不要好好休息休息，出去玩一玩？"

"还有什么必要吗？"孔末摇着头，"有些人能来到这个世界就已经很幸运了，即使很快就要离开。我算更幸运的人吧，已经活了十几年。不必觉得我可怜，那样只会让我觉得不甘。"

范雨希觉得孔末理智得令人害怕，即使到了这个时候，还会开导别人。

"趁着朱晓不在，我有一些话要叮嘱你。"这是范雨希第一次听孔末直呼朱晓的名字。

范雨希隐隐地感到有些不安："怎么了？"

"朱晓这个人大大咧咧，但心思缜密，目光长远，是个很有才能的警察。但是，为了达到目的，他会不择手段，尽管没有违法乱纪，但是缺乏人情。"孔末十分严肃。

范雨希没有反驳孔末对朱晓的评价，点了点头："我知道。"

"不，你不知道。"孔末犹豫了一会儿，继续说，"他的内心很正义，对犯罪分子深恶痛绝。但是，有时候正义过头并不是一件好事。"

范雨希的眉头微皱："你想说什么？"

"朱晓一心痴迷正义，我担心他决心太重，用错手段，把自己也逼成了犯罪分子。这次来京市，他的行踪时常飘忽不定，或许这里也有他的线人。"孔末郑重地叮嘱，"他招揽了那么多神通广大的线人，一旦他误入歧途，后果将不堪设想。"

范雨希在心里数了数："影子""蜘蛛""鬼手"和"声音"，加上代号为"猫"的自己，目前已知的线人就有五人。但她清楚，朱晓还有其他线人。她和孔末对视，不知要怎么接话。

"熟知朱晓的人都清楚，他十分崇拜失踪的卧底警察方涵，我担心他关心则乱，在调查暗光的过程中用力过猛。"孔末淡然一笑，恢复了对朱晓的称呼，"或许是我多虑了。我和朱队相识的时间不长，不足以如此评价他。"

孔末又进了巷子，观察了一圈后，有了推测："陈耀应该把尹丽的尸体藏在了方圆两公里的范围内。"

"为什么？"

"陈耀伪装成环卫工人，于凌晨四点多推着垃圾车载走尹丽的尸体，一路来到这里，才将尸体从垃圾车上搬下来。为了不引人怀疑，陈耀一定会在即将抵达目的地时才将尸体取出，这说明此处距离他藏尸的地点不远了。"孔末分析，"据朱队调查，陈耀名下没有小汽车，长期吸毒，加之工资不高，也买不起交通工具。所以，将尸体从垃圾车上搬下来之后，他更可能手动搬运尸体。"

当时，尸体还未发臭，天也还没亮，倘若陈耀背着尸体时，遇上了行人，也不会太过引人怀疑，或许行人会觉得陈耀背着的女人只是喝醉了。

"根据路程推测，陈耀从垃圾车上搬下尸体的时候，距天亮不足一个小时了。他背着尸体行走，行动速度相对迟缓，又必须在天亮前安置好尸体，所以我推测，他的藏尸地距离此处两公里左右。"

范雨希觉得有道理，立即联系了朱晓。

正在部署行动的朱晓得到消息后，马上派出了不少人，以小巷子为中心，暗中摸查方圆两公里的民宅。

"朱队，这是您要的资料。"一名警察向朱晓递了几份厚厚的文件。

朱晓推测毒贩另有其人后，便要求手下整理了安保团队所有人最详尽的资料，方便排查。他翻了翻，先翻出了陈耀的资料。陈耀是一名了不得的小偷，当年偷进了一家民办银行的小金库，神不知鬼不觉地盗走了一些现金。

盗窃金融机构的罪名不小，得亏后来陈耀不堪心理压力，去自首了，加之盗窃的金额不算巨大，这才只被判了几年。

朱晓继续翻着资料，听手下汇报："咱派了几个人盯着没有被控制的那些安保员，他们都是小偷出身，咱的人总跟丢。而且，安保团队散伙了，有几个人订了票，近期就会离开京市。"

"心里没鬼的人需要养家糊口，离开京市找活干属于正常；心里有鬼的人想借着大伙儿离开京市时，浑水摸鱼，一道逃离，这也正常。"朱晓不慌不忙地回答。

"我们需要禁止他们逃离吗？"

"别，"朱晓说，"既然陈耀被通缉了，咱就将错就错，让毒贩子放松警惕。要是这个时候禁止众人离京，制毒厂一定会有所察觉。到时候，要是禁毒队抓不着人，恐怕得怪罪咱们。"

"那咱要怎么做？"

"在大家离京前，抓住毒贩子，捣毁制毒厂。"朱晓放下手里的资料，"此次的新型毒品价格昂贵，你想想，这么多小偷聚在一起吸毒，工资又不高，他们更可能怎么做？"

那名警察挠了挠头："如果我是这群小偷，肯定重操旧业，一起出去偷钱，以供吸食毒品。"

"果然还是京市的警察聪明，比南港那群笨蛋强多了。"朱晓继续问，"对于他们来说，偷点钱可比工作容易多了。可是，他们却都留在这个安保团队里，努力干活，加班加点，以赚取足够购买毒品的钱，这说明什么？"

"他们离不开这个安保团队！"那名警察恍然大悟，"难道毒贩子是他们的老板，老板不走，他们怎么可能走！"

"不错。昨儿我想了一夜，从逻辑上推理，卫启义最有可能是毒贩子。所以，咱们应该重点盯着这个人。"朱晓说。

那名警察翻了翻记录，说道："卫启义订的是两天后的飞机票。"

"把盯着他的人都撤了，"朱晓说，"再让他蹦跶两天。"

那名警察不明所以了："咱不盯他了？"

朱晓将那名警察打发走后，联系了吴点点，将暗中跟踪卫启义的任务交给了她。他挂断电话后，又随手翻了翻那些资料，忽然间，他的目光被陈耀几年前的住院记录所吸引：几年前，陈耀在上工时，从几层高的楼顶跌落。

吴点点蹲在了卫启义住宅楼对面的街区，目不转睛地注视着住宅楼，一直从白天守到了晚上。安保团队散伙后，卫启义非常正常地办理了手续，清算结束后，回到了住处，一天没有出门。

晚上十点半，卫启义突然下楼了，只见他掏出了一个黑色的手机，站在路边，不知正在和谁打电话。吴点点确定，她从未见卫启义使用过那个黑色的手机。果然，卫启义打完电话后，将黑色的手机放进兜里，又掏出另一个常用的手机叫了一辆车。

吴点点马上联系朱晓："卫启义要出门了。"

"跟牢了。"

吴点点不可思议地抱怨："您也没给我配车，我怎么跟？两只脚能跟得上四个轮子？"

"把车牌号报给我，你继续蹲着，别离开。"朱晓换了命令。

吴点点拿着望远镜，将车牌号报给了朱晓，挂断电话后，打了一个哈欠，坐在地上，继续盯着那栋住宅楼，尽管她不知道卫启义都走了，还需要她盯什么。

朱晓立即联系了交警队，实时监控那辆车的动向。很快，交警队传来消息，卫启义在陈耀挪尸的巷子附近下车了。再之后，警方便找不到卫启义的踪影了。朱晓觉得奇怪，马上起身，亲自前往。

一个多小时后，朱晓又接到了吴点点的电话："朱队，我快困死了，卫启义还没回来，我能不能撤了？"

"继续蹲。"朱晓拒绝了，"如果发现陈耀，立即告诉我。"

吴点点愣了愣："陈耀？您糊涂了？这儿是卫启义的家，陈耀怎么可能来？"

"让你蹲就蹲，哪来那么多废话！"

其实，朱晓早已经有了计划。按照目前掌握的线索，陈耀有吸毒史，而卫启义最有可能是毒贩子。陈耀的银行卡已经被警方冻结，身上的现金又不够，一旦毒瘾犯了，想要继续吸毒，只有三个方法：把《畸形的爱》通过黑市卖了、去偷钱、去偷毒品。

据京市警方掌握的多个黑市的动向，目前还没听说有人交易名画。至于第二个方法，看似最简便，却也最曲折，陈耀偷了钱后，还需要找毒贩子购买毒品，这对于正在被通缉的他来说，风险太大。于是，直接从毒贩子那儿盗取毒品成了最佳选择。

为了不打草惊蛇，警方没有搜查卫启义的家，不知道卫启义的家中是否藏有毒品，但陈耀和警方一样，也不知道。一旦陈耀出现在卫启义的家中，那便可以证明向陈耀等人贩毒的正是卫启义。

话音刚落，吴点点突然惊叫了一声："朱队，还真有个人鬼鬼祟祟进了那栋住宅楼。"

陈耀的身体战栗，已经许多天没有碰毒品了，全身痒得难受。他悄悄来到了卫启义的家门外，迫不及待地开起了锁，丝毫没有察觉到正在楼道里观察着他的吴点点。

几分钟后，陈耀打开了门上的密码锁，开门进去了。家里没有人，陈耀观察了一番后，发现了一个隐秘的监控探头。陈耀没有理会监控探头，心急如焚地翻箱倒柜，十几分钟后，仍然一无所获。

陈耀咬着牙，毒瘾正在侵蚀着他。终于，他无力地瘫倒在地。也是这一倒，竟然意外地让他发现了地板上的玄机。他轻轻地用手敲击地面，发觉几块地板的声音不太一样。很快，他在地板上找到了一条缝，并将其撬了起来。

陈耀的双眼发亮，从地板下的暗格里掏出一包粉末状的东西，当场开始吸食。当身体得到满足后，陈耀又晃晃悠悠找来了一个袋子，将暗格里的毒品一扫而空，正要起身时，暗格里的另一件东西令他双目圆瞪。

吴点点在楼道里等候了足足半个小时，终于见陈耀跑了出来。陈耀的手里提着两个黑色袋子，其中一个袋子是长条形的，不知里面装了什么。陈耀走得着急，连门都没替卫启义关上。吴点点压低声音，对着电话说："朱队，陈耀跑了，我要追吗？"

"别追了。"

"不追？到时候出什么事，可别怪我。"

朱晓自信的声音传来："能出什么事？"

吴点点来到了卫启义的家门外，探头朝里面看了一眼："卫启义的家里有监控探头，他回来一定会发现端倪。"

短短两分钟，陈耀已经跑出了百米。在转过一个拐角时，突然，两个蒙面的人将他打晕了。

卫启义回到家时，已经累得头晕眼花，一进门，顾不上休息，先是打开暗格，认认真真地瞧了一眼。

暗格里堆满了毒品，卫启义仔细地数了数，发现毒品一包未少，暗格底部的东西也在。但是，他还不放心，又打开了监控系统，查看他出门后的录像。他目不转睛地盯着屏幕，然而，画面里竟然一切正常，仿佛陈耀根本不曾潜入过他的家中。

卫启义终于松了一口气，倒在床上睡着了。

卫启义不久前往的巷子附近，朱晓听着摸索了一天的警察做汇报。警方搜遍了方圆几公里的民宅，什么也没找着。

朱晓摸着胡楂儿："都找过了吗？"

"为了提高效率，我们在筛查阶段排除了一些不太可能的地方。"

"哪些地方是不太可能的地方？"

"比如画家苗予的家，虽然距离巷子只有两公里，但我们认为那里不太可能。"

忽然间，朱晓沉默了。

第 10 章
开端

凌晨，警笛齐鸣，苗予的豪宅外拉起了警戒线。

苗予死了，墙上有一大片血迹。朱晓站在苗予的尸体旁，听着法医的分析：苗予是被人推搡至墙上，脑袋磕在墙上致死的，初步推测死亡时间为夜间十一点半前后。

"朱队，我们在仓库里……"

朱晓的心中早已有了猜测，接着前来汇报的警察没说完的话说："发现了尹丽的尸体吧？"

"不止，您亲自去看看吧。"

朱晓下了酒窖，来到了连通酒窖的仓库里。酒窖的气温很低，仓库里，几个偌大的冰柜散发着寒气，里面碎冰凝结，躺着一具结了冰霜的尸体——正是尹丽。苗予的画作被偷是众人关注的焦点，在此之前，谁也没有想到，陈耀竟然会选择如此危险的地方藏尸。

在偷尸之前，陈耀一定已经选好了藏尸地点，也就是说，他早就潜进过苗予的家。苗予年纪大了，不常下酒窖，又没有请用人，独自居住，于是，连通酒窖的仓库成了陈耀绝佳的藏尸地点。

法医勘验了尸体，语气沉重道："尸体冷冻时间不长，可以尝试提取犯罪嫌疑人遗留在尸体上的DNA，一旦提取到，就多了一项可以将陈耀送进监狱的证据。"

朱晓做出推测："苗予很可能难得地下了一趟仓库，这才发现了陈耀的秘密，使陈耀对其起了歹心。"

"朱队，我们搞出这么大的动静，陈耀不会回来了，他很可能弃尸逃亡。"

朱晓点了点头："公布苗予的死讯，升级抓捕陈耀的通缉令等级，悬赏提供线索的市民，力求在最短的时间内抓捕陈耀。"

另一名警察将一个小型塑封袋递给朱晓："我们在仓库里提取到了不少用于制造新型毒品的原料残留。"

朱晓一怔，顿时明白了过来："苗予还和制毒厂有关系？"

此次京港两地联合调查的新型毒品制造条件严苛，需要在低温环境下进行。此前，京市警方怀疑京市存在一个小型制毒厂，现在朱晓打量这间仓库，不大不小，还摆放着好几个空荡荡的冰柜，符合小型制毒厂的特征。

朱晓想了想，问："苗予的资金往来正常吗？"

"非常正常。"回答的警察话锋一转，"不过，昨夜缉私部门又端了一个黑市团伙，发现这几个月来，苗予亲手绘制的几幅画在黑市内流通，并且拍出了不低的价格。"

"这老家伙倒是聪明，见过洗黑钱的，没见过洗黑画的。"朱晓已然猜到苗予是如何为制毒厂提供资金的了。

距离苗予家几百米外的街区上，关闻泽拦下了正要离开的蒋海。

"人是你杀的？"关闻泽的声音冰冷。

蒋海否认了："我是准备来杀他的，不过来时，警察已经赶到了。"

这些天，为了找恭嘉明，关闻泽时常监视苗予。当他再次来到苗予家时，透过窗户见到苗予倒在了血泊中。警方随后赶到，他没能进屋查看。不久后，他遇到了蒋海。

"为什么要杀他？"

蒋海不愿回答，转身便走，但关闻泽一个箭步，又一次拦下了他。他盯着关闻泽看了一会儿，扑哧一声笑了出来："我问过你那么多问题，你一个也不回答，现在，你该知道这有多难受了吧？"

关闻泽突然扼住了蒋海的咽喉："我再问一遍。"

"关闻泽，你不必威胁我，你应该知道，我不怕你。"蒋海的眼里充满笑意，丝毫不惧，将关闻泽的手拨开，"不过，告诉你也无妨。今后，凡是有你的地方，便有我，你想做的事，我一件也不会让你做成。"

"你会后悔的。"关闻泽的语气里夹带着冷厉。

蒋海的脸沉了下来："我说了，我不喜欢别人威胁我。你想找恭嘉明吗？不必找了，他很快就会回南港。"

关闻泽的双眼微眯："你在替他做事。"

"猎手接受雇主的雇用，不可以吗？"蒋海轻轻地戳着关闻泽的肩膀，"你要小心了，倘若我发现范雨希真的是线人，你可保不住她。"

关闻泽忽然出手，攻向蒋海的面门。蒋海的脸色不变，接住了他的拳头，嘴角上翘："看来我找到了你的软肋。"

关闻泽一试，便试出了他的身手。蒋海嚣张跋扈，却有嚣张的资本。

蒋海轻轻地抚摸着被掐红的脖子，戏弄般说："你找不到恭嘉明的。回南港去吧，我们很快就会上门拜访。"

蒋海留下话，扬长而去，回到了郊区的民宅。恭嘉明看着电视播报的新闻，夸奖道："不愧是暗光的猎手，这么快就得手了。"

蒋海坐了下来："马屁拍错了，人不是我杀的。"

恭嘉明的脸色一变："不是你杀的？"

"我劝你撤离吧，京市警方没那么好糊弄。"

恭嘉明看了看手表："再有十几个小时，下一批毒品就能制作完成了。你让我现在撤，就是和钱过不去！"

天亮了，卫启义起了个大早。他接到吴点点等人催债的电话，这才想起众人的工资还没有结。即将离开京市的他不愿意多生事端，老实地带上偌大的钱袋子，前去与众人会面。

"卫哥，大伙儿也不容易，马上要各奔东西了，希望您理解。"吴点点装模作样地客套。

卫启义把钱袋子放在了桌上，着急离开："大伙儿的工资都在这里面，我有事，先走了。"

吴点点拦住了卫启义："得当面结清吧。"

大伙儿也纷纷应和："对啊，还没算清楚呢，怎么就要走？"

卫启义一阵头痛："你们放心，里面的钱只多不少。"

吴点点嘿嘿一笑："卫哥，该是咱的，咱拿，多的一分不要，都是出来打工的，都不容易。"

卫启义看了看时间，更着急了："不行，我现在就得走。"

吴点点拉住卫启义的胳膊，不让他离开，众人也都围了上来，场面十分混乱。卫启义担心把事情闹大，只好气呼呼地坐下，眼睁睁看着众人数钱。吴点点借口方便，去了一趟卫生间，将门反锁后，将早就准备好的笔记本电脑打开。

笔记本电脑里传来了周旱的声音："我说，姐们儿，您的'鬼手'还管不管用，让我等了这么久？"

吴点点从兜里掏出了一个手机，那竟然是卫启义秘密使用的黑色手机。

"甭废话，我得赶紧还回去。"吴点点打趣道，"你要是害我暴露了，我非把你的'蜘蛛腿'拧断。"

就在刚刚，吴点点趁着与卫启义拉扯时，神不知鬼不觉地偷了他藏在兜里的黑色手机。周旱立刻指挥吴点点将黑色手机连上电脑，片刻后，一阵噼里啪啦的操作后，说道："我猜得不错，目标的手机使用的是未实名登记的号码，每次打电话都使用网络电话软件，还进行了加密处理，无法查询通话记录。"

"怎么，我这手机白偷了？"吴点点郁闷道。

"别急，我会往他手机里植入一个隐藏的病毒程序，等下次他通电话时，我可以监听，并定位对方的位置。"周旱说着，立刻忙活了起来。

吴点点心急如焚，眼看时间一分一秒地过去，急得再次催促："好了没啊，再晚他就发现了！"

周旱在键盘上敲击了最后一下："成了。"

吴点点长舒了一口气，将笔记本电脑藏好，开门走了出去。令她胆战心惊的是，卫启义竟然迎面而来。她强装镇定，对卫启义点了点头："卫哥，您也来上厕所啊。"

卫启义表现得非常不耐烦，扫了她一眼，继续往前走。

吴点点长舒了一口气，看样子，卫启义还没有发觉手机失窃。二人即将擦身而过时，她假装崴脚，顺势扶住了卫启义。卫启义心烦意乱，将她推开，训斥道："你就不能小心点吗？我告诉你，我还有急事，一会儿钱点清了，我要走，你们谁都别拦着！"

吴点点马上点头："当然，当然。"

卫启义恶狠狠地瞪了她一眼，进了卫生间，警惕地将门反锁，在身上摸索了好一阵，掏出黑色手机，拨通了一个号码。

就在刚刚，吴点点将黑色手机放回了卫启义的兜里。

"大哥。"卫启义阿谀地打招呼。

电话里传来恭嘉明的声音："苗予是你杀的吧？"

卫启义急忙否认："怎么可能是我杀的？"

"带上东西，我要见你。"

卫启义打了一个激灵，从手机听筒里感到了杀意。

市局内，禁毒支队和市局总队下辖的刑侦支队早已经蓄势待发。朱晓接到了周旱发来的定位后，立即带领众人出发，前往郊区的一栋民宅。所有警察全副武装，悄悄将民宅包围。朱晓一声令下，警察破门而入后，分成两个小队，一队冲向楼顶，一队冲入地窖。

地窖里有许多戴着白色口罩、穿着白色衣服的人，见警察闯入，他们不敢抵抗，立即放下手头的制毒工作，抱头下蹲。朱晓环视四周，发现了许多已经制作完成的毒品和一些尚未加工完成的制毒原料。此次行动收获巨大，目测缴获的毒品价值达到数千万。

"带走。"朱晓大手一挥，没有耽搁，径直奔向楼上。

几名警察正手持警盾和枪械，聚拢在一处门外，强行破门后，预想中的危险没有发生，房间里面十分安静。朱晓小心翼翼地带头进入，踢倒了屏风。

屏风后只有一张木沙发，其他什么也没有。

最终恭嘉明还是听了蒋海的劝，逃离了。

"他妈的！"朱晓骂了一声，"跑了。"

很快，朱晓又赶到地下室，随手揪过一个制毒员工，按到了墙上："说，你们老大是谁？"

那人吓得面色惨白，拼命摇头："不知道。"

朱晓掏出配枪，抵在了那人的头上："还不老实，信不信老子一枪崩了你！"

有警察劝道："朱队，咱是不是注意一下影响。"

"闭嘴！"朱晓正在气头上，"什么影响？每年咱们有多少兄弟死在毒贩子的手上、有多少人因为他们家破人亡。这些人就该当场枪毙！"

制毒员工两腿发软，哀号道："我们都是被逼的，我们家人的命都在卫启义的手上。我们是真的不知道我们的老大是谁，每一次见面，他都把自己裹得严严实实！"

朱晓冷静了下来："立刻逮捕卫启义！"

京市机场，卫启义正准备逃离，却被及时赶到的朱晓抓了个正着。

"卫启义，警方怀疑你涉嫌贩毒、非法限制人身自由，跟我们走一趟吧。"朱晓挥了挥手，两名警察将卫启义铐上了。

卫启义大喊冤枉："你们有什么证据！"

朱晓冷笑："证据？制毒厂都被端了，你还狡辩？"

卫启义面如死灰，身后的行李箱被警察扯了下来。

"老实说吧，你把那些制毒员工和安保员的家属都藏在了哪里？"

卫启义为了争取减刑，老实招供了。警方又一次出动，解救了人质，并逮捕了卫启义的十几个同伙。

市局里，朱晓亲自审讯卫启义，但卫启义也不知道幕后者的身份。

"我换个问题。"朱晓突然说，"为什么要杀害苗予？"

卫启义大惊，否认道："苗予不是我杀的。"

"你当真以为警方蠢，我们对外公布人是陈耀杀的，就是为了瞒住你这个蠢蛋！"

陈耀潜入卫启义家中时，大约是今日零点，苗予的死亡时间大约是昨夜十一点半。朱晓推算了时间，半个小时，根本不够陈耀往返并作案。但是，夜间十点半出门的卫启义却有充足的作案时间，并且他最后下车的地点正是苗予家附近。

"看样子，你还不知道你杀苗予的时候，陈耀潜进了你的家。"

卫启义惊得差点儿跳起来："怎么可能！"

当晚，朱晓联系了周旱，入侵了卫启义家中的网络，通过视频剪辑，伪造了一切如常的监控录像。陈耀逃离后，范雨希和孔末及时拦截并将他打晕，然后将他偷的东西原封不动地放回了卫启义家中的暗格里。陈耀吸食了一包毒品，朱晓还特地从市局缴获的毒品中取了一包放在卫启义家中的暗格充数，用于迷惑卫启义。

卫启义咽了一口唾沫，牙齿打起了战。

"卫启义，你别以为瞒住杀人案，就能少坐几年牢。你贩毒的数量巨大，死刑无疑。"朱晓揪过他，"人之将死，其言也善，顺道说说你为什么杀死安小真和尹丽吧。"

卫启义仍旧想开脱："她们……是陈耀杀的。"

"几年前，陈耀受过工伤，医院的诊断记录里显示他的右手粉碎性骨折，康复后，虽然能勉强使用，但力量不如正常人。"朱晓盯着他，"但是，凶手掐死尹丽时，用的却是右手，陈耀根本做不到这一点。"

朱晓说着，取出了一幅画，竟是《畸形的爱》，这是从卫启义随身携带的行李箱里搜出来的。

"其实，就算你不说，我也猜到是怎么回事了。"朱晓说。

当晚，陈耀除了从卫启义的家中偷走毒品，还顺带发现了这幅画。范雨希和孔末拦截陈耀后，又将画放了回去。偷走画作的并非陈耀，而是卫启义。

"苗予担心东窗事发，决定退伙，并且要求你交还画作，你不同意，便有了口舌之争，最后你杀了他。"朱晓推论道，"陈耀已经招了，你召集一群小偷的目的是利用他们贩毒。你用毒品控制他们，还顺带控制了他们的家人。"

安保团队里有近一半安保员没有吸食毒品，这是因为他们刚加入安保团队不久，卫启义还没来得及向他们贩毒。

"你之所以杀尹丽和安小真，是因为她们在无意中发现了你贩毒的秘密吧？"朱晓问。

卫启义彻底绝望了，不再否认。

"陈耀是'性单恋'人群，他盗走尸体后，阴差阳错之下，我们误将他当成了凶手。你是不是觉得自己特别聪明，以为我们什么都没有察觉，准备带着画逃走？"朱晓怒斥，"在所有的罪犯里，我最恨的就是毒贩子！"

制毒厂的幕后大哥跑了，无人知晓他的身份。京港两地联合调查的毒品案并未结束，尚是开端。

孔末一个人来到酒店的天台，手里拿着啤酒瓶，吹着风。

范雨希悄悄地走上来，看着孔末脚下七零八落的空酒瓶，叹了口气。

孔末望着远方，失意地问："这会儿，案子应该尘埃落定了吧？"

"嗯。"范雨希走到孔末的身边，"刚刚朱晓传来消息，制毒厂被捣毁了。陈耀涉嫌偷窃尸体和侮辱尸体被捕，卫启义也将面临以贩毒、故意杀人等罪名提起的公诉。"

"果然，一个人做了什么样的决定，就要承担什么样的后果。"孔末又往嘴里灌了一口酒，"我该履行我的承诺了。"

第 11 章
怪物

位于京市和南港两地中间的一座山里，有几个小村落。小村落的交通不是很方便，大部分年轻人离开村落，进城务工了，但一些腿脚不便的老人依旧留在村里，靠着村里的农田为生。

一支来自南港医院的义诊小队驱着几辆车，驶进了其中一个村落，开展免费为农户体检和诊断的志愿活动。这支义诊小队由南港医院十几名年轻的精英医生组成，一路上，他们已经为不少困难村落提供了志愿服务，这是他们的最后一站。

"丁大夫，你们真是好人哪，到这么偏僻的地方来为咱们这些糟老头儿和老婆子看病。"

这名穿着白大褂的男医生胸前的名牌上刻着"丁景强"三个字。丁景强将听诊器摘下，拉过老大爷的手为他号脉，温和地笑道："老大爷，医者父母心，这是我们应该做的。"

老大爷抬头望了一眼黑压压的天，操着令人不容易听懂的口音问："大夫，你们什么时候走啊？"

"今儿，义诊工作就结束了，我们休息一夜，明儿就回南港了。"丁景强回答。

"眼看要下大暴雨了，我看，明儿你们是走不了了。"

丁景强也往山头扫了一眼："乌云是多了点儿，但不见得会下大暴雨吧？"

"俺们在山里生活了大半辈子，闻着风的味道就知道会不会下雨。"老大爷笑着，突然又严肃地警告道，"等天黑下来，你们可千万不要到处乱跑。"

丁景强忽然有些不安："为什么？"

"村里啊，有怪物，总在夜里出没。"老大爷压低了声音，满脸忌讳地说。

这时，一旁的心理医生庄木严凑了上来："什么怪物？"

庄木严的吆喝声将所有前来看诊的老人的目光吸引了过来。丁景强环视了一圈，发觉每一个人的脸色都变了。老大爷匆匆起了身，拄着拐杖离开了。

夜色降临，伴着一声巨响，夜空被闪电划开了一道大口子，暴雨倾盆而下。十几名医生扎起了帐篷，雨水打在布幔上，帐篷摇摇欲坠。庄木严对着挤在同一个帐篷里的丁景强抱怨："我们为什么要到这么偏僻的村落来，村民家里连个空房间都没能腾出来。"

呼噜声很快响起，庄木严睡死了过去，丁景强却还想着白天的事，辗转反侧，无法入眠。到了后半夜，丁景强被尿憋得受不了，便取了把伞，钻出了帐篷。他手里的伞差点儿被大风吹走，雨水顷刻间灌进了他的领口。

村子扎根在树林旁，林子里的大树又高又密，林间的风雨声混杂，呜呜咽咽，倘若仔细地听，既像有人正在凄厉地哭着，又像有人正在阴笑着。丁景强刻意地挪开手电筒，不敢照向树林。他找了一片草丛，刚解开裤子，还是忍不住望向那片林子。他隐隐约约地瞧见远处有一道黑影，那黑影站在树旁，佝偻着身子，一只手搭在树干上，直直地面向他。

丁景强打了一个激灵，收回了目光，强忍着心里的恐惧，解了手，但刚提上裤子，那道黑影突然不见了。正当他以为是自己眼花了之际，草丛里突然有了些动静，好像有什么东西覆上了他的脚背！

丁景强的背脊发凉，缓缓地低下头。他看清了，那是一个穿着破破烂烂的衣服、头发又长又脏的人形怪物！他满面疮痍，凸起的脓包密密麻麻地堆积在脸上，整个面部连一块正常的皮肤都找不到，甚至有些脓包已经破了，流着红白相间的液体，有些还未破开，透明的脓包里仿佛还长着正在蠕动的白虫，有些甚至长进了眼睛里，遮住了他的瞳孔。他的手正玩弄着他的鞋子，几近腐烂的脸向上仰着，嘴角露着狰狞的弧度。

丁景强失声尖叫，拔腿便跑，可没跑几步，就被脚下的石头绊倒，眼睁睁地看着那怪物朝着他张牙舞爪地爬来。

　　滂沱大雨下了整整两日，范雨希坐在火车上，失神地望着窗外疾退的风景。

孔末留在了京市，接受刘佳的治疗。今日一早，在范雨希踏上回南港的旅途前，朱晓如约给她过目了卷宗。她的眼里噙着泪水，回想着卷宗上的每一个字，不自觉地握紧了拳头。

范雨希的记忆回到了刚过完十八岁生日的那一年，范巧菁带着她来到了京市。

"妈，我们来京市干什么？"范雨希牵着范巧菁的手，只觉得冰凉彻骨。

范巧菁捧着一束蔷薇花，那是她最爱的花。她勉强挤出了一个笑容："我不是说了吗，换个环境生活。"

范雨希盯着范巧菁的脸，一眼便看出范巧菁在撒谎。从一个月前开始，范巧菁便有了心事，时常唉声叹气的。几天前，范巧菁突然告诉她，她们将搬到京市生活，再也不回南港了。恭临城得知消息后，极力挽留她们母女二人，但范巧菁去意已决，恭临城只好不再勉强，托人为她们找好了住处、安排了新工作和学校。

"妈，你骗不了我的。"范雨希在路边停下了脚步，"为什么突然要离开南港？"

范巧菁扭过脸，不让范雨希看见她的表情："换新地方，就不会有人说你的妈妈是舞女了。"

"我不在意。"范雨希倔强道，"我早就已经习惯了，只要我们自己问心无愧就好了。"

"难道我们要一直拖累恭爷吗？"

范雨希微微一愣，这些年，恭临城悉心照料她们，她的心里的确受之有愧。她跺了跺脚："都怪当初抛弃我们的那个男人！"

范巧菁的眼眶红了："小希，别这么说，他是你爸爸。"

"爸爸？"范雨希咬紧牙根，"我连他是谁都不知道，凭什么要叫他爸爸！"

"他是有苦衷的。"范巧菁低下了头，满脸的委屈，"我不配去找他。"

范雨希揉着发疼的脑袋："妈，都说天涯何处无芳草，真不知道你是怎么想的，那么多男人喜欢你，你非得在一棵树上吊死，这么多年来，别说改嫁了，连个机会也不给别人。"

"以后等你谈了恋爱，你会懂的。"

最终，范雨希同意移居京市，她知道，范巧菁的心里一直住着她未曾谋面的爸爸，为了不再勾起范巧菁的回忆，她不再多问。

可是，命运无常，就在范雨希做好了与范巧菁开始新生活的准备时，一切发生了改变。范雨希仍然记得那辆大货车朝着她们疾驰而来的那一天，范巧菁抛下了刚从花店捡来的那束蔷薇花，用尽全身的力气推开了她。

范巧菁死在了血迹斑斑的轮胎下，生前的美丽不再，只剩血肉模糊的躯体。范雨希抓着范巧菁逐渐没有温度的手，哭得声嘶力竭。范巧菁弥留的时候，为她留下了最后一抹笑意，正是那一抹笑意，支撑着她一直独自生活下去。

肇事司机是T国外籍男子，没有逃逸，后因交通肇事罪，被判三年有期徒刑。范雨希被恭临城接回了南港，在这里努力地生活，完成学业后，替恭临城打理全南港的舞厅。在她的管理下，几年后，南港舞厅成了最单纯的娱乐场所，没有人敢犯事。

曾经范雨希天真地以为，范巧菁的死只是一起纯粹的意外事故，直到朱晓出现，她才明白，这很可能是一起蓄意谋杀案。

当年负责这起案子的是时任京市警员的朱晓。原本朱晓也不觉得这起案子有问题，直至肇事的T籍司机刑满释放。朱晓发觉，T籍司机突然离境回了T国，名下的账户突然汇入一笔巨款，并且疑似在短时间内通过地下钱庄转移这笔巨款。朱晓重查旧案，意外地发现，T籍司机曾多次跟踪范巧菁。肇事司机已经逃回T国，朱晓没有找到铁证，无法启动引渡程序，将T籍司机逮捕回国。

朱晓将这起案子记在心上，始终没有放弃，原本打算稍有眉目之后，再告诉范雨希，以免范雨希关心则乱。

火车逐渐地降速，最终停了下来，范雨希的思绪被火车内的广播拉了回来。由于大暴雨，前方路段大概率会发生泥石流，乘务长决定停下火车，等待指令。火车内乱成了一团，不少赶时间的乘客要求立即启程，乘务员不断地安抚着乘客，但还是有情绪激动的乘客在要求得不到满足的情况下，拿起破窗锤砸破了窗户。

火车内的警报拉响，几名乘客强行开启了车门。四周是荒郊野岭，漫天大雨下，一眼望不到尽头的铁路上只有孤零零的一辆火车盘踞在铁轨上。大风大雨从车门内灌了进来，乘务警察立即出动，控制住了几名乘客。

范雨希事不关己地盯着窗外，时过中午，天空却黯淡无光，远处光溜溜的山头上好似悬着一道身影。她眯着眼睛仔细查看，那道人影又好像正朝着火车招手。待她眨了眨眼睛，那道人影便不见了。

范雨希心生怪异时，突然有人在火车外敲了敲车窗，那是一个又高又瘦的男人，他穿着短袖，在寒冷的冬季格外引人注目。范雨希认出对方来，这个人原本也是火车上的乘客，曾好几次在她的这节车厢里晃悠。

男人对着范雨希勾了勾手指，张开了嘴，而后跑向了无垠的旷野。

范雨希第一时间起身，趁着所有人没注意，跳下了还未关闭的车门，不顾瓢泼大雨，全力追逐男人。

范雨希通过男人的嘴型读出了男人说的话：想知道关闻泽的事吗?

"朱队，人还没找着。"白洋进了朱晓的办公室，"恭家大院催了好几次了，让我们一定要找到范雨希。"

为了不引人怀疑，朱晓没与范雨希一同回南港，而是自掏腰包，从京市坐飞机回来。刚回到南港，便听闻范雨希失踪的消息。他给范雨希打了好几个电话，但是没有一个能打通。

"那辆火车呢？"朱晓问。

"火车早已经抵达南港了，中途停过，有人闹事，开启了车门。乘务警察怀疑范雨希是在那个时候下了车。"白洋汇报，"经乘警排查，火车上失踪的还有一个名叫蒋海的男性乘客。"

"恭家大院的丫头路子真野，荒郊野外的都敢下车。"朱晓嘴上调侃着，心里却十分担忧，他清楚，范雨希的心情不怎么好，"那个蒋海是什么来路？"

"没查着。"白洋说，"对了，南港医院也报了警，说是他们的一个义诊小队失联了，我查了他们最后的通信记录，和范雨希、蒋海失联的位置很近，有七八公里，那附近有几个条件艰苦的小村落。"

"能联系得上村落里的人吗？"

"因为突发大雨，沿途多处遭遇严重的泥石流，信号基站很可能遭到破坏了。"白洋说，"雨还没停，想修复信号基站怕是暂时不可能了，相关部门已经出发，开展救援行动。朱队，反正我只是一个小协警，工作也不忙，要不我跟他们一道去？"

朱晓首肯了。

白洋离开后，朱晓的手机又响了。

"朱队，小希找着了吗？"电话那头传来恭临城担忧的声音。

"还没有。"朱晓答道。

恭临城叹了一口气："如果当初我知道是你接洽小希，就该早点表明身份，极力阻止。如果这孩子出了事，我要怎么向她母亲交代！"

朱晓觉得心神不宁，保证道："你放心，我不会让她出事的。"

"孔末那孩子呢，我听说他留在了京市。"

朱晓打了个马虎眼："恐怕只有范雨希知道原因，等我找到她，你问她吧。"

结束通话后，朱晓从包里掏出一卷老式的录像带塞进了白洋为他准备的放映机里。这正是江军交给他的录像带刻录件，直至回南港，他才有时间过目。屏幕上白茫茫一片，被像是因故障而出现的波纹覆盖，除此之外，什么都没有。他还以为是放映机故障了，狠狠地拍了好几下，但画面仍然没有恢复正常。

直到朱晓将音量调大，才发现这卷录像带没有画面，只有一个人的声音。那是一道又凄又厉的哀号，充满着暴戾，仿佛正在与人厮杀。

不明所以的朱晓联系了江军："老大，那录影带是怎么回事？"

"朱晓，你听清楚。"电话里传来的却不是江军的声音，"这是方涵失踪后，警方在他住处找到的唯一线索。京市警方已经分析录影带多年，仍然一无所获，但可以肯定，录影带里的声音属于方涵。"

"你是谁？"朱晓问。

"李可。"

朱晓一怔："曾经破获'330案'的李教授？"

李教授严肃道："当初与方涵一同失踪的还有方涵的恋人王雅卓。去年，我们在南港发现了王雅卓的踪迹，我们还发现，暗光的猎手也在寻找她。"

"方涵和王雅卓一同失踪，倘若方涵被暗光控制，为什么王雅卓可以自由行动？"朱晓陷入了矛盾重重的推测中，"如果是暗光以方涵的性命为要挟，要求王雅卓在外替他们做事，便不可能失去她的踪迹，可是暗光也在寻找她，而如果是王雅卓逃脱了，为什么不找警方帮助，而是要东躲西藏？"

范雨希坐在窗边，木讷地望着不知什么才肯停歇的雨幕，陷入了深思。

"姑娘，别担心，咱们这儿虽然偏僻，但等雨过了，说不定就能打通电话了。"一个老大娘安慰范雨希。

范雨希点了点头："大娘，谢谢您。"

一天前，范雨希追逐蒋海进了一片林子。令她没有想到的是，蒋海竟然对她行凶。她从未见过蒋海，不知道这个陌生的男人为什么要杀她。蒋海身着短袖，范雨希挣扎之下，撕破了他的衣服，他的皮肤暴露在严寒下，露出了壮硕的肌肉和全身宛如蜘蛛网一般的伤痕，但他丝毫不受影响，仿佛感受不到寒冷，他的身手太好了，非她所能敌。若不是泥石流突发，她根本无力逃脱。

范雨希在大雨中奔走了好几个小时，误打误撞进了一个小村落。一个老大娘见她一身狼狈，还带着伤，便好心收留了她。她试图联系朱晓，但无论是手机，还是大娘家里的座机，全都失灵了。

"姑娘，安安心心待着，别着急。"老大娘嘱咐道，"现在着急也没用，前两天，村里来了一支义诊小队，有好几辆车呢，他们也着急，但也不敢离开。听说，外面的路都被泥石流封了。"

范雨希感激地点点头，老大娘继续嘱托："特别是到了夜里，千万别在村里瞎逛。咱这村子可不比你们城里。"

范雨希从大娘的表情里看出了一丝惶恐："村里也有危险吗？"

老大娘迟疑片刻，说道："本不想说这事吓唬你，但现在看来，必须给你说道说道。前两天，义诊小队里有个大夫不听劝，夜里在村子里瞎跑，结果出事了。听同行的大夫说，那个大夫的脖子被什么东西咬了，至今昏迷不醒，连吃东西都要靠硬灌呢。"

范雨希想起了村里停着的几辆义诊车。

"你可得听劝。"老大娘压低了声音，"十年前，我们这村子里就开始流传夜间会有怪物出没。"

"怪物？"范雨希的脑海里莫名其妙地浮现出在火车上时看到的那道悬在山腰上的影子。

老大娘点了点头，绘声绘色道："可不？许多人都亲眼见过呢，说不管是爬起来，还是跑起来，那怪物的速度都可快了，一眨眼工夫就能蹿到你眼前。还有人说，那怪物全身长满脓包，恶心得很！"

第 12 章
怪谈

　　白洋跟随救援队进入村子时，已是隔天，雨已经小了不少。白洋一见到范雨希，便喋喋不休地抱怨："姑奶奶，您就不能让咱省点心吗？恭家大院催咱找人催得有多紧您知道吗？您说您闲着没事，下火车干吗？"

　　范雨希戳着，没说话。

　　白洋翻了个白眼，得知义诊小队出了事后，立马要前去查探，他对范雨希使了个眼色："您不随我一道去看看？"

　　范雨希回过神："我为什么要去？"

　　白洋微微笑着，什么话也没说。范雨希的心里突然有些紧张，总觉得白洋的那抹笑容意味深长，宛如知晓她的身份一般。白洋走后，她犹豫片刻，还是跟了上去。

　　此时，义诊小队正在收拾帐篷，整理行李，几辆车都已经准备就绪，等待离开村落。白洋表明身份后，被庄木严迎上了车，见到了仍在昏迷的丁景强。丁景强躺在车内的担架上，输着液，额头上覆满豆大的汗珠，双目紧闭，身体时不时地颤动，好似在做噩梦。

"怎么了这是？"白洋指着丁景强问。

庄木严叹了口气："已经睡了两天了，还发着高烧，我们给他输了两天液后，好了许多，但还是醒不过来。他昏睡的时候，咋咋呼呼的，经常说梦话。"

两天前的深夜，庄木严被雷声惊醒，忽然发现丁景强不见了，于是赶紧钻出帐篷查探，找了没多久，就在草丛里发现了躺在雨地上的丁景强。那时候，丁景强全身打着寒战，伞和手电筒都被丢在了一边。庄木严叫醒众人，将丁景强抬进车内，进行了诊断和治疗。

"他在梦里说了些什么？"白洋问。

庄木严老实地回答："他说，有怪物……"

"怪物？"白洋哈哈大笑，浑然不知这个词是村里的忌讳。

庄木严咬着下唇，继续说："丁大夫的症状挺奇怪的，我们都查不出是怎么回事。"

范雨希和白洋顺着庄木严手指的方向看去，只见丁景强的脖子上包裹着一块纱布。庄木严小心翼翼地将纱布揭开，一道已经略微糜烂的伤口露了出来。丁景强被众人发现时，身上只有这一道伤口。伤口被大雨淋了太久，已经水肿发白，众人第一时间处理了伤口，才没让伤口进一步恶化。

众多医生原本以为是伤口发炎导致了发烧，可两天来，丁景强的体温忽高忽低，始终不得清醒，大伙儿才逐渐意识到丁景强的症状没那么简单。有人怀疑丁景强是被含有某种毒素的东西咬了，可由于携带的医疗器械不齐全，无法进行毒素检验，在场的医生都是医学行业的佼佼者，却也无法根据面诊确定毒素种类。

白洋凑近瞅了瞅，丁景强脖子上的伤口大约呈椭圆形，伤口不浅，连皮肤组织都露了出来。他观察片刻后，喃喃地说："这怎么像是人咬的？"

庄木严点头应和："我们看着也像。如果是动物咬的话，伤口可能更深。"

"看来得好好查查。"白洋轻声念叨着，又对众人说，"救援队已经清理了路障，大家这就出发，把丁大夫带回南港救治吧。"

雨忽大忽小，村里的老人都躲在家中避雨，没有人发现有一道佝偻的身影趁着义诊小队围着丁景强交谈时，悄悄爬进了一辆义诊车的后备厢。

"范雨希，你跟我车回。"白洋带着范雨希走向一辆小车，"你见着蒋海了吗？"

在白洋的解释下，范雨希想起了那个追杀她的男人，他能叫出关闻泽的名字，又无缘无故对她出手，她觉得对方很可能与暗光有关。她不敢对白洋透露太多，摇头道："没见过。"

白洋细细地打量了范雨希一番，而后笑道："没见着就没见着吧，我留两个人继续找，你先跟我回南港吧。"

救援车开道，一行车辆齐刷刷启动，朝着南港的方向缓缓驶去。

恭家大院里迎来了不速之客。

恭临城坐在厅堂上，直勾勾地望着嬉皮笑脸的恭嘉明。阿二站在恭临城身侧，细细地端详着这个看上去并没有把恭临城放在眼里的客人。

恭嘉明不仅不请自来，还毫不生分地拖过一张椅子，跷着二郎腿坐了下来，他对阿二勾了勾手指，吩咐道："你，给我去倒杯茶。"

阿二指着自己："我？"

"怎么，难道你要让我舅舅亲自给我斟茶吗？"恭嘉明不可一世地啐了一口。

阿二惊讶道："恭爷，他是您的外甥？"

"阿二，去斟茶。"恭临城算是默认了，支开阿二后，才正声问道，"京市的制毒厂和你有关系吗？"

恭嘉明玩弄着手指："舅舅，你说呢？"

"我曾经告诫过你，碰什么都不准碰那玩意儿！"恭临城急得满脸通红，剧烈地咳嗽了几声，"你忘记你的母亲是怎么死的了吗？真想万劫不复吗！"

恭嘉明站了起来，缓缓地走到恭临城身边，俯身凑近，轻声说道："老不死的，到了这个年纪还想不通，为什么要和钱过不去呢？"

这时，阿二端着茶走了过来，恭嘉明退后两步，若无其事地笑着："舅舅，您开玩笑了，我可没忘记恭家的家训，违法犯罪的事，咱可干不得，制毒厂怎么会和我有关系呢？"

恭临城握紧拳头，脖子上青筋暴起，忍不住又一次咳嗽。

"天气转凉了，舅舅，您要保重身体。"恭嘉明假惺惺地嘘寒问暖，而后忽地转变语气，"您可是我唯一的亲人，要是您两脚一蹬，我可真的不知道该怎么办了。"

说罢，恭嘉明转身朝着恭家大院外走去，恰巧关闻泽从恭家大院外回来了，两人擦身而过时，恭嘉明感受到关闻泽冰冷的目光，吓得一哆嗦，先前的嚣张气焰顿时被浇灭，大气不敢喘，灰溜溜地跑走了。

关闻泽来到恭临城面前，问："找到小希了吗？"

"警方来了信，找着人了，今晚就能带回来。"

关闻泽不动声色，心底长舒了一口气。

"恭爷，传闻是真的，您真有一个外甥？"阿二试探性地问，"早前的毒品案也是他干的吗？"

恭临城罕见地瞥了阿二一眼，训斥道："多嘴！"

阿二立马闭上嘴，不多说了。

恭临城望着关闻泽的眼睛："我会派人调查恭嘉明的事，你不要插手这件事。"

关闻泽没有回答，显然是不肯答应。

恭临城叹了一口气："关乙死的时候，我答应过他，要好好照顾你。这些年，你下落不明，我险些无法向你死去的父亲交代。我不能眼睁睁看着你干错事。"

"他该死。"关闻泽吐出了几个冰冷的字眼。

"他该不该死，自有警方调查，法院判决。"恭临城有些喘不上气。

关闻泽仍旧不说话，转身离开了。

"恭爷，您保重身体。"阿二给恭临城递了一杯热茶。

"这孩子太倔了。"恭临城无心喝茶，摆了摆手，叹息道，而后又想到了什么，"我的年纪大了，唯一让我放心不下的就是这些孩子们。你替我跑一趟京市，查查孔末为什么没回来。"

深夜，白洋载着范雨希风尘仆仆地来到了南港支队。

"你去休息吧，我给她录个口供。"朱晓打发了白洋，将范雨希带进了询问室，关闭了监控和录音设备，这才敲着桌子，"给你取个代号名'猫'，你还真当自己是猫了？到处乱跑！"

范雨希觉得筋疲力尽，无力辩解，垂头丧气地说了句："有人追杀我。"

朱晓一愣，掏出了一张照片："是这个人吗？"

照片上的人是与范雨希一同在火车上失联的蒋海。朱晓重点查过此人的档案，发现这人小时候生活在海外，长大后归国，但自从入境的那一刻开始，便很少露面，几乎查不到他的信息。

"是。"范雨希推测道，"他会不会是猎手？"

朱晓收起照片："不得而知。还有一件事，恭嘉明回南港了，我的人跟踪他，发现他回南港的第一件事便是去了恭家大院。"

范雨希迅速起身，想要立刻回到恭家大院。

"甭担心，啥事也没发生。"朱晓拉住了她，"不过，你需要替我好好留意此人，制毒厂的案子怕是和他有关联。我查过案底了，恭临城的确有一个妹妹叫恭美琪。十多年前，恭美琪涉嫌吸毒、贩毒，经人匿名举报后被警方搜捕，当时她吸了毒，产生了严重的幻觉，在逃避警方追捕时，摔下了十几层的高楼，当场死亡。"

范雨希了解信息后，想起了白洋："你向白洋透露过我的身份吗？"

朱晓大惊："你是说协警白洋？他知道了？"

"或许是我多虑了。"

朱晓却将这事放在了心上，想起了当初"蜘蛛"周旱应邀进入南港支队技术队对付暗光黑客时与白洋撞了个正着的场景。他刚想开口，门突然被打开了，白洋着急地跑了进来："朱队，出事了！"

朱晓凝眉大骂："不会敲门吗！"

白洋看看范雨希，又看看朱晓，愣住了："朱队，录口供怎么忘了开监控设备，这不合规矩啊！"

"行了，口供录完了，你先回去吧。"朱晓让范雨希走了，而后死死地盯着白洋，足足十几秒后才问，"出啥事了？"

"失联的义诊小队报了警，让咱过去一趟。"白洋说，"他们说，有人见着了怪物。"

朱晓带着几名警察来到了南港医院。一名女护士哭哭啼啼，惊魂不定地对朱晓描述她打开义诊车后备厢时的场景。

"有一个东西突然从后备厢蹿了出来，差点儿扑到我的身上。"护士的面色苍白如纸，胃里泛着恶心的酸水，"那东西身上全是破开的水疱，黏糊糊的，全甩到我的脸上了。"

"朱队，那个村子里流传着怪物的传说。"白洋提醒道。

朱晓翻了个白眼："这种怪谈，你也相信？"

"我倒是不信，不过，义诊小队里有个姓丁的大夫被袭击了。"白洋说。

朱晓又去见了丁景强。丁景强躺在病床上，几名医生推着不少设备围在一边，正打算对他进行诊断，这时，丁景强突然从床上跳了起来，睁开了布满血丝的眼睛，神志不清地推搡众人，不允许任何人靠近。

丁景强的攻击性太强了，朱晓将所有医生都叫了出去，小心地靠近蜷缩在墙角的丁景强："丁大夫，别害怕，我是警察。你看清楚了，这是医院。"

丁景强瑟瑟发抖，在朱晓的劝说下，这才抬起头，惊恐地望了望四周，逐渐恢复了理智："这里是南港医院？"

但话刚说完，丁景强又昏厥了过去，被人抬上了病床。

朱晓第一时间调出了南港医院停车场的监控录像，找到女护士走近义诊车的画面。画面中，义诊车的后备厢处于监控探头的盲区，女护士开启后备厢后，就消失在了画面中。几秒钟后，只见女护士突然后退了两步，瘫倒在地上，上半身进入了画面，看样子十分慌张。紧接着，一道趴在地上的身影从车后迅速爬进了监控探头的可视范围，并以极快的速度爬走了。

"这是什么玩意儿？"朱晓眯着眼睛仔细地看，"是个人吗？人能爬这么快？"

　　白洋又调取了停车场出口的监控探头，这一次，那道影子已经从地上站了起来，飞快地跑到了街道上，然后消失了。通过监控录像，依稀可以看见那道身影光着脚，移动速度比常人快许多。

　　"身高大约一百七十五厘米。"朱晓根据监控录像中的参照物比例，推算了一番，"看身形，应该是个男人。"

　　除此之外，朱晓别无发现。那个人穿着一身破烂的衣服，衣服很长，还搭了一个连衣帽，帽子将他的脸挡得严严实实。

　　"朱队，咱怎么办？"

　　"还能怎么办？通知各个派出所，全力找这个装神弄鬼的人。"朱晓想了想，又说，"让南港医院的人都把嘴捂严实了，在没有抓到这个人之前，不要把消息扩散出去，以免引发不必要的恐慌。"

　　临近午夜，蒋海进了一家舞厅包间，包间里酒气冲天，坐着不少衣着暴露的女人，恭嘉明左拥右抱，等候他许久了。恭嘉明把女人们都打发走之后，才笑着问："看来你失手了，范雨希平安回到南港了。"

　　蒋海并不在意，淡然地说道："给个下马威而已，要是我真想杀她，现在回南港的就是一具尸体。"

　　恭嘉明替蒋海倒了一杯酒："老实说，当初你说要去找范雨希的时候，我还真的吓了一跳。"

　　蒋海扫了恭嘉明一眼："你怕恭家大院不会放过你？"

　　恭嘉明轻蔑一笑："我马上要和恭临城开战了，怕他作甚？范雨希是恭家大院的继承人，她死了对我有好处。我只是担心她真的是警方的线人，她死了，警方会紧咬着我不放。"

　　"你当真以为警方傻？京港两地的毒品案没结，你不动她，警方也会盯着你的。"

　　"不怕，我手脚这么干净，他们没证据。"恭嘉明伸了一个懒腰，"我还是想办法夺过恭家大院吧。"

"以恭临城的性格，就算你拿刀架在他的脖子上，他也不会把恭家大院交到你手上的。"蒋海提醒道。

"蠢人才舞刀弄枪，聪明人自有妙计！"恭嘉明得意地打了个响指，"你以为恭家大院的所有人都对恭临城忠心耿耿吗？别忘了，我也姓恭！"

话音一落，一群穿着黑色西装的大汉进了包间，不约而同地向着恭嘉明鞠躬，齐刷刷地喊了一声："大哥。"

蒋海的手机振动了一下，显示收到一条信息：桥底见。

蒋海起身，径直离开，来到了约定的桥底。几分钟后，一个踩着红色高跟鞋的长发女人踏着妖娆的步伐走了过来。女人看上去三十多岁，穿着一身红裙，裙角开叉，露出白皙的大腿。蒋海毫不顾忌地欣赏着女人婀娜的肢体，一把揽过她纤细的腰肢。

女人的声音令人发酥："我劝你立即松手，否则你会没命。"

蒋海笑了笑，乖乖地松手，退了几步，他可知道，眼前的这个女人非常危险。

"上头让我告诉你，立即离开南港，我会解决恭嘉明那边，让他取消雇用。"女人点了根烟，双唇在烟嘴上留下了两道红印。

蒋海皱起了眉头："为什么？"

"我传达的是命令，你不需要问为什么。"女人吐出了一个烟圈。

蒋海冷笑："我不同意。"

"如果你想死，我不拦你。"

蒋海想了想，说道："要是你告诉我，关闻泽在执行什么任务，我就听你的。"

女人的表情陡然严厉："你看了猎手名单？"

"当初，我奉命拿回被黑客偷走的名单时，忍不住瞄了一眼。猎手名单的诱惑力实在太大了，你说，我怎么可能不看？"蒋海调侃道，"所有猎手接受雇用都需要通过你，虽然你在猎手榜排名第五，却知道所有猎手的身份。你很特殊，和关闻泽一样，是暗光的核心成员。"

女人的目光阴冷，猝不及防地掏出一支枪并扣动了扳机。

蒋海的胸口一震，倒在了地上。

第 13 章
毒姐

一个月后的南港，空气里凝结着冰霜，逐渐进入了冬季，隐约有要下雪的征兆。朱晓搓着手取暖，一大早就进了南港支队："小洋，提审杨荣的手续办妥了吗？"

"妥了。赵队已经等您很久了。"白洋回答，"他让您一到支队，就去他办公室。"

"得嘞。"朱晓往前走了几步，又回过头问，"南港医院那只'怪物'找着了吗？"

"别提了，我们找了那东西整整一个月，连个鬼影都没发现。丁大夫休息了一个月，今儿刚正式上班，一会儿我到医院问问情况去。"

朱晓一边想着那起怪案，一边朝着赵彦辉的办公室走去。办公室的门没关，赵彦辉低头沉思着，全然没有发觉朱晓走了进来。朱晓坐到办公桌前，敲了敲桌子："赵队，您找我？"

赵彦辉回过神来："今儿你要提审杨荣？"

"咱查了这么久，也没能查出各个犯罪团伙雇用猎手时和暗光接头的方式。不能再拖下去，我想了想，要是杨荣肯开口，便再好不过。"

"杨荣的女儿死了，你觉得他能开口？都提审多少次了，还不是什么也没问出来。"

"这杨荣的女儿也不是咱杀的啊，他犯得着对咱犯冲吗？"朱晓摸着胡楂儿，看上去很有把握，"要是没啥事，我就去见他了。"

朱晓刚起身，赵彦辉就叫住了他："上头给我传达了命令，你想知道是什么吗？"

朱晓摆手："哟，您位高权重的，哪需要向我汇报。"

"少给我阴阳怪气的！"赵彦辉厉声道，"从今儿开始，你的所有行动由你一人主导，无须向我汇报。"

朱晓盯着赵彦辉："都是为人民办事，听谁的不一样？"

"我摸爬滚打这么多年，才坐到这个位置上，你才上任不到一年，就想架空我，没门儿！"赵彦辉拍桌而起，"我警告你，最好不要出什么岔子，否则，南港支队不欢迎你！"

朱晓扬起嘴角，啐了一口，走出办公室才发觉，门外聚了一堆看热闹不嫌事大的人。他破口大骂："都不用干活吗！"

人群散去，朱晓用眼角的余光扫了一眼办公室内静坐的赵彦辉，转身留下了一句话："赵队，白洋这小子，你是从哪儿找来的？挺机灵的，看样子知道不少他不该知道的事。要是还有这样的协警，给我也推荐几个呗？"

赵彦辉的身体一颤，目光放空了。

杨荣被收监数月，脸上爬了不少皱纹。朱晓见到他后，嘿嘿一笑："我审了你好几次了，这一次，你还是打算什么都不说吗？"

杨荣的目光无神，仿佛没听见朱晓的话一样。

朱晓从公文包里掏出一份资料丢给了杨荣："你不是一直觉得是警方在执行任务的时候，击毙了你的女儿？"

杨荣终于有了反应，他被铐上的双手颤抖着，拾起那份资料轻轻地翻开了。

"那天晚上，除了警方，还有数个身份未知的人出现在现场。这是你女儿的尸检报告，致命伤是刺破胸口的那道呈'十'字形的伤口。"朱晓说，"你该知道，南港支队前任副支队长余严春也是被同样的武器杀害的。资料里附带你女儿尸检的照片，你可以看看是否有枪伤。这玩意儿，我们可伪造不了，也不敢伪造。"

杨荣的双目通红，眼泪止不住地往下掉。

"警方出警时全都带枪，如果你的女儿是我们杀的，身上一定有枪伤。"朱晓劝说，"就算我们不用枪，也不可能用这种尖端呈'十'字形的异型武器。杨荣，你糊涂了大半辈子，这一次，是不是该好好想想是谁杀了你的女儿。"

杨荣的肩头一颤，嘴里缓缓吐出了两个字："暗光。"

"没错。"朱晓继续说，"你的女儿误入歧途，加入暗光，成了猎手。她一旦被捕，将对暗光造成巨大的威胁。杀人灭口，道上的这种把戏，你早就见怪不怪了吧？"

杨荣的牙咬得嘎嘣作响，良久，他终于在被捕以后第一次开口了："我是通过'毒姐'雇用的猎手。"

恭嘉明走进了一个阴暗的房间，将窗帘拉开了，刺眼的阳光令躺在床上的蒋海差点儿睁不开眼。

"好些了吗？"恭嘉明看着蒋海，心有余悸地问，"井娅那娘们儿这么危险？当初我还想泡她呢。"

蒋海的眼眶发黑，双唇苍白无色，回想起那个险些令他丧命的夜晚，依然心有余悸。井娅对着他的胸口无声地开了一枪，他原以为那是一支麻醉枪，但当他昏头涨脑，险些喘不过气来时，才意识到弹管里装的是毒剂。井娅将一支注射器丢在他身旁后，扭动着娇躯扬长而去。

"井娅，暗光猎手榜第五，道上人称'毒姐'，善用各种五花八门的毒蛇的毒液。"蒋海虚弱道，"如果不是她留下了那种蛇毒的血清注射器，我早就死了。"

这一个月以来，虽然蒋海勉强保住了性命，却虚弱无力，至今仍未完全恢复。

"你不是排行第二吗？怎么会在她手下吃亏？"恭嘉明不解道。

"猎手榜的名次并不完全代表每个人的实力。"蒋海舔了舔干涩的嘴唇。

"世上没有不透风的墙，井娅就不担心被警方盯上？"恭嘉明问。

井娅的人脉甚广，几乎与各大犯罪团伙的头目都有交情。各大犯罪团伙里流传着一句话：寻暗光，先找井娅。井娅就像是纽带一样，联系着犯罪团伙的雇用者和暗光的猎手。需要雇用猎手的犯罪团伙会向井娅提出想要赏聘的猎手序号，序号在猎手榜上越靠前，价格便越高。井娅接受雇用任务后，会派遣相应序号的猎手与雇用者会面，会面之前，雇用者并不知晓自己雇用的猎手的身份。

当初恭嘉明与井娅会面，原本想要雇用的是猎手榜的榜首，但井娅告诉他，榜首暂不接受雇用，这才换成了第二。

由于暗光神秘而强大，即使犯罪团伙落网，出于所谓的"道义"和亲属朋友的安全，也不敢轻易将井娅和猎手的身份透露给警方。井娅已在南港扎根多年，此前从未暴露。

"警方没有证据。"蒋海回答，"井娅办事从来都小心谨慎，不留任何证据。所有与她会面的人都不允许携带任何通信设备，而且她需要完全核清雇主身份，确认没问题后，才会接受雇用任务。即使有犯罪团伙的指认又怎么样，警方证据不足，就算抓了她，迟早也会放人。"

"暗光不是已经接受了我的雇用吗，难道要出尔反尔，真的把你派回去？"恭嘉明不甘心一个得力助手就这样被调走了。

"此次暗光这样反常，一定有问题。"蒋海想了想，"暗光在你即将对付恭家大院时将我调回，下达这样的命令，或许和恭家大院有关系。"

"我已经筹备得差不多了，你真的要走？"

蒋海冷笑："没有人可以命令我。"

恭家大院，范雨希沉闷地坐在窗前，想着朱晓给她的答复。

范雨希不断要求朱晓想办法将肇事的T籍司机抓回国内，但每一次朱晓都以无能为力为由拒绝了。其实，她很清楚，在证据不足的情况下，人一旦逃到海外，除非对方自己回来，否则朱晓也没有办法。

范雨希逐渐消沉，生了一场大病，恭临城放心不下，把她留在恭家大院住。

"小希啊，该喝药了。"恭临城端着热腾腾的药走进了范雨希的房间。

范雨希点了点头："恭爷，我没事，只是着凉了而已。"

恭临城将范雨希的消沉看在眼里，也从朱晓那儿得知了她消沉的原因，只是没有说破罢了。恭临城叹了一口气："要好好保重身体哪，要是你的妈妈还在，一定不希望你生病。"

范雨希又想起了范巧菁，眼眶一热，及时转过脸去。

恭临城退了出去，到厅堂时，阿二回来了。

"恭爷，这孔末也是奇怪，我在京市找了一个月，也没能找着人，电话也打不通。"阿二问，"希姐怎么说？"

恭临城早就问过范雨希了，范雨希只说孔末是想一个人静静。范雨希身体不佳，他也没忍心继续追问。

"你替我再跑几家舞厅，告诉那些掌事人，我同意他们辞职的要求了。"恭临城咳嗽了几声，"再给他们捎一句话，人在做，天在看，跟谁都不打紧，别走错道就行了。"

阿二的头脑一蒙："掌事人要辞职？"

近些天，恭临城名下的几家舞厅突然不营业了，舞厅的掌事人带着舞厅的员工集体向恭临城请辞。恭临城明白，那是恭嘉明捣的鬼。这几家舞厅的掌事人颇有威望，不少人虽然名为替恭临城做事，实则跟在掌事人的手下讨生活。掌事人一走，将带走一大批人。

阿二没承想自己才走了一个月，恭家大院就快要变天了。他细数一番，担忧道："恭爷，您要是答应了，这恭家大院三成的势力可就没了。"

"何止三成，依我看哪，还有不少人正在暗中观察着。"恭临城喝了一口热茶，"这些年，恭嘉明没少和这些人接触，我睁一只眼，闭一只眼，如今看来，他是真的打算和我对着干了。"

"恭爷，咱不能坐以待毙！"阿二挥动拳头。

"罢了，这些人想走就走吧，道不同不相为谋，留在身边也没用。再说了，替恭家大院办事的人越多，我这肩头的包袱就越重。时代变了，恭家大院这座南港的庞然大物也该拆卸拆卸了，那么多人，那么多颗心，我管不住。"恭临城并不觉得可惜，"将来，小希更管不住。"

阿二朝着客房方向扫了一眼："希姐知道这事吗？"

"别对她提起。她不该插手我和恭嘉明之间的恩怨。"恭临城叮嘱道，"阿二，你是从杨荣那儿过来的，弃暗投明，跟了我有些年了，我很信任你，将来，你一定要好好协助小希。"

阿二低着头，喃喃地问："恭爷，我听到了一个传闻，能问问是不是真的吗？"

"说吧。"

"我听说当初向警方举报您妹妹吸毒和贩毒的匿名举报人是您。"

恭临城手中的茶盏落地，摔得七零八碎。

深夜，白洋从南港医院离开，徒步回家，其间，接到了一个电话："朱晓很可能察觉到你的身份了。"

白洋收起了往常生涩的模样，沉声道："我知道了。"

简短的交谈后，白洋挂断了电话，将通话记录彻底删除，继续若无其事地吹着口哨，朝前走去。路过一处偏僻的路段时，他被暗巷里的动静所吸引。他借着月光，隐约发现暗巷的垃圾堆里有什么东西正在慢慢蠕动着。

白洋的手被冻得发麻，搓了搓，往手心哈了一口白气，冲着暗巷喊："什么人！"

巷子里突然蹿出了一只猫，白洋拍了拍脑袋，自嘲道："当了协警之后，真是疑神疑鬼的。"

就在白洋转身之际，巷子里又传来了一阵怪异的声响，那声音像是有人正吃着什么美味佳肴，又像是有人正紧张地喘着粗气。他迅速回过神，下意识地将手探向腰间，握住了警棍，缓缓地朝着巷子里走去。

"谁在那里？"白洋一步一步地朝着巷子里的垃圾堆走去，那里好像正趴着一个人。

这是一条死胡同，白洋堵住胡同口，呵斥得更大声了："出来！"

终于，一道黑色的身影从垃圾堆里缓缓地站起了身。白洋眯着双眼，试图看清对方的模样，可天太黑了，他只能根据对方的身高，模糊地判断出那是个男人，戴着连衣的帽子。

白洋的心里一惊，猛地想起了一个月前消失在南港医院停车场的那个"怪物"。

就在此时，那道身影突然朝着白洋狂奔而来，速度之快，令白洋完全反应不过来。那道身影蹿到了白洋的面前，几乎要贴到他的脸上。终于，白洋看清了，那是一张黏糊糊、湿答答的脸，上面长满水疱，散发着恶臭，他的嘴里露着尖锐的獠牙，狰狞的嘴角满是鲜血！

几乎是一瞬间，白洋就被"怪物"撞倒。他眼看着"怪物"即将逃走，伸手抓住了"怪物"的手腕。"怪物"回过头，被脓包遮挡的眼睛瞪了他一眼，他顿时觉得头皮发麻。"怪物"的另一手扣住了他的手腕，他觉得手上一疼，只得放手。"怪物"朝前跑去，短短几秒便消失在幽暗的夜色之中了。

白洋喘着大气，扶墙站了起来。他的手臂上留下了几道深如沟壑的狭长伤口，口子里的肉都被抠了下来，此时正淌着血。他掏出对讲机联系附近的片警，正汇报着情况时，突然不说话了。

白洋慢慢地朝着巷子里走去，垃圾堆上竟然躺着一个人。

"听得见吗？听得见吗？"对讲机里传来催促的声音。

白洋再次举起对讲机："出警吧，这儿死人了。"

二十分钟后，朱晓带着一群警察和法医来到了现场。警灯将暗巷照得通亮，朱晓穿上脚套后，跟随法医来到了躺着尸体的垃圾堆旁。垃圾堆散发着难以入鼻的味道，朱晓捂着嘴，弯腰观察尸体。

"好家伙，这凶手真够残忍的。"朱晓打了一个激灵。

那是一具男尸，看上去二十多岁，全身赤裸，衣服被扒光并丢在垃圾堆里。死者的眼珠子被人生生抠了出来，一对耳朵只剩下一只，脸上的皮肤血淋淋的，有许多块肉被人剜了下来。死者的身上没有发现明显的伤口，但被大量从脖子处喷涌而出的鲜血覆满了。

"死者脸上和眼眶处的伤口非常不平整，不像是被利器所伤，结合发现的弯月形痕迹推测，凶手是用手指强行抠去死者的眼珠和脸上的肉的。"法医观察尸体后说，"尸体的右耳受损，残留部位发现了牙印，应该是被人咬下来的。"

朱晓一听，倒吸了一口凉气："致命伤呢？"

"脖子上的动脉破裂，同样发现有牙印。"法医指着尸体的脖子，"死者是被人咬破颈部动脉致死的。"

朱晓的眉头深锁，招来两个人："翻翻垃圾堆，把尸体的眼珠子和耳朵，还有脸上的肉给找着。"

警察和法医们紧张地忙碌着，朱晓退出警戒线，四处寻找受伤的白洋。

此时白洋正躲在一处角落里打电话，声音很轻。朱晓蹑手蹑脚地来到他的身后，拍了拍他的肩："和谁打电话呢？"

白洋的手已经被包扎了起来，挂断电话，与朱晓四目相对，许久后，郑重其事道："朱队，凶手就是我们找了一个月的'怪物'。"

第 14 章
连发

凌晨三点钟，朱晓在一个早已打烊的小酒馆外等候许久，终于等来了"鬼手"吴点点。

"朱队，大半夜把我叫出来是有任务吗？"吴点点将长发扎成了马尾，揉着惺忪的睡眼问。

"此次的目标名叫井娅，人称'毒姐'，女性，三十五岁，经营了一家酒馆，我要你潜入酒馆查探详细消息。"朱晓言简意赅，"目标很可能是暗光成员，擅长用蛇毒。目标经营的酒馆采取的是会员制，只有会员能进入。"

"朱队，这一个月以来，我东奔西走，帮你执行了不少任务，也算是任劳任怨了，您不能把我往火坑里推啊！"吴点点打起了退堂鼓，指着酒馆方向，"如果这酒馆的女老板真的是暗光的猎手，那么酒馆内一定设了防，我这小偷小摸的把戏能逃脱那么多电子眼？"

"杨荣指认了井娅，但我担心他蒙我，你必须进去查探一番。"

吴点点仍旧不肯答应："你带几个警察进去搜不就完事了？"

"没有证据的情况下硬闯，只会打草惊蛇！"朱晓把吴点点往前推，往她手里硬塞了一对入耳式通信器和针孔摄像头，"你放心，'蜘蛛'会随时配合你。一旦出了问题，赶紧撤，警方会保住你。"

吴点点不情愿地将通信器塞进耳朵里，将针孔摄像头系在胸前，绕过酒馆，来到了后门处。通信器里传来了周旱的声音："我黑进了酒馆的网络，酒馆内外一共有近十处连接酒馆内网的监控探头，我已经向监控设备传输了虚假画面，你大胆进去，不会被探头发现的。"

吴点点四处看了看，从身上掏出了开锁设备，一阵鼓捣，轻声说："你小子可别坑我。"

"你还不放心我的技术吗？"周旱自信道，"这家酒馆的确很可疑，光是连接内网的报警器就有十来个，一般酒馆出于防盗角度，是不会安装这么多报警器的。我已经远程关闭联网的报警器了，但是你要小心，我猜测酒馆内一定还有没有联网的报警器。"

"能找到没有联网的报警器位置吗？"

"都说没有联网了，我怎么找得到。"周旱调侃，"话说，你不是自称神偷吗，区区几个报警器就能把你难住了？"

"打起精神！别瞎聊！"朱晓听着二人的交谈，透过通信器骂道，"今儿要是出了差错，有你俩好果子吃！"

吴点点和周旱立即闭上了嘴。

忽然，朱晓发现了一道朝着酒馆走去的身影，但那道身影似乎察觉到了什么，马上转身便走。

"你们小心点，我离开一趟。"朱晓关闭了通信器，朝着那道身影追去。

对方跑得很快，朱晓费了九牛二虎之力才勉强将对方逼进一处墙角。他打量着对方，沉声叫出了对方的名字："关闻泽！"

关闻泽站在街灯下，影子被光束拉得狭长，就如他们初次见面时的场景一样。

"你为什么会在这里？"朱晓质问。

关闻泽闭口不答，冷漠地凝视朱晓。

"你到底是什么人？"朱晓十分警惕，没敢靠得太近。尽管知道关闻泽不可能会回答，但他还是问出了一直困扰自己的问题。

地下网曝光关闻泽是位居榜首的猎手。现在，向地下网提供猎手名单的犯罪嫌疑人已死，储存猎手名单的硬盘也已消失，警方无从查证地下网曝光的信息是真是假。若说是真，当初他为什么要帮助朱晓，防止孔末暴露？若说是假，他的经历和行踪太过神秘，十分可疑。

关闻泽往朱晓的身后扫了一眼："她很危险，不宜冒进。"

朱晓一怔："你出现在这儿，究竟是与她碰头，还是来提醒我的？"

关闻泽不再回答，转身离去。朱晓正要追去，一道若有若无的警报声传来，他辨别出了声源的方向，正是小酒馆！

清晨，街道上只有零星的几个行人。朱晓一夜未眠，来到了安全屋。

"朱队，我看了几遍针孔摄像头传输回来的画面，'鬼手'是不小心踩中了地上的陷阱而触发了报警器。"周旱指着屏幕说。

屏幕里，夜视镜头下的酒馆显得阴森诡异。吴点点顺利地打开酒馆后门后，踮着脚尖踏了进去。酒馆一共两层，一层由各个包间组成，表面看上去十分正常，但遍布的报警器透露着酒馆的不同寻常。吴点点不愧是神偷出身，轻易地辨别出了几个不易察觉的报警器，并成功避开。但是，就在吴点点即将踏上酒馆二层时，却径直踩中了被安置在台阶上的报警器。

警报响起后，吴点点迅速撤离。

"从今儿起，你除了要替我监控井娅和她的酒馆，也要监控我的每一个线人。"朱晓说。

周旱神通广大，早就通过技术手段获悉除了"声音"以外每一个线人的身份。

周旱愣了愣："朱队，您这是怀疑谁呢？"

朱晓严肃道："那么多报警器都被她发现了，却在台阶上出了岔子，她本不该犯这么低级的错误。"

朱晓想起昨夜行动后质问吴点点的场景，吴点点万分抱歉，解释近期忙着打工，实在太困了，这才出了差错。

"朱队，有句古话，用人不疑，疑人不用。"周旱劝道，"既然您用了'鬼手'，就应该绝对信任她。"

"我不能绝对信任任何人，包括你。"朱晓直言，"我的手上握着不止一个人的命，一旦你们当中有人反水，一群人都将遭殃。也正因为如此，我才不让你们知晓彼此的身份。"

此次行动，除了朱晓和周旱，只有吴点点知晓。但是，关闻泽在昨夜突然现身，这令他不得不怀疑吴点点和周旱当中有人走漏了消息。他更是想起了范雨希曾经的告诫："我不信任吴点点。我观察过她，总觉得她不单纯。"

周旱叹了口气，从身上掏出几根筷子递给朱晓："一根筷子容易折断，但是一捆筷子折不断。如果一个团队没有信任，那么迟早要散。"

"你电影看多了吧？这么老套？"朱晓接过筷子，扬起嘴角，用力一折，愣是没折断。

"傻了吧？这些筷子里都铸了铁，你的力气再大也折不断！"周旱捧着肚子大笑，"这是我为大家准备的礼物，等哪天你愿意让我们这些线人碰面了，我就每人送一根。"

"无聊！记住我的话！"朱晓把筷子还给周旱，瞪了他一眼，离开了安全屋。

周旱盯着手里的金属筷，摇着头叹了口气："也不问问我这些筷子的作用。"

被南港支队压下来的"怪物"传闻因昨夜的命案，又一次在南港医院里发酵，一夜之间传遍了南港。

白洋跑进了朱晓的办公室："朱队，外边都传疯了，各大媒体抢着要采访昨夜的命案。"

"让这些媒体该报道的报道，不该报道的别报道！"朱晓轻轻敲了敲发疼的脑袋，"案子进展得怎么样了？"

"尸体脸上被抠下来的肉屑找全了，被抠下来的眼珠子和咬下来的耳朵也都在垃圾堆里找到了。法医从死者的伤口上提取到了凶手的唾液残留，经过DNA鉴定，是个人。"

朱晓哭笑不得："当然是个人，怎么着，真以为是只怪物？"

白洋挠着头："我们比对了DNA数据库，没有从数据库里锁定犯罪嫌疑人的身份。"

"昨儿你不是去见姓丁的大夫了吗？"

"他的情况不太好。"白洋答道。

丁景强休整了一个月，身体完全恢复了，但对于村子里发生的事只字不提。白洋一追问，他便吓得面色发青，情绪失常。无奈之下，白洋只好又去接触了他的同事们。

一个月前，丁景强被送回医院接受救治，但直到最后，南港医院也没能查清他出现怪异症状的原因。南港医院并未在他身上发现先前推测的毒素，排除了他中毒的可能性，将发烧原因归结为伤口发炎。可大伙儿都清楚，义诊小队带去的药物足以控制伤口发炎引起的发烧，即使不能短时间内令他康复，也不至于令他昏厥两天。

"南港医院心理精神科的医生们倒是给了推测，听着还算靠谱儿。"白洋说，"他们说，心理问题会引发不少生理症状，丁景强受了惊吓，加上身上有炎症，这才出现了怪异的症状。"

一个月前下的那场大雨持续了近十天。雨后，南港支队派了不少人进村打探"怪物"的传闻。可是，村民们十分忌讳谈论此事，南港支队派去的警察四处碰壁，多次往返无果。

"现在发生了命案，不查清是不行了。"朱晓叮嘱，"让人再往村里和丁景强那儿多跑几趟，一定要查清犯罪嫌疑人究竟是何方神圣。"

"是。"白洋不等朱晓开口，继续汇报，"昨晚的受害者身份也查出来了，是个无业青年，名叫郑勇，单身，饮酒成性，法医从他的胃里发现了大量酒精成分，推断他受害前大量饮酒。他的父母在外地打工，给他汇的钱全被他饮酒挥霍一空了。"

"找着郑勇生前喝酒的地方了吗？"

"找着了，已经排除了所有酒友的嫌疑。"

朱晓伸了个懒腰："那个村子里的村民见过蒋海吗？"

"朱队，咱可以不用找蒋海了。大约半个月前，蒋海去了一趟医院，开了一些药，好像是被毒蛇咬了。"

朱晓瞪大了眼睛："你为什么不早和我说？"

"您也没问哪。"白洋轻声嘀咕，"再说，您一天天的找不着人，要不是发生了命案，我还真的很难和您像现在这样说这么久的话。"

"带回来录个口供，问问他失联是怎么回事。"朱晓摆了摆手，把白洋打发出去了。

朱晓迷迷糊糊地打了一会儿盹，便被外面的动静吵醒了。他起身出去查看，只见一个妖艳的女人嚷嚷着要见支队长。他认了出来，那正是井娅。

朱晓走上前去："我是这儿的副支队长。"

井娅邪魅的眼神在朱晓身上转了转，笑着问："你能管事吗？我要报案。"

"报案而已，这儿的每一个人都能管，你为什么要见我们的支队长？"朱晓故作镇定，坐了下来。

"我和你们的支队长有交情呀。"井娅高声说，"去年，我还给他送了一箱子好酒呢。"

"住嘴！"赵彦辉闻声赶来，脸涨得通红，"井娅，你不要胡说八道！"

朱晓眯着眼："赵队，你们当真认识。"

井娅撩拨着自己的头发："赵队可是我那小酒馆的会员咧！"

四周议论纷纷，朱晓及时制止井娅："你要报什么案？"

"昨晚，我的酒馆警报响了，等我下楼后，小偷已经不见了。"井娅捂着胸口，"酒馆里什么也没丢，你们说，小偷会不会是冲我来的？"

朱晓愣了愣，说道："得嘞，我这就让人给你立案，跟你回去瞅瞅。"

"既然没丢东西，那就算了。"井娅摆手，走向赵彦辉，眨了眨眼睛，"只要让那小偷知道，我的酒馆不是谁都能进的就行。你说对不对呀，赵队长？"

井娅离开后，朱晓进了赵彦辉的办公室。

"赵队，给我个解释吧。"

"我给你什么解释？虽然那家酒馆是会员制，但每一口酒都是用我的工资买来的！她送我的那箱酒，我也差人送回去了。我赵彦辉光明磊落！"赵彦辉怒斥。

办公室外又聚拢了一堆人，朱晓把大家赶走，关上了门，这才坐下，压低声音："赵队啊赵队，今儿不是演戏吧？"

昨天，朱晓和赵彦辉配合演了一出吵架的大戏，目的是让所有人知道两人不和。南港支队是对抗暗光的中坚力量，他们商量后，得到上级同意，散播出南港支队内讧的消息，目的是让暗光放松警惕，大胆行动，露出马脚。

朱晓没想到，这戏却越演越真。

"你和井娅认识，为什么一直不说！"朱晓压低嗓音质问。

"我和井娅的确认识，但这是我的私事！杨荣招供之前，我并不知道她是猎手和雇用者的中间人！"赵彦辉的语气很焦急。

"私事？"朱晓嗤笑，"那你说说，是什么事！"

"无可奉告！"赵彦辉强硬道，"朱晓，记住你的身份，我是你的上级！"

朱晓无奈地摊手："又用职位压我。那你告诉我，白洋那小子到底是怎么回事！"

"我不知道！"赵彦辉反问，"你确定他有问题？"

朱晓站起身，摇了摇头："不确定。现在，我连你有没有问题都不敢确定了。"

恭家大院，范雨希喝了药，又悄悄联系了朱晓。

"我要去T国一趟。"范雨希说。

"你要去找肇事司机？"

范雨希回答："警方在国外没有办案权，我只能亲自把人带回来。"

"我不同意！你被暗光盯上了，一旦出国，谁也护不住你！"

范雨希有些激动："难道你要我眼睁睁看着我妈妈白死吗！"

"你是我的线人，必须听我的命令。"

"那我就不当你的线人了！"范雨希说罢，挂断了电话。

范雨希心烦意乱，出了房门，走到大厅时，突然听见了恭临城和阿二的谈话。

"恭爷，今儿又有几个掌事人提出退股。"阿二满脸担忧，"您确定不和希姐说吗？"

恭临城摇头，长叹一声："小希这丫头从小就没有爸爸，长大后，妈妈又遭遇了意外，是个苦孩子。树大招风哪，咱们问心无愧，但道上的人不这么认为，甚至连警方都不敢对咱们放松警惕。这些年，她为了报恩，替我打理生意，已经招惹了不少风言风语。如今，恭家大院危机重重，我不能再让她替我出头。"

"恭嘉明都已经找上门来了，恭爷，这事瞒不住的。"

"恭嘉明争抢恭家大院的势力无非是为了贩毒。希望在瞒不住她之前，我能将事情解决吧。"恭临城看向阿二，"你替我去拟一份遗嘱吧。"

阿二差点儿怀疑自己听错了："恭爷，您胡说什么！"

"天有不测风云，早做打算的好。"恭临城云淡风轻地说，"我的年纪大了，是时候准备身后事了。我希望恭家大院交到小希手上时风平浪静。"

躲在厅堂后的范雨希早已泪流满面。

又是一个深邃的冬夜，几阵寒风后，空中零星地飘下了几朵雪花。

朱晓亲自带队，紧急赶往城内的一片绿化林。十分钟前，南港支队接到报案，有人被什么东西拖进了绿化林里，绿化林里传出惨叫声，报警人不敢进入探查。

很快，朱晓带队赶到，大步跨进了绿化林。

　　林子幽暗万分，光秃秃的树影摇曳着，偶尔有几片苟延残喘至冬季的叶子掉落在朱晓的脸上，那感觉好似有人在撩抚着他的皮肤。

　　朱晓异常小心，一步一步地往林子里走去。没过多久，他发现了一个躺在草地上的人，那人的衣服被扒光了，身上到处是创口，与上一起案子相比，凶手变本加厉，咬碎了死者的五官。

　　命案连发，朱晓望着面目全非的尸体，肩头的压力陡增："又是无差别犯罪！"

第 15 章
随机

　　雪花稀稀落落地飞舞了一夜，至天亮时，非但没有停下，反而酝酿成了一场南港近几年来最壮观的降雪。南港气象台发布了雪灾预警，不少工作单位纷纷停工，南港支队却在热火朝天地查着案子。

　　新一起命案的受害者信息已经查清，死者名为谢计巍，是南港某街区出了名的赌鬼，欠了一屁股债，一年前，他的老婆不堪重负，带着孩子跑了，他的父母为了避债，也搬走了，说是众叛亲离也不为过。从此，谢计巍昼伏夜出，总是参加夜间的赌局，不把钱输光不肯回家。

　　命案发生后，南港支队以聚众赌博的罪名控制了昨夜与谢计巍一同赌博的相干人等。据众人供述，昨夜，谢计巍很快就将借来的赌资输光了，最后愤愤离场。再据报警人和相关目击证人提供的证词可知，谢计巍徒步经过绿化带时，被一道快得离奇的身影扑倒，被咬住脖子后，很快失去了抵抗力，随后被拖进了绿化带。

　　报警人远远地看到这一幕后，立即报警。尽管警方马不停蹄地赶到了现场，但仍未能阻止谢计巍遇害。尸检报告显示，谢计巍和郑勇两具尸体具有大量相同的特征：面容和身体皮肤遭人口和人指毁伤。

凶手在两个夜晚接连袭击两名受害者，经核查，两名受害者之间并无共同的人际关系。警方据此推断凶手实施的是一场以不特定受害者为目标的无差别犯罪。由于凶手随机选择目标，警方在短时间内无法预判凶手的下一个目标，只得通过媒体向市民提出告诫：尽量不要独自外出。

加之先前闹得沸沸扬扬的"怪物"传言，南港人心惶惶。

"通知下去，南港所有派出所二十四小时加强巡逻，寻找可疑目标，首要任务是保证市民安全。"朱晓向白洋传达了命令。

白洋不解地问："朱队，二十四小时加强巡逻，南港的警力可能会严重不足。凶手不是夜间作案吗，白天有必要也加强巡逻吗？"

"你小子不是很机灵吗？"朱晓故意问。

白洋听出了朱晓的话外之音，只是笑笑，不予理会。

朱晓这才继续解释："凶手实施的是无差别犯罪，前两起案子都在夜间实施，这是因为夜间容易得手，容易逃脱。但现在下了大雪，眼看降雪还有更严重的趋势，再这么下去，恐怕就要大雪封道，导致交通瘫痪了。"

白洋一拍脑袋："雪天对咱来说，是阻碍，但对凶手来说，是绝佳的作案时间！"

"倘若凶手决心继续犯案，未来几天，无论白天还是晚上，都对凶手有利。联系交通部门和电力部门，请求全力保证交通秩序和安防监控供电正常。"

"好嘞。"白洋往外走去。

"等等，让你请蒋海来录口供，这事办妥了吗？"

白洋为难道："朱队，我联系不上蒋海，找不着人了。"

"继续找。"朱晓说完后，走出办公室。

南港支队外早已经天寒地冻，整个世界白茫茫一片。街道上的车缓慢地朝前行驶着，刚从便利店屯完干粮的行人匆匆地朝家中走去。朱晓走了一会儿，便察觉到了身后的异常。他迅速转过一个拐角，趁着身后的人急忙跟上时，蹿出来将对方抓了个正着。

"你跟踪我?"朱晓盯着白洋问。

白洋脸不红心不跳地说:"我来告诉您找着蒋海了。"

朱晓嘲讽般笑道:"刚刚还说找不着,这么快就有消息了?"

"我会尽快把他带到支队的。"白洋赶紧点头,说完便走。

朱晓望着白洋的身影消失在街道尽头,这才转身离去。

范雨希悄悄地跟着拄着拐杖的恭临城出了恭家大院。

下这么大的雪,恭临城没有带着阿二,而是选择独自外出。范雨希心生疑虑,担忧恭临城是去找恭嘉明了,于是暗中跟着,但没跟多久,恭临城便拦下了一辆快要停运的出租车。

范雨希也伸手招呼一辆出租车迅速追上。

恭临城下车后,进了一条胡同:"我说过,如非必要,我们最好不见面。小希悄悄地跟着我出了恭家大院,恐怕有所怀疑了。"

朱晓早已等候多时了:"我想和你谈谈关闻泽。"

朱晓将关闻泽现身酒馆附近的事全都告诉了恭临城。

恭临城沉思许久后,平静地说道:"我说过很多遍了,他不会是我们的敌人。"

"每一次你都向我打包票,说关闻泽不是猎手。"朱晓揣摩着恭临城说的每一个字,"这一次,你换了种说法。"

恭临城拄着拐杖的手不安地攥紧。

"不妨告诉你,我可以信任的人不多了。南港支队没有你想象的那么简单,我的线人们也都不单纯。"朱晓警告道,"我要知道关闻泽的身份,以及你作为'声音'的情报来源!"

恭临城叹了一口气:"小泽的确是猎手榜的榜首。"

朱晓早已经做好了心理准备,但听到这里时,心跳还是忍不住加快:"他为什么帮助我?"

"他是我派遣到暗光的卧底。"恭临城回忆起了往昔,"小泽这孩子在他父亲死后便离开了南港。几年前,我找到了他,暗中把他训练成了如今独当一面的模样。"

朱晓的大脑轰鸣作响: "你是怎么把他安插进暗光的?"

"许多年前,我就盯上了井娅。她很可能是暗光的核心成员,不仅负责联系雇用者和猎手,而且负责替暗光筛选猎手。于是,脱胎换骨的小泽很快就成了井娅拉拢的目标。"

"为什么不早点向我提供井娅的线索?"

"还不是时候。时至今日,我仍然认为还不到接触井娅的时机。"恭临城说。

"是你派关闻泽去阻拦我接近井娅的?"

"不是,他已经不怎么受我控制了。"恭临城的眼眸中透露着几丝担忧, "小泽回南港也是擅作主张,未经我的同意。他这次回来后变了许多,不再像从前那样无条件地向我提供暗光的线报。"

朱晓有些反应不过来: "什么意思?"

"我怀疑小泽有了异心。"恭临城很快又改口, "但他还没有完全背叛我,我相信他,他只是动摇了,最终,他会坚定信念的。"

"你为什么要查暗光?你可别告诉我是替天行道!"朱晓迟疑了片刻。

恭临城笑得十分无奈: "这个世界上没有人是没有私心的。我愿意坦承,主动向前副支队长余严春和你提供线报是为了端掉暗光,但我暂时不能告诉你理由。"

"什么时候可以告诉我?"

"不久后吧。"恭临城叹了一口气,缓缓离开了。

朱晓愣在胡同里,迟迟没有离开,这时,一阵脚步声打断了他的思绪。他悄悄探出头,只见范雨希正朝四处张望着,朝着这条死胡同走来。他心头万分着急,一旦他们见面,范雨希必然会对恭临城的身份有所怀疑。

范雨希凝视着前方的胡同拐角,正要朝前走,有人拉住了她的手。

范雨希蹙眉,看着关闻泽,抽回了手: "是你?"

"恭爷不喜欢被人跟着。"关闻泽冷漠道。

"你去京市是去找恭嘉明的!你是不是知道恭嘉明向恭家大院开战

了？"范雨希从关闻泽的沉默中得到了答案，一阵黯然，"为什么你们所有人都知道，就我被蒙在鼓里？"

"他有苦衷。"

"我知道。"范雨希咬着下唇，"但是，如果恭爷为了保护我和恭家大院而遭遇了危险，我会愧疚一辈子！"

这些天，范雨希暗中打听了消息。外界都在传言，当年向警方举报恭嘉明母亲吸毒和贩毒的人正是恭临城。范雨希知道，以恭临城的性格，倘若知晓自己妹妹干的勾当，必然会大义灭亲。恐怕传言是真的。

"恭嘉明不会放过恭爷的！"范雨希很着急。

"谁都有属于自己的宿命。"

"你真的已经变得这样冷血了吗！所有人都说你是猎手，我要亲口听你说，你是不是！"范雨希不可思议地看着关闻泽。

关闻泽的沉默已经令范雨希的心里有了答案。范雨希绕过关闻泽，朝前大步走去，进了胡同。

胡同里空空如也，早在关闻泽拦下范雨希的那一刻，朱晓便攀上墙，火速离开了。

南港警方严密巡逻了两天两夜，在层层防卫之下，凶手没有继续作案。正如朱晓预料的那般，三天后的上午，南港的交通陷入了瘫痪，全市断电。

"朱队，相关部门正在疏通交通，抢修电力，今晚之前可能无法恢复。"白洋向朱晓汇报。

"凶手极有可能在白天作案，吩咐下去，全都打起十二分精神！"朱晓问，"村子里关于'怪物'的传闻核查清楚了吗？"

"嗨，甭提了。先前那村子遭遇泥石流，道路和信号好不容易恢复，这不又遇上大雪了吗，路又堵了，信号基站也异常了，现在连电话都打不进去了。"白洋抱怨着，"恐怕得等雪后才能有消息了。丁大夫那边倒是松口了，他对'怪物'的形容和目击证人说的差不多。"

"你不是说你找着蒋海了吗？"朱晓质问，"人呢？"

"不是下着大雪吗，人家不配合，不肯来。"

朱晓冷哼："你要是诓我，有你好受的！"

朱晓话音刚落，外头便有人汇报，蒋海主动到南港支队配合调查了。

朱晓亲自给蒋海录了口供。蒋海只字不提追杀范雨希的事，朱晓为了不暴露范雨希的身份，也没有提及此事。蒋海对警方打了马虎眼，谎称当天火车停下来后，他下车透气，后来迷了路。

朱晓无奈，只得放蒋海离去。

南港支队的所有警员都已经近二十个小时没有休息了，为了阻止凶手实施下一起犯罪，他们在各个岗位轮守，终于熬到了当晚。交通秩序和安防监控供电恢复正常后，朱晓长舒了一口气。

"咱咬得紧，凶手应该暂停了犯罪计划。"朱晓推测，凶手在最有利于作案的时间内没有作案，接下来应该不会轻举妄动了。

可是，半个小时后，警方却得到消息，有人遇袭，被送进了医院。

朱晓和白洋火速赶往医院，查探了受害人的伤情。受害人受了伤，耳朵被咬了一个小口子，没有生命危险。受害人名叫张毅，于夜间近十点路过偏僻路段时遇袭，凶手直朝他的脖子咬去。

天气寒冷，张毅裹着围巾，这才没被行动敏捷的凶手一击得逞，之后他拼命反抗。张毅称，凶手面目狰狞，獠牙发黄，不仅速度快，而且力气大，就算他用尽全力，还是被凶手咬下了耳缘的一块肉。

好在附近巡逻的片警及时赶到，凶手放弃作案，火速逃离，张毅才保住一条命。张毅受了惊吓，住在医院里，很快便入睡了。

"刚做了凶手短期内不会继续作案的推测，这么快就被打脸了。"朱晓百思不得其解，"这凶手不在雪情最大的时候作案，反而在秩序恢复之后作案，图什么？"

安全屋内漆黑一片，躺在床上的周旱细细地想着朱晓的告诫。灯忽然亮了，周旱翻身而起，坐到电脑前："终于来电了。"

他调取了酒馆附近的监控录像，紧盯着屏幕，发现妖艳的井娅恰巧出了门。他赶紧给朱晓打了电话："朱队，井娅出门了。这么冷的天，她穿这么少，你说她冷不冷？"

"别废话，盯紧她。"

"放心。"周旱拍着胸脯保证，"我根据她的行踪，调取沿途的安防监控画面，只要她在监控范围内，就逃不过我的眼睛。好在供电恢复了，否则今晚可就要错过了。"

朱晓没有挂断电话，与周旱保持着实时的沟通。周旱的话不少，在喋喋不休了近半个小时后，突然间不说话了。

"怎么了？"朱晓见周旱沉默了，急忙问。

"朱队，有件事向你汇报一下。"周旱说着，又一次不说话了。

"你倒是说啊。"

"算了。"周旱说，"等我确认过后，再向你汇报吧。"

周旱挂断了电话，起身开门离开了安全屋。寒风萧瑟，他瑟瑟发抖，乘车来到了一处僻静的港口，躲在集装厢后，望着井娅和另外一道身影，竖起耳朵听他们之间的交谈。

终于，周旱听清后，刚掏出手机准备向朱晓汇报，身后的脚步声让他吓了一跳。他迅速转身，亲眼看着一柄"十"字形尖口的利器刺入了自己的胸口。他瞪大眼睛，看着眼前的黑影，惊恐地唤道："是你……"

天太冷了，冷得周旱差点儿忘记了疼。

"你原本可以多活一阵子的。"那人说着，拔出了利器。

周旱胸前鲜血飞溅，痛苦地倒在地上抽搐着。井娅和另外一道身影闻声也聚拢了过来。

周旱的双目迷离，矗立在他身旁的三道身影逐渐模糊。他用尽最后的力气在手机键盘上按下了一个数字。

远在几公里外的朱晓因联系不上周旱而焦急万分。他接到了看守安全屋的警员汇报，不久前，周旱主动离开了安全屋。为了不引人注意，负责保护周旱的警员待在另外一间屋子里通过监控探头关注楼道内的动静，而非寸步不离地守在安全屋外。警员第一时间发现周旱离屋，但追出去时，周旱早已不知所踪。

朱晓忍不住爆了粗口，疯狂地拨打周旱的电话。

"白洋！"朱晓四处寻找白洋的身影。

值班的警察告诉朱晓，白洋连续上了太久的班，累得回家休息去了。

"通知下去，动员所有警力寻找周旱！"

一夜苦寻无果，隔天，警方在港口的集装箱后发现了大量血迹。

朱晓站在集装箱上，望着搜救船和救生员在海里忙活，急得心脏几乎要停止跳动。他不断地默念着："不要出事！不要出事！"

"朱队。"白洋终于赶到，向他打了一个招呼。

朱晓一把揪住白洋的衣领："昨晚你去哪儿了！"

白洋一脸茫然："我回去休息了啊。"

"白洋，不要让我发觉你有问题，否则，不管你是何方神圣，我都要你死无葬身之地！"

白洋被朱晓突如其来的警告吓愣了。

"朱队，近港的海底发现了一具尸体！"有人冲着朱晓大喊。

朱晓的心冷了下来，不顾众人的阻拦跳了下去。刺骨的海水侵蚀着他的身体，他直游而下，吃力地睁大眼睛。

海底，一具胖硕的尸体漂浮着，他的脚被绑在一块沉甸甸的石头上，躯体不断地被水流推动着。

他想起了曾经对周旱的承诺："我发誓，一定不会让你们当中的任何一个人遇到危险。"

朱晓眼角的热泪在海水里化开，他最担心的事终于发生了，耳边回荡着周旱对他的承诺的回应："别介，电影里要是警察对哪个人这么说，那人八成得死了。"

第 16 章
再袭

　　周旱在二十五岁那年拿下了国际黑客大赛的冠军，他永远也忘不了登上领奖台的那一刹那。

　　上台前，周旱的手机仓促地响着，电话是父亲打来的。他已经整整五年没有回家了。他不愿只属于他的荣耀时刻被不认可自己的人打扰，于是挂断了电话。为了这一天，他终日坐在屏幕前苦练，日复一日，手上长了茧子，鼻梁戴上了眼镜。他要向他的父亲和母亲证明，他没有走错路。

　　周旱的爱好从小便得不到任何人的认可。在老师和父母的眼中，他只是一个沉迷网络的孩子，终日泡在网吧，早已疯癫。他不止一次地为自己辩解，可换来的却是冷眼和嘲讽。二十岁那年，他的父母要求没念过几年书的他到一家厂房当学徒。他严词拒绝，惹怒了父母，留下一句"我要证明自己"后，离家出走了。

　　台上催促着周旱领奖，他又一次挂断父亲的电话，登上了颁奖台，听着轰鸣的掌声，他激动地落下了眼泪。然而，一切喜悦都被突如其来的一条信息打碎了，信息是父亲发来的。

周旱匆匆地赶回了家，却仍然没能见到病重的母亲最后一面。许多年后，他依旧感到懊悔，倘若当初没有那么倔强，就能陪伴在母亲身旁，直至生命的最后一秒。从那之后，他放弃了曾经引以为傲的梦想，陪伴在了老父亲身边。他的父亲自老伴去世后，伤心过度，身体每况愈下，没多久也病逝了。

　　之后周旱开了一家网吧虚度光阴，奈何生意十分惨淡。

　　那是一个燥热的午后，朱晓走进了充满浓郁泡面味道的网吧，来到穿着背心、油着头发的周旱面前。朱晓看着手中的照片，险些以为找错人了。照片中，干瘦的周旱站在领奖台上纵情雀跃，而坐在吧台前的周旱早已中年发福，双目无神。

　　"上网？"周旱头也没抬，伸出了手，"身份证。"

　　"曾经的最强黑客竟然沦落到这般田地。"

　　周旱的手僵住了，打量了朱晓片刻后，将最后一口泡面吸进嘴里，用手背擦了擦油腻腻的嘴，对着朱晓竖起了中指："滚。"

　　"你不想知道我是谁？"朱晓问。

　　周旱摆了摆手："没兴趣。不上网就滚蛋。"

　　朱晓真的走了，周旱的心里好奇，但没有追上去。可之后的每一天，朱晓都会在午后来到这家无人问津的网吧。终于，周旱忍无可忍，质问朱晓的身份和目的。

　　"兄弟，该重出江湖了。警方需要你这样的人才。"朱晓道明身份和目的后，对周旱发出了邀请。

　　"出个屁。"周旱拒绝了，望着自己的手，"当初，我就不该走这条路，以至于让父亲和母亲到死都不放心！"

　　"其实，你的父母早就认可你做的事了。"

　　周旱一愣，嘴里吐出了三个字："你放屁。"

　　"你的母亲走后，你就堕落了。但凡你肯出去走一走，和邻居们说说话，都该知道，你出走的那些年里，每逢三姑六婆诋毁你，你的父母都会把他们骂走。"朱晓坐到了周旱身边，揽住他，"哥们儿，我早就打听过了，你父母说得最多的一句话就是相信你会出人头地，荣归故里。"

周旱的眼里闪着泪花："你说的是真的？"

"我骗你干什么。"朱晓揉了揉周旱的脑袋，像哄孩子一样，"这天下的每个父母都一样，无论是放养，还是圈养，都希望自己的孩子好。他们替你安排了那么多，无非是想让你做个有用的人罢了。"

周旱哭得死去活来，这么多年了，他从未像今天这样轻松过。

"做个有用的人吧，你的机会来了，我代表南港支队，正式邀请你成为我的线人。"朱晓起身对周旱伸出了手。

周旱抹干眼泪："危险吗？"

"危险自然是危险，但我会竭尽全力保证你的安全。"

周旱犹豫了许久，一咬牙，握住了朱晓的手："我答应。"

朱晓又揉了揉周旱的脑袋，把手放在鼻子前嗅了嗅："哥们儿，您是不是该洗头了？"

周旱的尸体被打捞上岸当天，暴怒的朱晓带人闯进了井娅的酒馆，因情绪激动，掀了好几张桌子。这一幕被不明所以的市民拍下，传至网络。赵彦辉训斥了朱晓一顿。为此，朱晓和赵彦辉大打出手，最后朱晓被停职半个月，以示处分。

半个月以来，南港支队里议论纷纷。

"赵队，今儿是朱队回队的日子，您说他会回来吗？"白洋在会议室里问的问题吸引了所有人的目光。

赵彦辉拍桌："他要是不回来，就别回来了！"

白洋叹了口气："有几个同事去看过他，这半个月，朱队天天喝酒，喝醉了就往自己脸上抽耳光。我看这人八成是废了。"

白洋的话音刚落，会议室的门被人一脚踢开。朱晓满脸胡楂儿，目光冷厉："谁废了？"

白洋赶紧闭上了嘴，赵彦辉指着朱晓："你就不能好好打理一下！"

朱晓往自己狼狈的身上扫了一眼,毫不掩饰地嘲讽:"赵队,您坐在高位,自然要注意影响,而我不一样,我只是一个在外跑腿的警察而已。"

赵彦辉强忍着不与朱晓吵架,吩咐散会后,便离开了。

白洋见朱晓目光犀利,刚想跑,便被朱晓一把揪住了衣领:"我才走半个月,连一个区区协警也不把我放在眼里了?"

白洋支支吾吾:"您这说的是什么话?"

"汇报!"朱晓吼道。

白洋赶紧如实汇报:"还没查清周旱离开安全屋的原因,安全屋里的电脑界面是案发港口附近的一个监控。我们调取了监控录像,发现有人抢先一步通过远程破坏了备份。"

朱晓强行让自己冷静下来,心里有了推测:周旱前往港口一定是通过监控探头发现了什么。

"继续。"朱晓冷冷道。

"周旱被人抛进海里之前就已经死了,致命伤是胸口呈'十'字形的创口,经法医实验室鉴定,判断与杀死前副支队长和猎手小R的凶器相同。"白洋不等朱晓催促,一口气全说了,"从海里还打捞起一个手机,确定是周旱的,但进了水,已经完全损坏,无法恢复。"

朱晓终于松了手,接过白洋递来的报告,发现警方在安全屋和案发现场都未找到周旱当初为众人准备的当作礼物的金属筷子,于是不动声色地拖过椅子坐了下来:"'怪物案'呢?"

"大雪停后,凶手就再也没有出现过。今儿,被袭击的张毅也出院了。"

范雨希已经半个月联系不上朱晓了,一个小时前,朱晓终于主动约她见面了。

范雨希盯着像变了一个人似的朱晓,从他沧桑的眼神里看出了悲痛,一时之间不知该说什么。

朱晓颓坐在地上,点了根烟:"别那么看着我。"

"振作一点吧。"范雨希也没想到周旱竟然会遇害。虽然他们只有数面之缘，但都在朱晓手下做事，早已有了默契。

"我正在努力振作。"朱晓苦笑，"休息了半个月，是时候为周旱报仇了。我要井娅和暗光全都死！"

范雨希的心头一颤，回想起了孔末在京市时的告诫："朱晓一心痴迷正义，我担心他决心太重，用错手段，把自己也逼成了犯罪分子。"

直到朱晓叫了范雨希几声，她才反应过来。

"我找了你半个月，就是想告诉你，周旱出事的时候，往我的秘密号码拨了一个电话。"

朱晓的瞳孔收缩，从地上腾地跳了起来："说了什么？"

范雨希摇头："海浪声太大了，什么也听不清，电话很快就被挂断了。我推测，他给我打电话时已经没力气说话了。"

"他的手机经过特殊处理，不留任何记录，他联系我们都是通过一键拨号。"朱晓想了想，疑惑道，"他为什么会在遇害前给你打电话？他最该通知的应该是我。"

"或许是他挣扎的时候，随意按下的一个数字？"范雨希也不解。她和所有线人都有另一个经过处理的号码，无法被查到身份，她并不担心周旱死前的行为暴露她的身份。

朱晓将疑点记在心头，问："你还是决心出国？"

"先缓一缓吧。"范雨希说。周旱的死令她动容，就连那么怕死、原可以置身事外的他都奋战到了最后一刻，她不能在这样关键的时期，弃朱晓而去。

朱晓点了点头："听说近来舞厅的生意不太好？"

范雨希没有否认："'怪物'的传闻搞得人心惶惶，生意的确冷清了不少。"

除此之外，恭嘉明的针对也是一个重要原因。

"在我摸清南港支队之前，我不怎么敢用里面的人了。"朱晓说。

范雨希心领神会。不久后，她放出消息，称因"怪物"出没而影响了舞厅生意，恭家大院将全力协助警方寻找"怪物"。

夜里，张毅出了院，捂着缺了一块的耳朵，一边咒骂，一边蹲到了一条偏僻的小路上："他妈的，住了半个月院，钱都花没了。"

张毅搓着手取暖，将围巾裹得严严实实，在寒风里蹲了大概半个小时，终于看到一道瘦小的身影走来。他掏出怀里的小刀，戴上口罩，跳到那名女生面前："打劫，把钱交出来！"

女生吓得不敢反抗，只得老实掏钱。

张毅拿到钱后，便让女生离开了。他舔着手指数着钱，笑逐颜开："又够半个月的生活费了。"

身后传来的怪异声响让张毅的身体僵住。他咽了一口唾沫，缓缓地转过身，看见远处正站着一道佝偻着背的身影，连衣的帽子将他的上半张脸遮挡住了。

张毅猛地认了出来，那正是半个月前差点儿咬掉自己耳朵的"怪物"。

张毅暗呼倒霉，拔腿便跑，但是，没一会儿，他就感觉"怪物"追上了自己。他回头查看时，一不注意，脚下一滑，跌在了地上。"怪物"瞬间扑到了他的身上，锋利的牙齿咬住了他的耳朵。

张毅惨叫一声，耳朵被"怪物"生生咬下。他试图挣脱，但"怪物"的力量实在太大了。"怪物"扯下他脖子上的围巾，正准备一口咬下去时，一块石头飞来，砸在了"怪物"的脑袋上。

"怪物"闷哼一声，迅速逃跑。

"自己叫救护车。"范雨希扫了一眼张毅，便朝"怪物"追了上去。

恭家大院介入调查后，范雨希派人去接近张毅询问一些问题，偶然间发现张毅行踪诡异，于是亲自找来，没想到和"怪物"撞了个正着。

范雨希的身手不算太差，可在追那个身形怪异的"怪物"时，竟觉得异常吃力。对方的速度太快了，她咬紧牙根，勉强与对方保持不远不近的距离。"怪物"非常聪明，专往光线暗的地方钻，很快便没了踪影。

范雨希停下脚步，凝望着树下的一片草丛，提起拳头，警惕地一步一步靠近。就在她的手马上要拨开浓密的草丛时，一道黑影跳出来按住她的肩膀，将她扑倒在了地上。

范雨希的双肩一疼，"怪物"的指甲又尖又硬，几乎陷进了她的肉里。

由于周围光线太暗，她看不清"怪物"的脸。

"怪物"低吼一声，朝着范雨希的脖子咬去。

范雨希十分被动，一时之间竟无法抵抗。眼看"怪物"就要得逞，此时又有一人出现，踢开了"怪物"。"怪物"不肯罢休，又一次扑来。来人招架不住，被"怪物"撞到了树上，手臂被咬伤了。

范雨希高喝一声，将"怪物"推到一旁，救下来人。

"怪物"终于不再与他们纠缠，蹿进林子，没了踪影。

范雨希立即上前查看来人的伤势，待看清他的脸时，惊讶地唤道："孔末！"

孔末对着范雨希微笑："小希。"

"你叫我小希？"范雨希一愣，回想起了孔末刚刚差劲的身手，立刻抬起手腕看表，还不到夜间九点，"你……他消失了？"

救护车赶到现场时，警车也随之而来，范雨希和孔末已经走了。张毅失血过多，早已昏厥，被紧急送往医院。

朱晓看着地上的血迹，陷入了沉思。

"朱队，刚刚有女生报警称被人打劫，犯罪嫌疑人是张毅。"白洋说，"张毅够倒霉的，半个月前才逃过一劫，没想到又碰上了'怪物'，他的耳朵是注定保不住了啊。"

朱晓摸着胡楂儿，疑惑道："张毅为什么又遇上了凶手？难道是巧合？"

白洋问："有什么奇怪的吗？"

"据此前推断，凶手实施的是无差别犯罪，作案目标具有不特定性，往往是根据便利原则随机选择的。如果不是巧合的话，出于便利，凶手再次作案时，应该就近选择目标。但是我怎么觉得凶手盯上张毅了呢？"

白洋点头应和："是有些奇怪。难道凶手停止作案半个月是在等张毅出院？"

"如果是这样的话，那么就不是简单的无差别犯罪了。"

恭家大院里，阿二给恭临城沏了茶。

恭临城咳嗽得更加厉害了，唾沫里还带着血丝。阿二担忧地问："恭爷，要不咱去趟医院？"

恭临城摆手："老毛病了，一入冬就咳嗽。"

阿二恭敬地站着，提醒恭临城："希姐在查'怪物'的案子。近来，舞厅生意不好，希姐聪明，应该很快就会知道舞厅的生意不只是受了案子的影响。"

一杯暖茶下肚，恭临城觉得舒服多了。他放下茶盏："近来，小泽总是外出，你知道他是去哪儿了吗？"

"我哪敢盯着他啊。"阿二无奈地摇头。

"孔末呢？"恭临城又问，"你不是说，他今儿就会回来吗？"

"有人来信了，孔末回到南港后，第一时间找希姐去了。"

恭临城慈爱地笑着："我和孔末的父亲有故交，若是这两个娃子能走到一起，我就放心了。"

阿二陪着恭临城说了一会儿话后，从身上拿出了一份文件："恭爷，您让我准备的遗嘱我拟好了，您看看吧。"

恭临城接过文件，细细地看了一遍，随后拿起笔签了名字，按下了手印。

阿二接回遗嘱后，急匆匆地回到了房间，他脱下了早已被冷汗浸湿的衣服，来不及洗漱，拨了一个电话，悄声说："搞定了。"

听筒里传来一阵爽朗的大笑声："你果然没让我失望！将来，你就跟着我吃香的，喝辣的！"

阿二憨憨地笑道："哪敢，能替您办事是我的荣幸！"

结束通话后，阿二光着膀子钻进被窝，翻着恭临城签字画押的遗嘱，看得入了神。他盯着继承人一栏"范雨希"三个字，笑了笑，突然用指甲在纸上轻抠，没过多久，抠下了一小块纸片。

遗嘱文件上所有涉及继承人名字的地方竟都不留痕迹地贴上了写着范雨希名字的纸片。纸片被抠下后，继承人不再是范雨希，而是另一个名字。

第 17 章

追凶

张毅受了重伤，警方暂时没有对他采取强制措施。朱晓得知张毅醒后，第一时间到病床前对他进行讯问。张毅对昨夜实施抢劫的犯罪事实供认不讳，并且顺带坦承了过去几个月间干过的其他十几起抢劫勾当。

"你看清凶手的模样了吗？"朱晓站在病床前询问，"我会找人根据你的形容绘制凶手画像。"

张毅想起那个"怪物"，仍旧一阵后怕，但冷静下来后，觉得有些奇怪："那'怪物'好像和半个月前长得不太一样了。"

白洋一惊："你是说，两次袭击你的凶手不是同一个人？"

张毅虚弱地摇头："一定是同一个人，他的速度和力量、牙齿和指甲，还有他身上的恶臭，我这辈子都不会忘记。我是说，他的脸好像没那么可怕了。"

白洋赶紧拿出纸笔记录，在朱晓的催促下，张毅继续描述："上一次，他扑倒我的时候，脸上黏糊糊的脓液滴进了我的嘴里，这一次，他脸上的水疱好像变少了。"

张毅说着，恶心得胃里犯呕。昨夜被袭击时，由于光线太暗，加之惊吓过度，他不确定自己是不是看清了。

出了病房后，白洋问朱晓："朱队，您说凶手会不会乔装了？"

"有一定可能。"朱晓说，"老子不相信什么怪物，再离奇的案子也只是人为的装神弄鬼罢了。"

假设张毅没有看错，凶手两次袭击他时，脸部特征不同，那很可能是凶手在乔装的时候出了差错，导致两次"妆容"不同。

白洋告诉朱晓："您让我去核实的，我核实清楚了。前两起命案的受害人谢计巍、郑勇和差点儿遇害的张毅真的没有共同的人际关系，他们也没有共同的仇人。您确定这不是无差别犯罪吗？"

"凶手执着于杀张毅，我不相信他是毫无规律地随机选择受害者。"朱晓想了想，"难道你还没发现这三名受害者的共同特征吗？"

白洋挠着脑袋，想了许久，一拍手："他们都时常在夜间出没！"

"不错。谢计巍是个赌徒，南港对聚众赌博查得严，赌局一般在夜间开设；郑勇是个酒鬼，昼夜颠倒，白天在家昏睡，夜间出门酗酒；张毅生活窘迫，夜间经常蹲守在偏僻的路段拦路抢劫。"朱晓分析道，"现在我总算明白凶手为什么不在大雪最严重的白天作案了。"

半个月前，雪情最严重的时候莫过于交通和供电瘫痪的那个白天。依据朱晓推测，凶手很可能在那个警方无能为力的时间段内作案，可是，凶手沉寂了一个白天，选择了交通和供电恢复正常、最有风险的夜间袭击张毅。如今看来，凶手的目标并非完全随机，而是专挑夜间出没的目标动手。

"这也说不通。"白洋揣摩着，"就算警方再怎么提醒，总会有夜间独自出行的市民。凶手可选择的目标太多了，为什么连续袭击张毅两次呢？"

"继续调查。"朱晓坚信，受害者之间一定存在让凶手看中的共同特征。

天桥下，蒋海又一次与井娅见了面。

蒋海远远地站着，仿佛并不介意两人之间的纠葛："你让我考虑的问题，我想好了。"

井娅双手环胸，妖冶一笑："考虑清楚了，就离开南港吧。"

蒋海却耸着肩："我是来告诉你，我不会同意撤销雇用任务的。"

井娅的目光忽地阴沉："你当真想死？"

"你的确有几分手段，我差点儿就死在了你的手上。但是，同样的错误，我不会犯两次。"蒋海大胆地朝前迈了一步，"而且，我觉得你不会杀我。"

"不知天高地厚！"井娅的手探进了怀里，时刻打算出手。

蒋海扬起嘴角："如果你敢对我出手，你杀死周旱的证据就会被送到南港支队。"

井娅一怔，眼底爬上了一抹杀意。

"没想到我会跟着你吧？"蒋海十分得意，"我录下了你把周旱拖进海里的过程。可惜我没有完全康复，不然他被杀的过程我也能录下来。"

"你都知道些什么？"井娅阴声问。

"不必试探了，我赶到港口时，港口只剩下你和周旱的尸体了。不过，集装箱后有血，周旱并非死于毒素，他不是你亲自动手杀的吧？"蒋海饶有兴致地揣测，"看来周旱死前发现了好玩的秘密。"

"你在威胁我？"

"不错。"蒋海肆无忌惮地坦言，"井娅，你听清楚了，当初我受召加入暗光，并非为了赏金，而是寻求刺激罢了。'第一猎手'的称号，我拿定了。关闻泽挡在我的面前，我迟早会杀了他。如果你要阻拦我，我也会对你动手。"

"蒋海！"井娅怒道，"你知道你对我说这些是在向暗光宣战吗！"

"想要那份录像永远不落到南港支队手里，你知道该怎么做。"蒋海留下这句话后，转身离开了。

警方将张毅严密地保护了起来，防止凶手再一次对他下手。但在两天后的深夜，又一具尸体在荒僻的胡同里被人发现。朱晓进了法医实验室，看见了躺在停尸台上的血肉模糊的尸体。

"死者王青青，女性，三十岁，死因是颈部动脉被咬破。尸体眼球被抠，耳朵和鼻子被咬下，面孔和身体上一共发现了近四十处伤口，全都是用牙齿或指甲撕咬或硬抓造成的。"法医汇报，"刑侦队在死者的背包里发现了几包粉末状的毒品，所以我们对尸体进行了毒物检验，结果呈阳性，确定死者生前有吸食毒品的习惯。"

"毒品类型确定了吗？"

法医点头："我们和痕检队联合鉴定，确定死者吸食和携带的毒品是京港两地警方联合调查的新型毒品。"

同王青青的尸体一起被发现的还有一台手机。手机里没有任何通信记录，警方根据手机号查询，发现王青青使用的是被他人弃用的手机号码，被盗用手机号码的原主人已被排除所有嫌疑。

命案接连不断地发生，警方上级高度重视，要求南港支队在一个星期内抓到凶手，并阻止凶手继续实施犯罪。朱晓动用了所有警力，全城搜捕凶手的踪迹。当夜，南港支队发觉有道可疑的身影上了一辆套牌车，离开了南港。

朱晓第一时间约范雨希和孔末见面，这也是时隔近两月之后，朱晓第一次与孔末相见。

"那辆套牌车驶离国道后，特意进入乡道和县道，警方已经追踪不到它了。但是，通过它先前的行驶轨迹判断，它的目的地方向是当初你失联的村子。"

范雨希怔了怔："凶手真的是村子里的人吗？"

"一个多月来，我派了不少人进村打探，但村民都对此讳莫如深，什么线索也没查着。凶手第一次现身南港是在南港医院的停车场。当时那辆义诊车从村子开回南港医院，可以推测，凶手是趁着众人不备，偷偷爬进了后备厢来到南港的。"朱晓看着孔末，"你有什么想法？"

孔末一如往常地镇定："我和小希去村子里打探一番，顺便抓捕凶手？"

朱晓想起怪异的赵彦辉和白洋，点了点头："那我把村子里的警察撤出来，你俩进村。恭家大院正在寻找'怪物'，你俩去村子调查倒是说得过去。"

这时，范雨希却犹豫了："这个时候，我不能离开恭家大院。"

孔末劝说："小希，想要从不肯开口的表情里找端倪非你不可。"

朱晓看穿了范雨希的后顾之忧："警方也紧盯着恭嘉明，我不会让他向恭家大院出手的。"

范雨希惊讶道："你也知道恭嘉明和恭爷之间的恩怨？"

"当年恭临城举报了自己的妹妹，现在恭嘉明又突然回南港，还涉嫌贩卖毒品，傻子也能猜到这是怎么回事。"朱晓解释道，"对于京市的毒品案，禁毒队缺乏证据，为了不打草惊蛇，这才没传讯恭嘉明。不过，他想在警方眼皮底下顶风作案倒是不可能。"

范雨希从朱晓口中证实了恭临城和恭嘉明之间的恩怨，心中更加担忧，但见朱晓再三保证，还是暂时放心了，同意与孔末前去追寻凶手的踪迹。

范雨希一再叮嘱："你一定要保护好恭爷！"

下午，范雨希和孔末找了一辆车，马不停蹄地动身了。阿二目送他们离开后，鬼鬼祟祟地进了一栋民宅。

"大哥，范雨希以查探'怪物'为由，离开南港了。"阿二弓着身子说。

跷着腿坐在沙发上的男人竟是恭嘉明。

恭嘉明扫了一眼蒋海，又看了看阿二，问："恭临城那老家伙什么反应，就这么放心让他们走了？"

"恭临城知道您要和他开战，出于保护范雨希的目的，巴不得她离开呢。"阿二回答。

恭嘉明又问："那个孔末呢？"

"也跟着范雨希去了。"阿二细想着孔末的言行举止，"孔末从京市回来之后更怪了。"

"更？"

"虽然孔末从不承认，但据我观察，他有两个人格。大约在下午两点至夜间九点这个时间段内，孔末非常危险。"阿二老实汇报，"此次他长留京市近两个月，而且音讯全无，回来只以散心为由搪塞恭临城。"

"知道了。回去吧，别让恭临城起疑。"恭嘉明将阿二打发了回去。

蒋海从另一间屋子里走出来，从恭嘉明口中得知消息后，杀气腾腾。

恭嘉明心惊道："你真的要去杀范雨希？"

"我必须在最短时间内达到目的。你不是害怕关闻泽吗？范雨希是他的软肋，范雨希一死，关闻泽必然萎靡不振。"蒋海又一次想起了井娅的警告，虽然他暂时稳住了井娅，但暗光绝不会任由他胡来，他必须在暗光想出对策前，击垮关闻泽。

"警察那边怎么交代？"

"你放心，我会干得不留痕迹。你就留在京市，好好对付恭临城吧。"蒋海推断道，"南港支队里传出了支队长和副支队长不和的消息，朱晓得罪了赵彦辉，恐怕马上就要无人可用了，范雨希在这个时候以恭家大院为由涉案绝非巧合。我更有把握了，她是朱晓的线人！南港支队里，对你最有威胁的是从京市调来的朱晓，范雨希一死，朱晓的布局必然大乱。"

恭嘉明的眼里闪烁着光，范雨希和孔末称得上是恭临城的左膀右臂，如今二人都不在南港，正是他动手的最佳时机。

恭嘉明提醒道："小心孔末，我听说此人不简单。"

"阿二的情报可信吗？"蒋海问。

恭嘉明拍着胸脯："放心吧，他已经替我在恭临城身边潜伏多年了。"

当年，阿二被杨荣派到恭家大院之初，便被恭嘉明拦下了。恭嘉明许以重金，给予将来让他成为掌事人的重诺，将阿二偷偷收入麾下。这些年，虽然恭嘉明身在外地，但通过阿二传递的情报，对恭家大院的消息了如指掌。

"杨荣以为阿二是他的人，恭临城自作聪明地来了一招无间计，其实他和杨荣一样蠢。"恭嘉明捧腹大笑，"他也不想想，阿二在他身边终究是个下人，怎么可能死心塌地地替他卖命！"

入夜了，郊外的夜路颠簸不平。司机透过车内的后视镜扫了一眼坐在后座上的男人，头脑发昏地问："兄弟，咱能歇一会儿吗？"

"不行！"

司机无奈，只好硬撑着发沉的眼皮继续开车。司机是开黑车的，一天前，他接到了一笔单子，要载客去往远在千里之外的一个小镇，虽然路途遥远，但酬金很丰厚。

司机接了客人之后，觉得男人非常怪异，他戴着鸭舌帽、口罩和手套，将自己裹得严严实实，眼睛也被墨镜遮挡。男人的话不多，身上散发的气场令人害怕，司机不敢轻易与他攀谈。

司机连续开了十多个小时的车，累得实在受不了，但男人不肯让他休息。为了提神，司机打开收音机，音频里正在播报南港发生的"怪物案"，司机的心颤了一下，又用眼角的余光扫了一眼后座上的男人。

司机越开越害怕，试探性地问："兄弟，您听说这案子了吗？"

"嗯。"

"我和您说实话吧，您这副打扮真让我有些害怕。这车我开不了了。"司机一咬牙，将车停在了路边。

男人的手攀上了司机的肩膀，司机吓得快要哭了。但男人没有攻击他，只是摘下了墨镜问："你看我的样子像'怪物'吗？"

司机盯着四十多岁的男人看了一会儿，赶紧摇头："不像不像，案子里播报，'怪物'的眼球里长了脓包，你没有。"

"那就赶紧开吧！我赶时间。"男人说完，又戴上墨镜，催促道。

司机放下心来，踩下了油门。

天亮时，有人在路边发现了一辆撞在树干上的车，车内的司机趴在安全气囊上，显然受了伤。

范雨希和孔末得到朱晓的消息，说那辆套牌车找着了，司机在医院里。于是，二人立即前往事发的小镇，在医院里见到了打着石膏的司机。范雨希把恭家大院的名号搬出来后，司机顾不上疼，赶紧如实交代了。

司机称，他因实在困得不行而出了车祸，并非受袭。但是，被送到医院来的只有司机一人，乘客已经不见踪影。据司机形容，那名被警方盯上的乘客和传闻中的"怪物"长得一点都不像。

二人出了医院，范雨希问孔末："怎么办？"

"再开几个小时就到管辖村子的小镇了，来都来了，总不能因为可能找错了人，就回去吧？"孔末笑着说。

范雨希向朱晓传递消息后，朱晓认为那名乘客未必不是"怪物"："丫头，你听着，假如'怪物'的模样一开始就是凶手乔装的，他在逃脱时为了不引人注目，自然会使用原本的样貌。"

于是，范雨希和孔末继续开车，于深夜抵达了小镇。

二人在镇上找了个旅馆，准备休息一夜后再进村。连日的奔波令范雨希疲惫不堪，进了房间后，她很快睡着了，丝毫没有注意没有关闭的窗户。旅馆很小，只有两层楼，后半夜，一道灵巧的身影攀上窗沿。

蒋海看了一眼寂静的房间，轻轻地跃了进去，他来到床边，手持匕首，果决地刺向蒙头大睡的范雨希。就在匕首马上要刺中被子时，一只健壮的手从被子里探出，抓住了蒋海的手腕。

蒋海大惊，立刻往后跳去。

被子被掀开，从床上起身的并非范雨希，而是孔末。

"一直有辆车跟着我们，我就知道有问题！"孔末望着蒋海，问道，"你是谁！"

蒋海感到不可思议："怎么可能，我分明见范雨希进了这间房。"

一个小时前，孔末悄悄和范雨希换了房间，为了不让范雨希无端担心，他并未说明原因，而是一直假寐，在暗中观察着动静。

蒋海旋即冷笑，看了一眼挂在墙上的时钟："现在的你会是我的对手吗！"

蒋海势在必得地朝着孔末攻去，在他眼中，孔末早已是一具尸体。

然而，蒋海瞳孔里的孔末却陡然间换了一副表情。

第 18 章
老妇

天亮时，孔末带着范雨希进了村子。

"死女人，你能不能走快一点！"

范雨希乖乖地跟在孔末身边，仍然觉得不可思议。孔末在京市接受了近两个月的治疗，但复杂的情况出乎刘佳和众多医学专家的意料，经过近两个月的努力，人格融合治疗非但没有成功，孔末的精神状况反而陷入了更加怪异的境地。

下午两点半和夜间九点再也不是孔末的两个人格切换的分界线。如今，两个孔末可以根据自己的意愿，随时切换人格，但两个人格的记忆却不再共享了。刘佳确认孔末虽然异常，但没有危险后，同意孔末先回南港，她则继续寻找出现这种怪异状况的原因和对策。

"昨晚那小子真奇怪。"孔末回想起与蒋海的战斗，仍旧无法释怀，"好像不知道疼。"

昨夜，为了应对蒋海的突袭，孔末突然进行了人格切换。原本不应该出现的孔末现身后，一脸茫然，但面对危险的蒋海，迅速投身战斗。不明所以的蒋海被打了一个措手不及，孔末的每一道攻击落在蒋海的身上，可蒋海竟仿若无事，即使见血，也不肯退缩，反而越挫越勇，仿佛感知不到疼痛一般。直到听闻动静的范雨希赶到，蒋海双拳难敌四手，才选择撤退。

"鸟不拉屎的地方！"孔末跳过一个大水坑，抱怨道。

范雨希白了孔末一眼："你让他出来吧。"

孔末不太情愿，但知道另一个他对于查案更在行，便同意了。他转过身，突然主动往刚刚跳过的水坑里跳，落地时，他愣愣地看着湿透的鞋子，迷惑道："怎么了？"

范雨希一阵无语，被另一个孔末的幼稚逗乐了。

两人在村子里打探了一圈，果然，他们和朱晓数次派到村子里的警察一样，都碰了壁，一旦提起"怪物"，村里的老人都立即色变，遮遮掩掩，有的甚至直接把他们轰了出去。留在村子里的大多是老人，年轻人不多。本想着年轻人胆子大，但经过接触，他们发现村里的年轻人对"怪物"的传闻并不了解。原来，村里的老人不仅对外人，对自村的年轻人也很少提及此事。

"发现那个大娘了吗？"孔末忽然压低声音问。

范雨希点了点头，她早就发现了远处悄悄跟着他们的一个老妇人。

老妇人看上去七十多岁了，满脸皱纹，走起路来颤颤巍巍，身上穿着的袄子十分破旧。范雨希和孔末进村不久后，便发觉老妇人不远不近地跟着他们。范雨希暗地里观察过，老妇人的表情有些焦虑，生怕他们查出什么似的。

孔末换了个人打听，也换了个问题："那个大娘看着有些可怜，她怎么了？"

村民还算和善，不提及"怪物"，一个中年人便热情地答道："你们是说许大娘啊？是很可怜，她的老伴早就去世了，一个人活到了这个岁数不太容易。"

范雨希追问："她没有孩子吗？"

"年轻的时候有个孩子，叫章子。但章子那孩子啊，多灾多病的。听老人们说，章子两三岁时生了病，许大娘和她老伴带着章子进城看病，在城里待了好几年，倾家荡产才回来呢。"

"章子的病治好了吗？"

"死在了城里，两个人用最后的钱把章子葬在了城里，说是来生要章子投胎去富贵人家。"说到这里，中年人摇了摇头，一脸惋惜，"如今哪，许大娘无儿无女，又生了重病，经常咳血，恐怕也活不久了。"

孔末又回头看了一眼，许大娘已经不在了。范雨希推算了一下时间，许大娘是在四十多年前生下章子的，而章子是在七八岁那年死的。

"接下来怎么办？"范雨希问。

孔末思衬良久，说："我觉得咱有必要在村子里过夜。"

南港正是大晴天。套牌车被找到后，由于司机的否认，朱晓不确定犯罪嫌疑人究竟是否已经离开南港，不敢放松警惕，继续派人在夜间加强巡逻。为了寻找凶手选择目标的规律，他将谢计巍、郑勇、王青青三名死者和幸存者张毅四人所有的资料都翻了出来。

王青青是一名药厂推销员，警方前往药厂调查时，一名伙计看见浩浩荡荡的警队，不由分说地准备逃窜，朱晓一把将他抓住："跑什么？"

伙计战战兢兢，说不出话来。朱晓觉得他有问题，命人先把他拘回去了。

王青青的人缘不错，擅长推销，药厂里的职员都是她的好朋友。一番询问后，朱晓没有得到看着有用的线索。所有人都称赞王青青的人品，认为她不可能与人结仇，更不认为她涉嫌吸毒。

排除药厂所有人的嫌疑后，朱晓决定把排查范围扩大。

"平时王青青都在哪里推销药品？"朱晓问药厂经理。

"她特别能干，是药厂和好几家医院的对接人。"药厂经理把王青青时常跑动的医院名单交给了朱晓。

朱晓分派了任务，让手下分别行动，前往几家医院调查。他则回南港支队，讯问刚逮回来的药厂伙计。

"兄弟，说说吧，跑什么？"

伙计低着头，不敢与朱晓对视。

"想了这么久，都没想到说辞？"朱晓拍着伙计的肩膀，"招了吧，就您这心理素质，不适合做贼。"

伙计欲哭无泪，咬着嘴唇说："警官，我还什么都没干呢。"

在朱晓的一顿逼迫下，伙计如实招供了，承认手里藏了一批毒品，但还未出手。

敏锐的朱晓立即问："和王青青有关系吗？"

伙计不再隐瞒："我是她新招的下线。"

王青青不仅自己染毒，还干着贩毒的勾当。伙计称，王青青已经招了不少替她贩毒的下线，他便是其中之一，没想到，他刚成为下线，还没来得及贩毒，王青青就死了。

朱晓嘲讽道："现在的毒贩子连发展下线这套传销技巧都用上了。她的其他下线是谁？"

伙计拼命摇头："我真的不知道，她不肯对我们说。"

"那她的毒品是从哪儿来的？"

"我也不知道。"

朱晓怒极而笑："兄弟，改行吧，你不适合干这个。"

朱晓离开审讯室后，白洋跑了过来："朱队，王青青跑动最频繁的是南港医院。前几天，她去过一趟南港医院，见了购药的负责人。那名负责人说，王青青每一次去南港医院，都会背一个大包。"

"大包？"朱晓反问，"是用来装药品样本的吧，这不是很正常？"

"不，她还拎了一个袋子，药全装在袋子里。"白洋继续说，"我调取了前几天王青青去南港医院时的监控录像，发现她身上背的包非常鼓，但离开医院时，包瘪了。"

朱晓马上推断："医院里很有可能有王青青的下线。"

"王青青对医院里的监控探头分布了如指掌，有意地避开了监控探头。所以，除了购药负责人，我们查不到她在南港医院里还见了谁。"白洋跑了一天，满头大汗，"我再去找找，看有没有目击证人。"

"等等。你再查一查谢计巍、郑勇、张毅和南港医院有没有关系。"

白洋一惊："您是怀疑凶手选择的目标和南港医院有关？"

"谁知道呢。"朱晓看似漫不经心地说，"从义诊小队进入村子到女护士差点儿遇袭，如今，死者王青青又与南港医院发生关联，是不是有些巧？"

天逐渐黑了下来，孔末脱下外套递给范雨希："夜里冷，多穿点。"

范雨希刚想拒绝，孔末就将衣服披在了她身上。

孔末随和地笑道："别担心，我们的记忆不共享了，他不会知道的，不会吃醋。"

"那只'怪物'很危险。"范雨希提醒道。

孔末收起笑脸，严肃道："这一次它一出现，我就让他出来。"

两人一直蹲到后半夜，村里也不见异常。温度越来越低，就在他们以为要无功而返时，一道怪异的身影摸着黑，从光秃秃的林子里走了出来。由于天实在太黑了，他们看不清那人的脸。

"死女人，动手吗？"孔末果然立即切换了人格。

范雨希想了想，摇头道："等等。"

他们发觉，那道黑影进了村子后，直奔一栋老屋。老屋没有上锁，黑影推开门走了进去。范雨希一眼分辨出来那正是死了孩子和老伴的许大娘的家。

范雨希担心许大娘遭遇危险，便不再蹲守，和孔末迅速闯进了老屋。谁知他们刚跃过门槛，那道黑影就冲了出来，来不及防备，二人都被黑影撞倒在地。

孔末迅速起身，追了上去。范雨希刚想跟上脚步，屋里突然亮起了灯。许大娘徐徐走了出来，面无血色，一边咳嗽着，一边扯着嗓子呵斥："你是谁！"

村子里陆续有了亮光，附近的村民闻声赶来，范雨希很着急，想要离开，却被村民们逼进了屋子。

"白天就见你鬼鬼祟祟的，原来是要偷东西！"

"姑娘，你年纪轻轻，怎么就不学好？"

范雨希一路后退，被逼至灶台："大家听我解释，我是来抓'怪物'的。"

顷刻间，村民们都大惊失色，范雨希刚想继续说，许大娘就摆了摆手："罢了，姑娘，你走吧。"

范雨希的眼角瞥见了灶台上堆积成山的肉干和蔬菜，忽然不说话了。灶台的角落还躺着一个塑料袋子，袋子里装满了一盒又一盒的西药。

终于有村民扛着锄头，恫吓道："你再不走，我们就动手了。"

范雨希回过神来，不再与村民争执，匆忙离开了。

没过多久，范雨希和空手而归的孔末碰了头。

"跑得太快了，没追上。"孔末不服气道，"他熟悉这里的地形，否则我不会输。"

"你让他出来。"

孔末不太高兴："我才出来没多久。"

"快点儿！"范雨希白了他一眼，催促道。

朱晓打开药瓶吞了几颗药，趴在幽暗的支队办公室里闭上了眼睛。周旱死后，他夜不能寐，只能靠安眠药换取短暂的入眠。隐隐约约间，办公室的门开了，他撑起沉甸甸的脑袋，看着来人慢慢地走近。

"朱队，我死得好惨。"

朱晓终于看清了，那道肥硕的身影竟是周旱。

"我会替你报仇的！我要让他们死无葬身之地！"朱晓痛心地吼道。

但是，周旱的双手却掐住了他的脖子，他很快便呼吸不过来了。

"你没有保护好我，是你害死我的！"

朱晓听着耳边幽幽的声音，愧疚得肝肠寸断，忘记了抵抗。直到有人将他拉扯起来，他才从噩梦中惊醒。他坐在地上，喘着大气。

"朱队，您这是怎么了，掐自己干什么？"白洋向地上的朱晓伸出了手。

朱晓擦干额头上的汗水，若无其事地站起身："做了个噩梦而已。"

白洋的目光掠过桌上的药瓶："朱队，您这状态不适合带队吧？"

朱晓打开抽屉，将药瓶收起来，带着警告的口气说道："你听清楚了，我是这儿的副支队长，我能不能带队，你说了不算！"

白洋沉默了片刻，点头哈腰："朱队，我不是那意思，我这不是担心您吗？"

朱晓不与白洋扯皮："查到线索了吗？"

"我连夜询问了几名受害者的家属，又查了南港医院的就诊记录，您真的神了，这几名受害者真的和南港医院有关系！"白洋说，"几个月前，赌徒谢计巍被人殴打，半夜被送进南港医院急诊救治，讨债的人都讨进医院里了。"

酒鬼郑勇也曾因酒精中毒，被人抬进南港医院，而且不止一次。据白洋调查，有一次，郑勇险些没缓过劲儿来，差点儿就死了。

"张毅呢？在被凶手袭击之前，他也住过南港医院？"朱晓疲累地坐下。

"一年前，张毅在南港医院割了阑尾，住院期间，发生了好玩的事。"

张毅术后住院期间，趁着晚上人少，潜入药房，打算偷些药出去卖，谁知被值班的医生抓了个正着。据那些医生说，张毅的偷窃手法非常娴熟，恐怕是个老手了。张毅哭爹喊娘，再三保证不再作案，医生们才没报警。

"这张毅啊，的确是不再偷了，改成抢劫了。"白洋说。

"当夜值班的人当中有义诊小队里的大夫吗？"

"时间过去太久了，值班表没有备份，等明儿我去问问。"白洋愣了愣，"您是怀疑那些大夫？可是凶手不是从村里来的吗？"

朱晓将几名受害者的资料分列在桌上，指着这些资料说："我思前想后，三名死者和一名幸存者除了时常在夜间出没，还具有一个共同特征：他们在夜间干的都不是什么好事。"

白洋细数了这几个人干的事：酗酒、赌博、抢劫甚至贩毒。

"我想，我知道凶手选择目标的规律了。"朱晓站起身，"这起案子一定有两个凶手！"

白洋发起了蒙："为什么？"

恭嘉明亲自驱车，将蒋海接回了南港。

在与蒋海搏斗时，为了躲避匕首，孔末反手将利器刺进了蒋海的胸口。蒋海找了个卫生院接受救治过后，跟着恭嘉明上了车。

虽然蒋海天生没有痛觉，比正常人更能持续作战，但毕竟是肉体凡胎，倘若受了致命伤，也逃不过死神的魔爪，险些丧命的他暴怒："可恶的孔末，我要杀了他！"

恭嘉明感受到蒋海的杀意，没敢搭话，继续开车。

"你去把你的卧底找来，我要见他！"蒋海捂着胸口说。

恭嘉明疑惑地问："见他干什么？不怕暴露了身份？"

蒋海不再答话，恭嘉明不敢拒绝，给阿二打了电话。两人一路疾驰，回到南港后，阿二匆匆忙忙地来到民房。

阿二一进门，便被蒋海揪过踩在脚下。

"为什么要骗我？"蒋海冷冷地问。

阿二全身发抖："我……没有。"

"你不是说孔末有人格分裂吗？"

"我没骗你！"

蒋海的气不打一处来，胸前的伤口又裂开，流出了血："那你告诉我，为什么午夜时分，他的身手那么好！"

阿二不明所以，急得都要哭了："我真的没骗你！"

蒋海不想与阿二多说，正要动手杀人，恭嘉明拦住了他："不能杀他，他死了，我的计划怎么办！"

阿二趁着蒋海犹豫之际，赶紧抱住恭嘉明的腿："大哥，我真的没骗你们！"

恭嘉明立即打圆场："你看，他也不像撒谎的样子，这当中会不会有什么误会？"

"他的确像有两个人格。"蒋海逐渐冷静了下来，回想起孔末的表情突变，猜测道，"难道他可以随时切换人格了？"

"你说，孔末在京市住了快两个月，会不会和这个有关系？"恭嘉明揣测。

"派人去查。"蒋海的目光阴冷万分，"是我大意了，下一次，我一定要杀了他和范雨希。"

蒋海心有不甘。他根据孔末的身手判断，正常情况下，自己绝不会输给他。这一次吃瘪令他尊严扫地。

阿二如获新生，不断道谢。

恭嘉明对着蒋海笑道："这段时间，你好好养伤。等我的计划成了，再收拾范雨希和孔末也不迟。"

阿二试探性地问："大哥，我什么时候动手？"

"虽然范雨希和孔末都不在，但还有关闻泽。"恭嘉明思衬道，"我得找个法子把关闻泽也给支开。"

阿二离开后，恭嘉明的手机响了，听筒里传来急促的声音："大哥，王青青死了。"

恭嘉明立马起身，咬牙切齿："我就说怎么这么久联系不上她，原来警方通报的受害者是她！"

"大哥，现在怎么办？"

恭嘉明突然问："杀她的人该不会是你吧？"

第 19 章
遗弃

范雨希和孔末沿着林子，一路朝着山头走去。昨夜，孔末便是在林子尽头跟丢"怪物"的。

"我们已经走了三个小时，你确定他跑了这么远吗？"范雨希有些累了。

孔末点头，十分肯定："这条路通往山头，现在天快亮了，路上一个人也没有，证明平时村民不会走这条路。"

天快亮了，山间萦绕着阵阵寒气，范雨希搓着冻僵的双手，将信将疑地跟着孔末又越过一个山头。终于，他们远远地看见了一间草屋，草屋很小，只有二十多平方米，看上去十分简陋。

孔末提着手电筒，走近草屋，吆喝了一声："有人在吗？"

草屋的门半掩着，孔末见没人回答，便推门走了进去。草屋里漆黑一片，地上放着一张草席和一条不知用了多少年的被褥，又脏又臭。角落里，一块发黄的布高高隆起，遮盖着布下堆积着的什么东西。孔末一把将布掀起，恶臭味瞬间传来，那竟是已经发霉的肉干和长虫的蔬菜。

范雨希捂着鼻子："这是'怪物'的住处？"

孔末不回答，继续打量这间草屋。草屋显然是自盖的，四处透露着粗糙，他很快发觉，这间草屋一扇窗户都没有，门是草屋唯一的出口和通风口，屋外的月光被隔绝门外，一缕也钻不进来。他的眉头紧锁："对于村里人来说，盖草屋是很简单的技能，既然他能盖起一间草屋，为什么不修窗户？"

两人在屋内没有发现更多线索，赶紧走了出来，顿时，新鲜的空气令几乎喘不过气的二人如获新生。孔末手里的光束打到了草屋外的木架子上，木架上挂着几盏油灯。几根灯架子围起的中心，一口生锈的铁锅安静地躺在地上，铁锅下有不少木炭。孔末用手探了探，没发现余温："不是最近烧的。"

范雨希嘀咕道："这'怪物'还吃夜宵？"

"是很奇怪。灯架子将锅围起来，显然是用作煮饭时照明，锅下的小火尚不足以照亮四周，说明他煮饭时，天已经非常晚了，所以才需要再用分散在四周的油灯照明。若说'怪物'趁着夜深人静煮饭是为了不被人发觉，这里偏僻，白天有光，生火反而不会引起别人的注意。"孔末指着远处山下的铁轨，"夜里生火却十分醒目。"

范雨希盯着铁轨，惋惜道："当初我看到的怪影果然是凶手。如果当时我能找到这里，或许能阻止他作案。"

正说着，孔末察觉到了草丛里的动静，迅速将手电筒对准那个方向。放眼看去，一道略微有些驼背的身影正朝着这里慢慢走来。那是一个四十多岁的男人，他的手里抓着一件长长的连帽衣。范雨希通过连帽衣认出对方来，这个男人正是他们要寻找的凶手！

男人仿佛没有料到他们会寻到这里，回家时放松了警惕，脱下了连帽衣。范雨希紧盯着男人的脸，这个人的脸部粗糙，长了些许痘疮，手电筒直刺他的眼眸，他下意识地用手遮挡。

男人反应了过来，转身便跑，速度快得令人咋舌，转眼间就蹿进草丛里，不见了踪影。

"别跑！"范雨希刚要追，就被孔末拉住了，她十分着急："不追了？"

孔末轻轻地摇摇头："和他交手这么多回了，早该知道我们追不上的。这里是他的地盘，我们不熟悉这里的地形，更找不到他了。"

"难道就这么放任他走？"

"我想，我有更好的办法。"此时天已经快亮了，孔末说着，望向山头的鱼肚白。

南港，天才刚亮，朱晓就带着大队人马进入南港医院，直奔医生庄木严的办公室。但是，警方却扑了一个空，庄木严并不在医院。

"朱队，今儿有庄木严的班，但他没来上班，果然有问题！"白洋说，"派去他家的人搜过了，也没找着人。"

朱晓推断"怪物案"有两名凶手，真正的幕后黑手便是义诊小队里的医生，而心理医生庄木严是最具嫌疑的一人。

虽然村民对提起"怪物"十分忌讳，但可以通过他们的反应大致判断出"怪物"的传闻在村里流传已久。所以，朱晓判断，本案的直接凶手常年潜伏在村子周遭，并不经常到南港，甚至此前从未到过南港。可是，"怪物"却能根据目的，精准地锁定在夜间酗酒、赌博、抢劫和贩毒的目标，并知晓他们的行踪。除非有人帮助，否则人生地不熟的"怪物"绝对办不到。

四名受害者都直接或间接地与南港医院产生过关联，于是，朱晓自然而然地推断给凶手提供帮助的或许是南港医院里的医生。除去王青青，其他三名受害者都住过院，酗酒、赌博和偷窃等习惯也由于各种原因而闹得尽人皆知。南港医院内的医生很容易就能调取包括他们的家庭住址、联系方式等信息，并且将信息提供给凶手，帮助凶手找寻几人的踪迹并伺机动手。

而在南港医院内，有可能与凶手产生沟通并共谋作案的只可能是参加了义诊小队的医生。

朱晓将主谋的范围缩小后，又让白洋到通信运营商处调查了近几个月内义诊小队的通话记录。白洋根据义诊小队的名单——比对，竟然发现在一个多月前，王青青往庄木严的手机号码上拨了一次电话，但通话时间只有短短几秒。

　　警方查了王青青与庄木严的人际关系，发现没有人知晓二人相识。朱晓靠着警察敏锐的直觉，立即推断庄木严便是王青青在南港医院内的下线。他猜测，庄木严用于与王青青沟通的手机号码一定也是秘密号码，但王青青很可能在无意间错拨了庄木严的常用号码，担心被警方找到蛛丝马迹，这才在短短几秒沟通后，结束了通话。

　　"这么快就找不到人了，庄木严一定有问题。"朱晓招呼白洋，"封锁全城，阻止庄木严逃离。"

　　白洋提醒道："朱队，庄木严真的是凶手吗？他和王青青不是一伙的吗，那他为什么要杀王青青？"

　　"几乎可以确定，庄木严就是王青青的下线。他之所以杀王青青，很可能是为了上位。倘若庄木严吸毒，杀人动机也有可能是憎恨王青青将他带上吸毒这条不归路。"朱晓继续推断，"这并不是单纯的无差别作案，凶手杀害那么多人，很可能是为了掩盖杀死王青青的真实动机，扰乱警方的侦查思路。"

　　"难道他逃跑不是因为王青青贩毒被发现，害怕自己暴露？"白洋继续提醒，"目前可没有直接证据证明庄木严是'怪物案'的凶手。要不咱再查查其他义诊小队里的大夫？"

　　"庄木严是义诊小队里唯一的心理医生。"朱晓盯着处处与他唱反调的白洋，"'怪物'在村里待了那么多年，闹出那么多传闻，但都没有杀人，为什么来到南港就杀人了？主谋又是怎么在短短的接触后，说服'怪物'来到南港，替他杀人的？"

　　白洋问："所以，您推测主谋具备强大的心理诱导能力？"

　　"先去找人！"朱晓终于发火了，"在这儿问东问西的，能抓到凶手吗？"

　　白洋出发后，朱晓又找到了正在问诊的丁景强。

　　"警官，我已经说了很多次了，我不想再提起当晚的事！"丁景强情绪激动，下了逐客令，"我申请了国外的医学学术交流，在此之前，请你们不要再来影响我。"

"我们怀疑庄木严是'怪物案'的幕后主谋，需要你提供线索。"朱晓开门见山。

丁景强一愣，旋即摇头："不可能，庄大夫怎么可能是'怪物案'的主谋？"

"我想知道，你遇袭的那夜，庄木严在干什么？"朱晓问。

丁景强回忆了一番："睡得很死。"

"你就不觉得奇怪？"朱晓反问，"那夜雷声轰鸣，你离开帐篷去解手，动静不小，他丝毫没有察觉？"

丁景强说不上话来了。朱晓揣测，当时，庄木严可能已经醒来，并目睹了丁景强遇袭的全过程，随后，他与凶手接触，依靠强大的心理学能力，许以好处，成功说服"怪物"为他办事，以达到作案目的。

"大夫，我能看病了吗？我浑身痒得不行！"有病人催促道。

丁景强突然打了一个激灵，将朱晓推出门去："我知道的都已经告诉你们了，请不要再来烦我！你知道吗，每当我看到病人皮肤上起的疹子，都会想起那只'怪物'面目狰狞的模样！"

无奈之下，朱晓只得离开。

就在南港警方全城搜捕庄木严时，范雨希和孔末又悄悄进了村子。

"你确定我们还要去碰壁？"范雨希跟在孔末身后，"许大娘见了咱，非得再把村民召集起来，这一次，想走就不容易了。"

孔末笑道："这会儿，大伙儿都在家里吃午饭呢，别担心。"

两人趁着村民不备，推开许大娘家的门，走了进去。奇怪的是，许大娘家里并没有传来饭菜的香味。范雨希立即走向卧室，只见许大娘正躺在床上，嘴边和枕头上满是鲜血。睡梦中，许大娘还在剧烈地咳嗽。

"要叫救护车吗？"范雨希问。

孔末担忧道："恐怕来不及了。"

范雨希看着生命体征越来越弱的许大娘，一咬牙："我去找村民们，村里好像有懂医术的人。"

孔末没有阻拦，范雨希离开后，他在屋子里走动起来，很快在灶台上发现了昨夜范雨希提起的那堆肉干和蔬菜，以及塑料袋子里的药盒。过了许久，范雨希带着一群村民回来了。

村民们心善，担心许大娘的病情，不再驱赶范雨希和孔末。

村医心急如焚地替许大娘把了脉，随后摇头叹息："怕是活不久了。"

许大娘听到动静，费劲地睁开了眼睛。

孔末蹲到床边，轻声说："许大娘，都这个时候了，不如把他叫回来吧。"

许大娘的眼角噙着泪："我不知道他做错了什么，求你们放过他吧。"

村民们满头雾水，有人忍不住问："你们说的是谁啊？"

"章子。"孔末回答。

众人震惊了："章子不是早死了吗？"

许大娘迷离着双眼："我这辈子对不住他。"

"当我看到'怪物'进您家的时候，就已经猜到了。"孔末也叹息道。

深更半夜之际，许大娘的家门却没有上锁，仿佛在等候谁上门。许大娘家中的灶台上放满了肉干和蔬菜，那么多的食物，她一个人根本吃不完。当孔末看到草屋里发霉的肉干和发腐的蔬菜时，陡然明白了，"怪物"的食材是从许大娘家取来的。

人人都害怕"怪物"，只有许大娘开门等候，还准备了食物。孔末猜到了，"怪物"便是许大娘的孩子。

"四十年前，章子根本没死。"孔末说，"你们抛弃了他，对吗？"

许大娘轻轻地啜泣着："他生了那病，待在村子里，只会被人当作'怪物'。"

"他生的是什么病？"范雨希问。

许大娘像是没听见一般，自顾自地说："我和孩子他爹花光了所有积蓄也没能把他治好，于是一狠心就把他丢了。谁也没想到，他悄悄跟了回来。

孩子他爹骂他是灾星，将他赶走了。这么多年过去，他就在村子周遭徘徊着，即使被人当作'怪物'，也不肯离开。"

村里出生的孩子生命力异常顽强，章子在野外生存了下来。当村民第一次目击"怪物"时，许大娘就猜到那是章子了。只是，许大娘却不敢与章子相认，这让孔末心生疑虑：究竟是怎样的疾病会被大家如此排斥，就连亲生父母也无法接受？这些年，许大娘满心愧疚，总会在家里准备大量的食物等章子来取。章子和许大娘之间有着默契，一个备，一个取，从未有过交流。

孔末看着即将去世的许大娘，心生怜悯："他不恨你们，否则他也不会不肯离开，还时常在夜里回村看您。您没发现吧，灶台上的那袋子药是章子从城里带回来给您治疗咳嗽的。"

"许大娘哪，这章子到底得的是什么病啊？"一个老头儿焦急地问，"从前你们就遮遮掩掩，不让咱知道。"

许大娘仍旧没有回答，用尽最后一丝力气将孔末拉住："孩子，求求你们了，放过他吧，他没做坏事。"

范雨希咬着嘴唇，直到许大娘尚能睁眼的最后一秒，也没告诉她章子在南港杀人了。

在众人的注目下，许大娘带着满心的愧疚，离开了人世。

范雨希坐在门槛上，看着夜幕降临，对身边的孔末说："原来章子也是一个可怜人，如果当初他没被抛弃，或许也不会走到今天这一步。"

"即使到了今天，村子依旧不发达，更不要说四十年前。虽然不知道章子究竟得的什么病，但你又怎么知道，如果当初许大娘带着章子回村，章子不会有更悲惨的经历呢？"孔末看着村子里的灯火，"章子的可怜源于父母的无知，处在同一个时代、同一个村子，村民和章子的父母差不多。在暗中被当作'怪物'总比明着被人人喊打好。"

范雨希说不出话来。

"警方没有任何证据，章子分明可以逃到其他地方，但他选择了回村，血浓于水，即使到了今天，他也没忘记他的母亲。"孔末拍了拍裤脚，站起身，"许大娘病重，他不会逃远的。等他知道许大娘去世了，一定会回来的。"

"你说，他为什么要到南港杀人？"

孔末做出了与朱晓一模一样的推测："恐怕义诊小队里的心理医生是背后的主谋。但是，即使再擅长心理诱导的人，想劝一个心里没有恨的人去杀人也绝非易事。估计章子心里的憎恨就是他被人放大和利用的杀人动机。但他不恨遗弃他的父母，不恨有可能会排斥他的村民，现在许大娘已死，他的恨究竟是什么，要等我们抓到章子之后才能知道。"

恭家大院，阿二向恭临城禀报："恭爷，有几个已经和咱脱离关系的掌事人偷偷摸摸离港了。"

恭临城迟疑了一会儿："恭嘉明利用他们贩毒的行动开始了？"

这一切被恰巧经过的关闻泽听得一清二楚，他走向恭临城："我去查探。"

恭临城叮嘱："注意安全，切记，不可动用私刑。"

关闻泽走后，阿二露出了一个狡黠的笑容，他找理由回房后，拨通了恭嘉明的电话："大哥，关闻泽离港了。"

电话那头传来惊喜的声音："太好了，恭临城身边没人，咱们可以动手了！"

第 20 章
阳光

　　章子被抛弃的时候才不到十岁。他记得爹娘弃他而去的那天也下着大雨，爹娘以解手为由，把他放在荒无人烟的路边，再也没回来。他一路哭，一路跑，饿了就揪些草根吃，渴了就舀点溪水喝。沿途只有孤独的林子，一个人也没有，好多天过去，他把鞋子都踏破了，终于找到了回家的路。但与爹娘重逢的那夜，他被赶走了，直到现在，他还模糊地记得爹娘对他说的话。

　　"章子，治好你要花好多钱。"许大娘心有不忍，转过身去。

　　章子的爹一狠心，把他推了出去："你生了这样的怪病，这里容不下你，人人都会怕你，你是灾星，会给村里带来厄运。"

　　章子曾经恨过爹娘，但他见了太多人了，发现自己真的是一个异类。久而久之，他自己都相信，他是一个会给人们带去厄运的"怪物"。但他舍不得爹娘，于是找了一个从不曾有人去过的山顶，学着爹盖草屋时的样子，支起了一间草屋。

　　这么多年来，章子风餐露宿，要捕猎填饱肚子，要躲偶尔路过的人群和山里的野兽，只有他知道自己究竟是怎样活下来的。时间一天天过去，他的牙和指甲被磨得锋利，能撕碎猎物的皮肉，腿上长出了壮硕的肌肉，跑得甚至比许多动物还要快。

白天，章子躲在又闷又臭的草屋里不敢出去，只有黑夜才属于他。有一次，他摸着夜色回到村里，远远地望着油灯下爹娘的影子。有了第一次，便有第二次，每当他思念爹娘时，就会回村。但他很快被人发现了，从此，村里流传起了"怪物"的传说。

爹去世后的某一天，章子突然发现家里的门不再上锁了。他悄悄推开门，顺着肉香来到了灶台前。这时，卧室里模糊地传出一句："拿走吧。"

章子不知是不是自己听错了，但自那之后，他每一次回家，都能在灶台上看到许多肉干和蔬菜。

村子里下起大雨的那夜，章子披着又脏又臭的衣服，冒雨进了村口。他在村里望到几辆义诊车。他依稀回想起好多年前爹娘带他进城看病的场景，城里也有许多这样的车，跑起来很快。他想着想着，眼眶一热，泪水混在漫天大雨中，又疼又痒。他伸手往眼眶和脸上抓了抓，黏糊糊的血沾在手上，顷刻又被雨水冲去。

章子蹑手蹑脚地朝着家里走去，但很快，他遇上了即将改变他下半生的男人。

男人的眼里没有恐惧，却透露着怜悯："你知道为什么人们把你当成'怪物'吗？"

章子觉得男人说的每一句话都带有致命的魔力，忍不住结结巴巴地问："为……为什么？"

"因为人们可以自由地行走在阳光下，但你不能。"男人的话锋一转，"人们的无知、你的无知将你包装成了只能在夜里游荡的孤魂野鬼。"

章子的心一颤，从未有人与他说过这些。

"跟我走吧。"

许大娘去世后的第二天，村里挂起了白彩，丧乐队对着山头的方向吹了整整一天。

"他会回来吗？"范雨希坐在村口，问身边的孔末。

孔末摇了摇头："他一回来，我就打死他！"

范雨希无语道："别老是喊打喊杀的？"

孔末不耐烦地摆手："死女人，你管我！"

两人斗着嘴，不知不觉，天暗了下来。村民们得知南港发生的凶案后，不再畏惧，纷纷举着铁锹，扛着锄头，与两人一同等待章子的到来。

尖尖的月牙躲进阴云，周围寒气逼人，只有村里的篝火残留几分温暖。哀乐不停地飘向山头，终于，那道众人瞩目的身影缓缓地走进了村子。范雨希拾起白色的孝服，远远地冲着章子喊："看看许大娘吧。"

章子迟疑了，但当看清篝火旁躺着的许大娘时，两步并作一步，迅速朝众人跑来。村民们不自觉地后退，只有范雨希朝前走去，将孝服递给了章子。孔末的双拳紧握，时刻准备动手。

章子摘下帽子，脱下了身上的长衣，颤抖着接过孝服。他的眼里蓄满了泪水，在众人怪异的注视下，缓缓走向许大娘的遗体，跪倒在了地上。他失声痛哭，此刻，就连早已等得不耐烦的孔末都没有上前打扰。

村里的一个老人叹了口气，动了恻隐之心："章子，你究竟得了什么病啊？"

范雨希和孔末的目光也朝章子望去，此时，章子的面部不再被遮挡，看上去是个再寻常不过的正常人。

趴在遗体上的章子没有回答，仍旧自顾自地哭着。

"既然见了许大娘最后一面，那就跟我们进城吧。是时候为你的罪行承担责任了。"范雨希说。

章子不常与人接触，说起话来很不利索。他缓缓地抬起头，环视众人，结结巴巴地回答："我想……想送……送娘下葬。"

范雨希想了想，同意了："我答应你，但明天过后，你要对我坦白一切。"

远在南港的朱晓接到了范雨希的通知，"怪物案"的凶手之一终于落网，他长舒了一口气，但并未完全放松下来。警方接连搜捕了两天，但犯罪嫌疑人庄木严仍然不知所踪，他担心庄木严已经逃离南港。

天亮后，章子果真没有逃走。他又戴上了帽子，将自己裹得严严实实，送许大娘入葬后，上了范雨希和孔末的车。孔末为了防止章子逃走，一同坐在后座。

范雨希握着方向盘，目光瞟向后座："现在可以说了吧，你为什么杀人？"

"他们该……该死。"章子头靠车窗，淡然地回答。

"再该死的人也该由警察去处理。"范雨希说。

章子低着头，不断地抚弄着手套："你们不是警察，为什么抓我？"

"你知道吗，你把南港搅得人心惶惶，作为市民，我们有权力把你扭送到公安机关。"范雨希说着，自己也是一愣，跟着朱晓久了，竟学会了他的说话方式。

孔末威胁道："你不说，信不信我揍你？"

章子不为所动，孔末刚想动手，范雨希又开口了："那是谁诱导你杀人的？"

"没……没人。"章子想也不想便回答。

范雨希把车停在路边，扭过头："你撒谎。"

章子戴着口罩和墨镜，不肯抬头，范雨希无法观察他的表情。

范雨希继续说："看来你还不知道，他已经被警方通缉了。"

章子显然一怔，支支吾吾："你……你想诈我。"

"你比我想象中的要聪明。你替他杀了人，却甘愿隐瞒他的身份，但你越不肯说，越让我们相信凶手具备非常高超的心理蛊惑能力。"范雨希微微地笑道，"他是庄木严吧？"

章子的肩头抽搐了一下，范雨希得到想要的答案后，继续开车前行。

时至中午，太阳升到了最高的位置，大地在严寒之后，迎来了久违的温暖，阳光直射眼睛，使人几乎睁不开眼。没多久，车子驶进了附近的县城，不远处人群聚集，车子排起了长队。

范雨希将脑袋探出车窗，扫了一眼，说："前面在查车。"

孔末的眉头微皱："现在就把人交给警察吗？"

范雨希想了想："如果他们没发现什么，咱就等到南港再把他送到南港支队吧。"

孔末伸手想将章子的帽子、口罩和墨镜取下，但章子十分抵触，剧烈地挣扎着。

"你这么迫不及待地想让警察给你上铐子？"范雨希劝道，"你这副打扮太怪异了，警察不查你就有鬼了。"

但是，章子不肯听。范雨希倒不着急，倘若她在南港地界外就将凶手扭送给警察，反倒更不会引人怀疑。只是，到了此刻，她仍觉得这起案子有些古怪，想在沿途多问些问题，不想那么快将章子送走。

车队终于动了，往前开了十几米后，几名警察拦下了他们的车子。警察查了范雨希的证件后，往后座上瞥了一眼，果然，奇怪的章子引起了他们的注意。

"身份证。"警察要求道。

章子拿不出身份证，几名警察都围了上来："全部下车！"

范雨希和孔末乖乖地配合，可是章子躲在车内不肯下来。范雨希压低声音："没办法了，在这里把他交给警方吧。"

警察都无比戒备，取出警棍，打开车门，呵斥章子下车。章子仍然一动不动，终于有警察上前拉人。章子的嘴里像野兽一样发出"嘶嘶"的声音，猛地扑上去，孔末先行动手，将章子踹开。

几名警察将章子按在地上，控制住他的手脚，揭下了他的口罩和墨镜。阳光像锋利的刀子一样，令章子躁动不安，疯狂地咆哮着。范雨希盯着失控挣扎的章子，悄悄问孔末："你发现了吗？"

孔末摇头。

"章子的脸泛红得厉害。"

孔末仍然不解，范雨希不再解释，继续盯着章子。等警察们费力地将章子铐起来已经是近十分钟后的事了。章子的眼眶肿得很厉害，面色潮红，不断扭动着脖子，像是热锅上的蚂蚁，无法安静下来。

不知什么时候，另一个孔末出现了，他瞥了一眼章子，严肃道："通知朱队，抓幕后主谋。"

南港，朱晓带着一大队警察进入了南港机场。

"朱队，您确定庄木严在机场？"有警察疑惑道，"我们发出了通缉令，就算他有假身份证和假护照，也登不了机。"

"听清楚了，今儿咱不抓庄木严，抓丁景强！"朱晓环顾人山人海的候机厅，说，"丁景强申请到国外进行学术交流，我们必须在他登机前拦下他。"

"抓到凶手的县城派出所不是说凶手指认的主谋的确是庄木严吗？咱抓丁景强干啥？"那名警察乍然明白了，"难道丁大夫知道庄木严的下落？"

正说着时，朱晓的对讲机里传来消息，有人在国际航班的安检口发现了丁景强的踪迹。朱晓二话不说，立即带人赶去。

丁景强正准备过安检，忽然听见有人唤自己的名字，转头看见一大队警察朝自己奔来时，下意识地越过安检线逃走了，连行李都来不及取。朱晓奋起直追，没一会儿便将丁景强摁在了地上。

"兄弟，你要跑也该往外跑，往登机口方向跑，怎么，你还能亲自开飞机？"朱晓招手，让人将丁景强铐上了。

"为什么抓我！"丁景强不服地大吼。

"你为什么跑？"朱晓反问。

丁景强答不上话时，白洋手持一份文件赶到了："朱队，这是丁景强的验毒报告。经查，近期丁景强确有吸食毒品的行为。"

朱晓接过文件，犹疑地与白洋对视："你早就猜到丁景强才是这起案子的幕后主谋了？"

白洋挠着脑袋，震惊道："什么，凶手不是庄木严？"

朱晓忽地想起白洋先前三番五次的告诫："朱队，庄木严真的是凶手吗？""目前可没有直接证据证明庄木严是"怪物案"的凶手。要不咱再查查其他义诊小队里的大夫？"

此前，他从未下令对丁景强进行验毒，白洋不知从哪里弄来了丁景强的毛发，擅作主张地将其送去了戒毒中心。此刻，朱晓再也不敢小看看上去又蠢又笨的白洋了，他确定，白洋非常聪明。

"朱队，您是说，庄木严不是'怪物案'的幕后凶手，丁景强才是？"一名警察打断了朱晓的思绪。

朱晓点了点头，看向丁景强："你倒是沉得住气，到今天才准备逃走，你就那么确定章子不会在你出国前把你供出来？"

丁景强终于慌了，但还是摇头否认："我听不懂你在说什么。"

"听不懂？"朱晓走到丁景强的跟前，"我们一直在猜测幕后凶手具备强大的心理诱导技能，这才锁定了义诊小队里唯一的心理医生庄木严。今儿接到抓到章子的派出所汇报后，我又去查了一下你的学历，这才发现你还修过心理学。你藏得真够深的。"

丁景强的表情像吞了一只苍蝇，十分难看。

"原来你也吸毒，那一切就说通了。"朱晓推测，"如果我猜得不错，王青青和庄木严贩卖毒品，你是被他们蛊惑而走上了吸毒这条不归路。于是你怀恨在心，说服章子替你杀人，你们制造了几起看似无差别犯罪的凶杀案，但真正的目的是杀死王青青和庄木严。"

"你有证据吗！"丁景强嘶吼道。

"每个被我抓的人都问过我这个问题。"朱晓答道，"你迷惑了章子，让他心甘情愿替你做事，在此之前，我的确不敢保证章子会把你供出来。但是，有了这份验毒报告，你觉得章子还会替你隐瞒吗？"

丁景强的脸色冷了下来，试图挣扎，却挣脱不开。

"章子被抓的时候，阳光洒在他的身上，不过短短几分钟，他的皮肤就泛起了红肿。这会儿，疹子又冒出来了。"朱晓说，"派出所把他送到了附近的医院，经诊断，章子对日光过敏，严重程度超过任何一起国内的相同病例。"

白洋愣愣地说："所以，他只能在夜间出没？"

"章子患病近四十年，没有进行常规医治，加之父母的无知和抛弃，常年生活在野外，卫生条件极差，他的皮肤重度糜烂，长了一身疱疹。如此触目惊心的病情，即使放在城里也无法被常人接受，更不要说在观念落后的农村。"朱晓将手放在丁景强的肩头，"他的'怪物'模样并不是乔装而来的。可是，两个月前，他还面目狰狞，近几日，皮肤状况却好了许多，除了痘痘多了一些和衣服之下的皮肤还未痊愈，面部已与常人无异。"

朱晓接到范雨希和孔末的通知后，第一时间锁定了"怪物案"真正的幕后黑手。他推测，在近两个月，章子接受了特效治疗，所以病情得到了肉眼可见的好转。而当初的义诊小队里，能一眼诊断出章子的病情和有能力进行特效治疗的皮肤科医生只有丁景强一人。

"当夜，你在村里见到了人不人、鬼不鬼地生活在夜间的章子，明白了'怪物'传闻的来龙去脉，萌生了利用他杀人的念头。你承诺替他治病，答应为他病重的母亲提供药物。"朱晓分析道，"你又将几名受害者的信息和行踪透露给章子，诱导他杀人！"

那个雨夜，章子遇见的那个改变他人生轨迹的男人正是丁景强。丁景强演了一出遇袭大戏，为了让伤情更加逼真，不惜让章子真的从他脖子上咬去一块肉。"昏迷"的那几天，丁景强总是趁着众人不备，偷服大量的药物，使得自己高烧不退，令众多医生束手无策。所有人都以为丁景强是受害者之一，便排除了他的嫌疑。

章子只能活在夜间，他无比羡慕那些可以走在阳光下的正常人。但是，谢计巍、郑勇、张毅和王青青等人却浪费着美好的白天，在夜间自甘堕落。章子觉得世道不公，无比痛恨这些明明拥有正常的时间却不知珍惜的人。在丁景强的不断诱导下，章子终于对他们动手了，并将他们的五官毁得面目全非，誓要他们也尝尝被人当作"怪物"的滋味，以慰藉心头巨大的落差。

"他已经那么可怜，你还要把他当作杀人报复的工具！你简直是丧心病狂！"朱晓狠狠地骂道，"如果他知道被自己视作再生父母的你原来也时常在夜深人静的时候，靠吸食毒品度过漫漫长夜，会不会恨不得将你也狠狠地咬死！"

丁景强的双眸猩红："难道我就不可怜吗？我本是一名前途光明的大夫，却被王青青和庄木严迫害，被迫染上毒瘾！他们难道不该死吗？"

"他们该死，但你也没好到哪里去。"朱晓嘲讽，"你打算逃到海外，应该是已经完成了报复。庄木严失踪了好几天，他应该也被你杀害了吧？"

丁景强像得了失心疯："我饿了他好几天，这会儿，他应该死了吧。"

朱晓听闻庄木严还有一线生机，松了一口气："你把他囚在哪里了？"

丁景强不再畏惧，挑衅道："那么有能耐，自己去找啊！"

朱晓想了想，说："王青青和庄木严身后还有一个庞大的贩毒团伙。难道你不想警方把毒贩子一网打尽？"

第 21 章
葬礼

时隔数日，南港再一次飘起了雪，刚脱去白衣的枝丫又覆上了厚厚的积雪。恭临城站在庭院里，望着从天而降、纷纷扬扬的雪花入了神，谁也不知道他在想什么。

恭家大院倒不冷清，阿二找了许多人来给院子扫雪，其中混杂着恭嘉明的手下伪装成的用人。用人隐晦地向阿二使了个眼色后，阿二收起紧张的面色，端着药，缓缓地走向恭临城。

"恭爷，这么冷的天，您不回屋里休息吗？"阿二低着头，不敢看恭临城。

恭临城回过神，叹了一口气："近日，我的右眼皮总是跳，都说左眼跳吉，右眼跳灾。"

阿二弓着身子，将药碗递了过去："您多想了。"

恭临城没有伸手接药，而是问道："你可将遗嘱藏好了？"

"您放心。"阿二再次将药碗往前递了递，"您该喝药了。要是让希姐知道您不好好休养，她又该责备我了。"

恭临城听见范雨希的名字，脸上忍不住露出了温煦的笑意，将药碗接过手里，轻吹了几下，将药汤灌入口中。暖意入肚，他哈出了一口热气，热气在冰冷的空气里化作一缕白雾，袅袅升起，直升天际。

恭临城望着那缕很快便消散开来的白雾。恍惚间，他觉得自己也随着那缕白雾飘浮在了空中，越飞越高。恭家大院离他越来越远，先是变成巴掌大小，而后又化作了芝麻粒，紧接着，整个南港城尽收眼底，渐渐地，南港城也小得看不清了。

下人们依旧清扫着门前大雪，直到听见瓷碗碎裂的声音，才慌慌张张地聚拢到倒在雪地里的恭临城身旁。

救护车的鸣笛响彻寂静惯了的胡同，胡同外，人群逐渐聚集，指着恭家大院的方向议论纷纷。不久后，人们看见医护员抬着担架出了狭窄的胡同，担架上躺着白发苍苍的老人。

"那不是恭爷吗？"

"听说恭爷刚过七十大寿没多久，这就出事了？"

救护车远去，伪装的用人丢下扫帚，给恭嘉明打去了一个电话："老大，成了。"

凌晨，范雨希和孔未带着满心的不安回到了南港。他们因与章子同行而被县城派出所扣留了一天一夜，洗刷嫌疑后，派出所才肯放行，二人还未回恭家大院，朱晓便约他们会面。

屋里开着暖气，朱晓赶到后，不断地对着发麻的掌心哈气："南港的冬天太冷了。"

范雨希的心头莫名地焦虑："恭家大院没出事吧？"

"能出什么事？"朱晓摆了摆手，"和我详细说说你们遭遇刺杀的事。"

范雨希攥着手机，见几天来阿二并未与她联系，加之朱晓信誓旦旦的保证，这才暂时放下心来，说起了和蒋海交手的经过。

"没有痛觉？这家伙有点意思。"朱晓听后，觉得疑惑，"基本可以确定他是暗光的猎手。但即使猎手怀疑你们的身份，在没有得到确凿证据之前，不会动手杀人，难道蒋海已经得到能够证明你们是线人的证据了？"

"周旱死后，我们行事更加小心。"孔末说，"朱队，虽然从猎手小R潜伏到我们身边开始，暗光就怀疑我们的身份，但我确信，我们没有完全暴露。"

朱晓摸着胡楂儿："这就怪了，这蒋海是怎么回事？"

孔末突然猜测："蒋海会不会是恭嘉明的人？"

"倒是有这个可能，你们死了对恭嘉明有利。"朱晓愤恨道，"庄木严死了，这事八成是恭嘉明干的。"

丁景强招供后，南港支队第一时间赶到庄木严被囚的地方救人。庄木严没被饿死，却被人抢先一步找到，割喉遇害了。

孔末大呼可惜："如果庄木严没死，或许可以指控恭嘉明。"

"你要抓蒋海吗？"范雨希问。

"抓不了，即使抓了，过不了多久也得放了。在警方的眼里，你俩都不是什么正经人，光靠你俩指证刺杀，没有其他证据，定不了蒋海的罪，何必白费功夫。"朱晓摇头，"他究竟是猎手，还是恭嘉明的人，我必须尽快查清楚。"

结束沟通后，范雨希带着孔末，心神不宁地走了。

朱晓刚要回家，便接到了吴点点的来电："朱队，我想回老家一趟。"

"为什么？"朱晓问。

"我弟弟告诉我，我娘生病了，我要回一趟。"吴点点担忧道，"这些年，我忙着赚钱，已经好久没回去了。"

吴点点是从偏远山区走出来的孩子，为了养活年迈的母亲和年幼的弟弟，年纪轻轻便四处打工，后苦于生计，为了继续给远在山区的母亲和弟弟汇钱，走上了盗窃的道路。坐牢的那两年，她托唯一的朋友替她逐月汇款，向母亲和弟弟隐瞒了自己坐牢的事实。因她有前科，朱晓动用了不少心思，才得到上级特批，允许自己将她纳为线人。

"可以不回吗？"朱晓又问。周旱死后，他的心里总是惶恐不安，片刻不得安宁，总觉得即将有大事发生。此刻，正是他最需要人的时候。

吴点点沉默了许久，才答道："朱队，其实我知道，你并没有完全信任我，因为我是个小偷。说实话，我不太愿意当线人，我想留着命照顾母亲和弟弟。但周旱的死对我触动太大了，我不会再反悔，会继续当你的线人，除非你不要我。周旱死后，我更清楚这份差事的危险性，我怕我再不回家看看，以后就没机会了。"

朱晓的心被揪紧，又想起周旱生前劝他用人不疑的话语，便同意了。周旱的死像千斤巨担，压得他喘不过气，他不愿意再有人死去，即使吴点点要逃，他也认了。

天亮时，范雨希和孔末终于回到恭家大院。范雨希唤了几声，没人答应，心里有了异样。换作往常，恭临城早该起床遛鸟了。她大步来到恭临城的房间外，见门半掩着，便直接推门进去。

"没人。"范雨希慌神道，"一大早，恭爷会去哪儿？"

孔末看了一眼时间："不对，这会儿，下人和阿二都该忙活起来了才对。"

恭临城爱清静，到了夜间，其他下人都会回自家去，只有阿二睡在恭家大院。一大早，下人们又会再回到恭家大院做事。但今天，恭家大院像一座废宅一般，死寂沉沉。范雨希又跑去阿二的房间，见门也没关，屋内同样没人，心里更着急了。不久后，她听见孔末远远地唤她。

孔末正站在庭院里，用袖子裹着手，弯腰拾起了一个看上去很干净的碎碗，放到鼻子前嗅了嗅后，说道："是药味。"

范雨希望着雪地上一串长长的脚印，再也忍不住，一边打着没人接的阿二的电话，一边冲出胡同，挨家挨户敲门。很快，有人抱怨着起床，给范雨希开了门。

"您说恭爷啊，昨儿傍晚，他被送进医院了。"

"什么！"范雨希惊得在大冷天出了一身汗，险些站不稳。

孔末将她扶住："先别急，去医院看看。"

两人又冒着雪赶到了医院，随手拦住了一个上早班的医生："大夫，恭临城被送到这儿来了吗？"

"恭临城？"那医生上下打量着满身是雪的范雨希，"你是说恭家大院的恭临城？"

范雨希焦急地点头："听说昨儿他被送进医院来了。"

"你是他什么人？"医生询问。

"我是她孙女！"范雨希忍不住发了脾气，揪过对方的衣领，"我问你话，你听不清吗，回话！"

医生被吓得变了脸色："你是他孙女，怎么会不知道？昨天，恭临城抢救无效，已经去世了。"

范雨希只觉得晴天霹雳，双耳轰鸣，腿一软，倚在了孔末的怀里。孔末的眉头紧蹙，呵斥道："胡说！"

"恭临城是大人物，我怎么敢胡说。"医生往后退了两步，"昨天傍晚就死了。"

范雨希的视线被泪水模糊，强撑着身体："遗体呢？"

"今天早上，医院开了正常死亡证明后，他的亲属就把遗体接走了。"

范雨希近乎哀求地握住孔末的手："怎么办，帮帮我！"

"死亡证明。"孔末嘴里念叨着，顿时明白了，"去火葬场！"

几乎在同一时间，刚到南港支队的朱晓得到了恭临城突然逝世的消息，惊得不敢相信："怎么可能！尸体呢？"

"听说今儿一早就送去火葬场了。"

"火葬场？手续没办好怎么能火化？"

"办好了，医院开了自然死亡的死亡证明。现在不是鼓励尽快入土，反对大操大办吗，相关部门的程序也简化了，见了自然死亡证明，是按规定同意火化的。"

"妈的。"朱晓忍不住骂了一句脏话。

南港郊外的火葬场内，恭嘉明掀开了盖在尸体上的白布，看着脸部发白、皮肤干瘪的恭临城，玩味一笑："老东西，我早就说过，迟早有一天，我会把你弄死的。"

阿二就站在身旁，看了看时间，说："大哥，该火化了。"

"着什么急，"恭嘉明白了他一眼，"再让我瞅这老东西几眼。"

恭嘉明吩咐阿二买通了负责抢救和进行遗体检查的医生，开具了自然死亡的死亡证明后，早早地将恭临城的尸体送到火葬场来了。恭嘉明在医院接恭临城时，担心迟则生变，没来得及多看几眼，在火葬场，自然想对尸体痛骂几句。

阿二更着急了："瞒不住的，等站在恭临城这边的掌事人和警察赶到，把尸体抢走就糟了！"

恭嘉明这才放下白布，挥了挥手："那就麻利地把他烧了。"

就在此时，火葬场外传来了喧闹声。恭嘉明心里一紧，吩咐阿二："你躲起来，我出去拦着。"

恭嘉明将尸体交给买通的火葬场工作人员后，往外走去，没走几步便看见范雨希和孔末朝这里飞奔而来，急忙将他们拦住："你们干什么！"

范雨希怒斥："恭爷呢！"

恭嘉明大笑道："我是舅舅唯一的亲人，他死后，遗体自然由我处理。"

范雨希仍然心存侥幸："不可能，恭爷没死！"

"没死？"恭嘉明嘲讽地转过身，"他马上就要化成灰了！"

范雨希放眼望去，恭临城的尸体正慢慢地被推进火化炉。当她远远地看清恭临城面孔的一瞬间，心中仅存的一点奢望灰飞烟灭。她全身战栗，乍然没了力气，瘫倒在地上。

孔末陡然暴走，朝着恭临城的遗体冲去。恭嘉明伸手要拦，却被他狠狠踢飞。然而，他的速度再快，也快不过在火化室旁的工作员，当他冲到火化炉时，炉门已经关闭了。

火化炉运转，动静不小，热气好像会冲破炉门，将众人吞噬一般。

恭嘉明从地上站起来，猖狂地大笑着。孔末看了一眼像丢了魂一样坐在地上的范雨希，怒火中烧，一步一步朝着恭嘉明走去，即将动手之际，范雨希突然开口了："孔末，住手。"

孔末听到这话，想将范雨希搀扶起来，但被拒绝了。此时，范雨希只想安安静静地坐着。恭临城看着她长大，范巧菁去世后，她早已将恭临城当作她唯一的亲人了。她几乎要喘不过气来，沉默了没一会儿，突然呜呜咽咽，而后歇斯底里地哀号，不断拍打着自己的脸颊，仿佛这样便能将自己从噩梦中唤醒。

不知道过了多久，工作员将骨灰盒送到了恭嘉明手中。范雨希用尽全身的力气，踉踉跄跄地起了身，失魂落魄地问："骨灰可以给我吗？"

恭嘉明叹了一口气："哟，刚刚不让孔末搀我，原来是有求于我。看你这么可怜，好吧。"

可是，恭嘉明却在范雨希马上要接手的时候，将骨灰盒抛进了一旁的水沟里，骨灰盒被掀开，骨灰撒进了水沟里，顺着活水被冲得不见踪影。范雨希望着远去的骨灰盒，落下一滴泪后，失去了知觉。

朱晓匆匆赶到火葬场时，孔末早已抱着范雨希离开，恭嘉明也已不见踪迹，火化炉内的碎骨和残灰已经被清理得一干二净。朱晓的眼前发黑，立即下令抓捕恭嘉明。

深夜，一个酒楼内，几人正在聚餐。

纪冈醉醺醺地揽过身边的男人："给大家介绍一下，这是我的好朋友，崔鹏。大伙儿应该知道，几年前，我搞了一个项目，因一些事情耽搁了几年。崔鹏就是那个项目的设计师！"

有人笑道："老纪，我就知道今儿你突然请我们喝酒没那么简单。说道说道吧，别藏着掖着了。"

纪冈一拍大腿："是这样，明儿一早崔鹏就要出国了，今晚除了介绍他给大家认识，替他送行之外，还想向大家介绍一下我的项目，一起合作。"

"老纪，这几年，你做生意赔了，我们可都知道。现在，想着来忽悠我们了？”

纪罔从崔鹏那儿要来了一份厚厚的文件，文件上赫然写着"剧本杀"几个大字："先听我介绍一下项目，再拒绝也不迟。"

纪罔醉意蒙眬地站了起来："这些年，真人沉浸式类的推理游戏爆火，我想，各位不愿意错过商机吧？'剧本杀'也算是这一类游戏，不过，却更有特色。进入游戏的玩家，每个人会先得到一个剧本，剧本会赋予大家不同的身份，既可能有反派，又可能有间谍，玩家需要根据自己拿到的剧本行动。剧本的内容只有自己知道。大家除了齐心协力闯关外，还要根据每个人的行为，判断彼此的身份，战胜敌人，这样才能获得最终的胜利。"

崔鹏应和："几年前，我为老纪设计了一个游戏屋，室内占地五百平方米，密室的各类机关繁多，可玩性很高。只是由于老纪的资金出了问题，暂时荒置了那个已经建成的游戏屋。"

纪罔扫了一眼对此褒贬不一的众人，攥着厚厚的文件："这是那个游戏的总剧本。就明天，大伙儿和我一起去体验一下最高端的'剧本杀'，如果觉得不错，我们再谈下一步，如何？"

有人说："总剧本都在你手里了，你知道这个游戏的每一个细节，我们和你玩，肯定输。"

纪罔拍着胸脯："几年前，我的资金出问题之后就跑路了，今年才刚回南港。我压根儿没看过这份总剧本。"

几人终于同意了，纪罔大喜，不断和大家碰杯喝酒。

恍惚间，有人问他："老纪，我记得你和恭爷有很深的交情吧？他死了，你知道吗？"

"什么！"纪罔惊得拍桌而起。

第 22 章
游戏

  范雨希大汗淋漓地从噩梦中惊醒时，孔末正陪在她的身边。她迷迷糊糊地起了身，向四周看了看，这里不是恭家大院，而是她的住处。她没来得及询问孔末是怎么进来的，便浑身一颤，小心翼翼地问："这一切都是真的吗？"

  孔末守了范雨希一夜没有合眼，疲乏而又不忍心地说："死女人，别想那么多。"

  范雨希的泪水又在眼眶里打转，当年，她目睹了范巧菁被卷入车轮，如今，她又亲眼看见恭临城被推进火化炉，时隔多年，与最亲的人天人永隔的痛楚再次涌上心头。

  孔末见状，手足无措，索性让另一个能言善道的他出来。他看见倚在床上的范雨希后，第一时间给朱晓打去了电话。

  "我们已经抓了恭嘉明，但是，尸体已经被烧了，骨灰和残骸也已经全被清理，恐怕医院和葬场里都有被收买的人，但是他们不肯承认。"朱晓的声音很轻，像是躲在哪个角落偷偷接了电话，"恐怕不久后就要放人。"

"在场的人呢？"孔末想起了昨天在恭家大院看见的那个碎碗。

"阿二和一些扫雪的人在场，大家说，恭临城是喝了药不久后倒下的。我怀疑那药有毒，不过，医院里负责抢救和检查尸体的医生都否认了。经查，我们在恭家大院里找到的碎碗上头有恭临城和阿二的指纹，但没在药物残留里验出化学毒物。"

"那碗不是恭爷喝药时用的那个。"孔末一口断定，"经过一夜大雪，碗应该被雪覆盖，埋在雪下才对。昨儿我发现那个碗时，它是干净的。有人在我们回恭家大院前不久换了碗。"

孔末又想起了院里的那一串长长的脚印，它们也没被大雪覆盖，也可以佐证有人换了药碗。只可惜，警方前去取证时，那串脚印已经被大雪覆盖。

"送恭临城进医院的是阿二。接走恭临城的是恭嘉明。据医院的目击证人称，阿二阻挠恭嘉明接管遗体，但被揍了一顿后，不知去向。恭嘉明是恭临城在法律上的唯一近亲属，所以最终医院同意由他处理遗体。"朱晓解释道，"我打听了一番，与恭临城交好的舞厅掌事人们都等着恭嘉明被放，然后去讨个说法。"

"好，我知道了，我们需要做什么？"孔末问。

"近期，恭临城数次去过医院，病历证明他的身体确实不好。这起案子没有可供立案的证据或证词，如果南港支队找不出恭临城非自然死亡的线索，恐怕无法立案侦查。"朱晓叮嘱着，"你们要找到阿二，他可能是这起案子的重要证人，也可能是犯罪嫌疑人。"

孔末刚要挂断电话，范雨希突然抢过手机，对着话筒咆哮："你不是答应我，不会让恭家大院出事的吗！"

面对范雨希的质问，朱晓沉默良久，最终只能从口中憋出三个字："对不起。"

中午，太阳高悬，纪冈强忍着宿醉来到了郊野一片围墙围起的绿地前。他掏出手机，一一给昨夜一起喝酒的朋友打了电话，催促他们赴约。

两个小时后，纪冈的朋友们才接二连三地姗姗而来。他笑嘻嘻地在大门前等了许久，毫无怨言地热情迎接。其实，他的心情很糟，尤其听闻恭临城的死讯后。他与恭临城交情甚深，今天一早，就到恭家大院吊丧，可奇怪的是，恭家大院内空无一人，并未悬挂挽联。无奈之下，他只得先行赴约。

"老纪啊，咱都五十多岁了，既然已经把债还完了，安安稳稳过下半辈子不就好了，还折腾啥呢？"六人里唯一的女人金丽珠劝说道，"我们在场的年轻的时候就出来闯荡，有几个没欠过债呢？"

彭云是六人里年纪最大的一个，已经六十岁了，他把胳膊架在纪罔的肩上："老纪是个有野心的人，哪能容忍平庸的生活？"

纪罔应和："还是老彭懂我。我是把债还完了，但抬不起头来的日子我受够了，我一定要再干出一番事业。"

彭云招呼大家："我觉得昨晚老纪说的项目非常有趣，咱进去体验一下再说？"

纪罔马上将大伙儿迎进门内。

放眼望去，大门和围墙里是一块足足有两千多平方米的绿地，绿地里的一大栋建筑和泳池格外显眼。泳池里的水非常干净，纪罔蹲到游泳池旁，掬了一捧水，对众人介绍："当初我拿这块地的时候便宜，于是我留了一手，将这块地挂在别人名下，即使被人讨债讨得快要自杀，我也不肯把它让出去。"

彭云饶有兴致地把手探进泳池内："老纪，可以啊，这泳池还是恒温的。怎么着，你还打算开展游泳业务？"

"当然不是。这池子最浅的地方都有三米，可不是普通的游泳池，一会儿你们就知道它是干什么的了。"纪罔摇头，指着绿地里的建筑，"这栋游戏屋占地五百平方米。如果这个项目得以顺利实施，将来我们还可以在这块地上再建一到两栋，扩展游戏屋的数量。"

纪罔继续带着大家参观，约莫时间差不多之后，独自进了游戏屋准备，并招呼大家自行参观。

"老彭，你真的打算给他投钱？"金丽珠问这话时，众人的目光都看向彭云。

"咱们和老纪都是朋友，该帮的时候就帮一把。"彭云指着游戏屋，"再说，现在是年轻人的天下，年轻人就爱玩这些东西。依我看，老纪的这个项目很有前景。"

彭云是众人里事业最成功的一个人，经他一说，大家都不再排斥，带着商人的目光，各自到游戏屋外考查去了。十来分钟后，纪罔从游戏屋里出来，大声喊："准备好了，大家可以进来了。"

分散的众人听到呼喊，这才一一聚拢过来，跟随纪罔进了游戏屋。

一进门就是一间房间，墙上另有一道门，上方一道微弱的散光倾泻下来，把众人的脸庞照得发黄。桌上摆放着几件衣服和黑手套，除此之外，房间里什么也没有。幽暗的四周，不知从哪里传出的旋律惊悚急促，让人觉得异常压抑。

"现在是两点半，二十分钟后，游戏正式开始。"

恭嘉明大摇大摆地从南港支队走了出来，刺眼的阳光令他眼前发黑，过了许久才恢复视线。台阶下站着一群人，他认了出来，这些都是恭临城名下各大舞厅的掌事人。

"恭先生，你必须给我们一个说法！"带头的掌事人兰尼楷硬气地道。

"我要给什么说法？"恭嘉明装模作样地抹眼泪，"在这个世上，我只有舅舅一个亲人，如今他去世了，我比任何人都伤心。"

"人是不是你杀的？"终于有人忍不住质问。

恭嘉明佯装大惊："屁可以乱放，话不能乱说！我身后就是南港支队，你们知不知道，说这话是要负法律责任的！"

兰尼楷十分老成，换了个问题："恭爷去世，为什么我们所有人没有接到通知？葬礼和追悼会都没有举行，你又为什么匆匆将遗体火化？"

恭嘉明不慌不忙："诸位，你们随我回恭家大院，我自然会给你们一个说法。"

兰尼楷扫了一眼正紧盯这里的警察，同意了。

恭嘉明随众人来到恭家大院时，那些早已和恭临城脱离关系、自立门户的掌事人也来到了这里，如今，他们私底下已经和恭嘉明串通一气。众人界限分明地站成两派，互相对峙着。

"乔润，你们早已经不是恭家大院的人了，又到这里作甚？"兰尼楷问。

乔润和煦道："虽然我们不再替恭爷做事，但总归受过恭爷恩惠。现在恭爷去世，我们怎能不来悼念？"

兰尼楷毫不留情地嘲笑："我看，你们早就被恭嘉明收买了吧！"

乔润叹了口气，撒了个谎："我们的确在辅助恭嘉明，但这都是恭爷的意思。恭爷希望恭嘉明继承恭家大院。"

兰尼楷气得面色涨红："老东西，一把年纪了，撒谎成性！"

许多人随即附和："谁都知道，小希是恭爷早就定好的继承人。"

乔润反驳："小希终归是外人，她不姓恭。"

众人争论不下之际，范雨希带着孔末踏进了恭家大院。她面色如纸，万分虚弱，却不愿恭临城的产业被糟蹋，强行使自己冷静了下来。恭嘉明见着范雨希，嘴角一扬，摇摇摆摆坐到了主位："承蒙各位前辈厚爱，但乔叔说的是真的，舅舅的确想把恭家大院交给我。"

范雨希冷笑："恭嘉明，马上站起来，滚出去。"

恭嘉明胸有成竹，对着手下招了招手，手下立刻送上了一份文件。他接过文件，翻开后，说："这是舅舅生前立的遗嘱。舅舅喜欢清静，希望死后安安静静下葬，我遵照遗嘱，第一时间将遗体火化入土。对不住各位长辈了。"

兰尼楷不信，上前夺过遗嘱，当看到恭临城的签字时，惊得合不拢嘴。范雨希对恭临城的字迹再熟悉不过，上前瞄了一眼指印下的签名后，愣住了。

恭嘉明摇着头："如果诸位不信，大可以去鉴定舅舅的字迹和指纹。我没有撒谎。"

范雨希握紧拳头，恨不得上前将恭嘉明暴打一顿，但孔末拉住了她，压低声音对她说："事有蹊跷，查明之前，不宜动手。"

兰尼楷对恭嘉明的态度有所缓和，对范雨希叹息道："小希，我会鉴别遗嘱的真伪。倘若遗嘱是假，我一定还你一份公道。"

恭嘉明顺着话问道："若遗嘱是真呢？"

兰尼楷沉默了片刻，说："我们都是恭爷的人，恭爷的意思，我们会无条件服从。"

恭嘉明大喜，对范雨希和孔末下了逐客令："两位是要留下来喝茶，还是回去歇着？"

范雨希深吸了一口气，带着孔末离开了。不久后，兰尼楷追了出来："小希，看恭嘉明的模样，那份遗嘱恐怕是真的。我知道事有蹊跷，但恭爷的遗命白纸黑字，我们不能不从。看样子，恭嘉明是不会让你回到恭家大院了。"

"兰叔，我该怎么办？"范雨希的声音颤抖。

"去找一个人。此人与恭爷交好，救过恭爷一命，在我们当中颇有威望。如果他能支持你，纵使不能扳倒恭嘉明，至少你能重返恭家大院，也能让包括我在内的受遗嘱限制的掌事人坚定帮助你的决心。"兰尼楷愤恨道，"我万万不相信恭爷会选恭嘉明当作继承人！"

"那人是谁？"

"纪冈。"

众人被关在密室里已经半个小时了。半个小时前，他们在纪冈以融入角色为由的要求下，穿上游戏配套的服装、戴上黑手套，蒙着眼睛被分别带进了五间只有二十平方米大小的密室。

半个小时一过，密室外的定时锁自动开启，金丽珠推开密室的门，擦着额头的汗从密室里走出来，看着另外几个站在密室外的朋友，嘲讽道："这是什么破游戏，半个小时了，就把我们分开关在密室里，什么也不做？"

彭云也一改先前支持的态度，摇头道："是我错了。"

严平突然问："你们抽到的剧本也是在空空如也的密室里待半个小时？"

游戏的第一环节便是抽取游戏剧本。一共有六个剧本，剧本封面上空白一片，长得一模一样，谁也不知道剧本里的剧情。纪罔不仅参与游戏，也是这场游戏的主持，负责为每个人分发剧本。众人进入游戏屋后，又依次被带到另外一间房间抽取剧本，金丽珠第一个，彭云第二个……每个人抽到的剧本内容需要保密，不能对他人透露。

　　"反正我抽到的剧本就是被老纪蒙眼带到密室里，等待同伴救援。"金丽珠说。

　　高洪亮说："我的剧本和你的一模一样。"

　　彭云也说道："我的也是。"

　　俞宁挠着脑袋："我也在里面待了半个小时。不对啊，按照老纪的说法，我们每个人的剧本不会完全相同，有'土匪''先知''间谍''幸运儿'和'平民'，怎么会都一样呢？老纪不是说了吗，这个游戏屋里机关重重，都半个小时了，我们还没摸上任何机关。这个游戏有好几个阶段，我们才拿到各自第一阶段的剧本，难道后面的几个阶段更好玩？"

　　纪罔抽到的是"土匪"的角色，他所扮演的身份一开始便公开。按照剧本要求，他将众人蒙眼带进五个密室，并设置定时锁后，游戏才正式开始。其余人所扮演的角色则只有自己知道。

　　一直十分低调的严平提议："别玩了，这里面太闷了，我们出去透透气吧？"

　　众人纷纷同意，找到了出游戏屋的路。重新呼吸到新鲜空气，众人又来了精神。这时，彭云忽然问："老纪呢？"

　　金丽珠给纪罔打了电话，但是没人接，正准备再打时，严平突然指着不远处的泳池大叫："那是什么？"

　　大家朝着泳池跑去，竟然看见纪罔在水中一动不动。

　　彭云二话不说，跳入水中将纪罔拖到了岸上，确认过后，惊恐地说："他……死了！"

　　金丽珠的脸色变了："报警！"

范雨希和孔末查到纪罔的行踪后，来到了这块被围墙围起来的巨型绿地外，正要唤人开门，远处传来了警笛声，两人只好躲到一边。很快，他们看见朱晓带着白洋等人匆匆走进门去。

"怎么回事？"范雨希疑惑道。

"恐怕出事了，我们先撤。"为了保险起见，孔末带着范雨希离开了。

朱晓进入绿地后，第一时间查探了尸体和案发现场。水面上还浮着一个看上去像是半截游泳圈一样的东西，被人捞起来之后，白洋观察了一阵子，向朱晓汇报："朱队，这玩意儿好像叫气胀式腰带。"

气胀式充气方便，由半截充气装置和半截带有塑料扣的绑带组成，充气装置可以让人浮在水面上，和救生衣的作用相似，绑带的作用是像腰带一样系在腰上。

朱晓打量了惊魂未定的几人，又问白洋："勘查过附近了吗，有监控探头吗？"

"绿地外的围墙处有十几个监控探头，恰好能记录围墙外的动静，就算有人翻墙进来，也能查出来。至于那栋游戏屋里有没有监控探头，咱的人还在排查。"白洋说，"我这就去调取监控录像。"

不久后，现场的法医给出了初步的尸检结论："基本可以断定死者是溺死，身上没有发现肉眼可见的打斗伤。"

彭云哀叹道："这家伙明知道自己不会游泳，跑到泳池里干什么！"

这时，白洋也回来了："朱队，我们快进地看了围墙外近几天的监控录像，发现除了死者等六人外，没有其他人进来过。不过，我们赶到时，孔末和范雨希来过，但没有进来。"

严平看着纪罔的尸体："我们真不该答应老纪，他一定是为了完成剧本上的任务，所以才穿上气胀式腰带，跳进泳池里的。谁能想到，救生腰带出了岔子，他把命都搭进去了。"

"不。"朱晓突然说，"这不是意外，而是一起谋杀案！"

众人都表现得无比错愕，金丽珠更是直言不可能："谁会杀老纪？他的债早就还清了！"

朱晓拿起气胀式腰带，指着绑带："充气装置没有漏气，绑带上的塑料扣完好，但绑带断了，这不会是意外！"

那截绑带的断裂处十分不平整，还耷拉着许多线头，看上去像是被人用力扯断的。

"案发时，除了受害者，只有你们五人在这片绿地内。"朱晓厉声道，"凶手就在你们五个人里。"

金丽珠怒斥："案发时，我在密室里！那间密室只能从外面打开。"

高洪亮一慌，也应和："我也是，游戏剧本可以做证！"

金丽珠和高洪亮表态后，彭云和严平也先后表示发现尸体前，都被关在密室里，无法离开。

朱晓望向还未说话的俞宁："你呢？"

俞宁左顾右盼，过了好一会儿才结结巴巴道："我也是。"

朱晓轻蔑一笑："想不到，老子有生之年还能遇上一起'密室杀人案'。"

第 2 3 章
真假

恭临城的遗嘱经过笔迹鉴定和指纹鉴定后，被证实是真的，恭嘉明是恭家大院继承人的消息很快传遍了南港街头，事先表示怀疑的掌事人们终于站向恭嘉明，全南港的地痞们也纷纷支持。

恭嘉明自鸣得意地走在恭家大院里时，接到了阿二打来的电话："老大，我什么时候能回恭家大院？"

"我还是放心不下范雨希和孔末，你替我潜伏到他们身边去。"

阿二举着手机的手忍不住颤抖："大哥，我不敢。范雨希最擅长察言观色了，我哪能骗过她？"

"你小子先后在杨荣和恭临城身边藏了这么多年，还是有些本事的。现在恭临城刚死，我还不能动范雨希，否则一定会惹人怀疑。等风声过去，我杀了范雨希，少不了你的好处。"

恭嘉明威逼利诱，终于说服了阿二。阿二抚着怦怦直跳的心，给范雨希打去了电话。电话那头，范雨希的声音显得平静，却令他更加紧张。

二人在电话里的交流不多，约了时间和地点见面。会面时，范雨希的脸色阴沉，正要发声质问，鼻青脸肿的阿二便突然下跪，对着她磕头，哀号道："希姐，对不起，我没保住恭爷的遗体！"

不等范雨希有更多反应，阿二就声泪俱下地虚构了一段事发经过。他称，恭嘉明到医院来争夺遗体，他不肯将遗体交给恭嘉明，恭嘉明便派人将他打晕架了出去。

"我一醒来就联系了你。"阿二跪在地上，不敢抬头。

范雨希冷冷地看着阿二："恭爷是怎么死的？"

"大夫说，恭爷是自然病死的，但我不信，喝药前，他还好好地站着看雪呢！"阿二朝前挪了两步，"希姐，我怀疑恭爷喝的药被人动了手脚。"

阿二抬起头时，范雨希一眼便认定他在撒谎。范雨希没有说破，继续问："谁动了手脚？"

"那天，南港下起了大雪，我找了些人来扫雪。"

"恭家大院没人吗？为什么要请散工？"

面对范雨希的一连串问题，阿二的耳根发烫，硬着头皮继续说："是恭爷的意思。他说下人们太长时间没休息了，就让我请了外面的散工。"

"恭爷出事了，你为什么不立刻联系我们？"孔末又问。

"我慌了。"阿二挤出一副委屈的表情。

"恭嘉明手里的遗嘱呢？"范雨希蹲下身。

阿二的两只眼睛瞪得溜圆："什么遗嘱？据我所知，恭爷从未立过遗嘱。"

恭临城第一次嘱托阿二拟遗嘱时，厅堂后的范雨希无意间听到了。此刻，范雨希更是万分确定，阿二背叛了恭临城。她猜到了恭嘉明让阿二接近他们的目的，于是将阿二扶了起来。

"掌事人全站在恭嘉明那边，你还愿意跟着我？"范雨希问。

阿二装作诚恳的模样："希姐，我们一起扳倒恭嘉明那个卑鄙小人！"

站在一边的孔末早已了然范雨希的用意。

朱晓听说过的"密室杀人案"都是受害者于密室中被杀害，而发生在绿地里的这起案子却是犯罪嫌疑人身处只能从外部打开的密室。

五名犯罪嫌疑人分别被带到南港支队不同的审讯室接受讯问。无论警方如何讯问，五人都一口咬定案发期间，没有离开过被纪罔带入的密室。

朱晓见一时半会儿问不出什么，便来到了法医实验室。

"朱队，死者的死因确定为溺死，死亡时间大概在我们进入案发现场的一个小时前。"

朱晓听闻法医的汇报后，推算了一下时间。警方赶到绿地的时间大约在众人报警后的半个小时，而众人报警的时间大约在众人正式开始游戏、被带入密室的半个小时后。

"也就是说，纪罔溺死的时候，那几个人的确是被关在密室里的。"游戏屋内机关重重，朱晓担忧贸然进入会破坏几人在游戏过程中留下的痕迹和线索，所以，目前只有两名警察进入过游戏屋，而且并未大规模取证。

就在这时，白洋进了法医实验室。

"朱队，物证检验的结果出来了。检验室通过救生腰带的绑带断裂处特征，确认绑带是被扯断的。水压不足以将绑带扯断，所以检验室认为是人力损坏的。"白洋汇报道。

"救生腰带的绑带那么容易被扯断吗？"朱晓提出了疑问。

"我们在距离泳池十多米的绿地草丛里还发现了不少救生腰带。这些救生腰带都被闲置好多年了，虽然气囊完好，但绑带都有不同程度的老化。队里的男女警察都试过拉扯，男警察用点力气的确能将其扯断，但女警扯不断。"白洋说。

"五名犯罪嫌疑人身上都是干的，所以，凶手是在死者跳入泳池前动的手。"朱晓还原了纪罔遇害时的场景：纪罔穿上救生腰带后，凶手从背后偷袭，扯下救生腰带的绑带后，将纪罔推入了水中，因此，尸体和被破坏的救生腰带都是漂浮在水中的。

"咱们的人按照您的叮嘱，进入游戏屋后，没有轻易触动游戏屋内的机关，而是先行勘查了肉眼可见的线索。我们发现了这个。"白洋将一个装有许多份文件的塑封袋递给朱晓，"我们只在上面发现了死者自己的指纹。"

朱晓戴上手套后，将文件一一取出翻阅。

"五名犯罪嫌疑人说，这些东西是他们抽取的游戏剧本。进入游戏屋后，他们在纪罔的要求下，穿上了游戏服装，戴上了手套。所以，徒手接触过剧本的只有纪罔一人。"白洋解释。

朱晓快速地浏览过剧本后，皱起了眉头："我差点儿以为咱们遇上了一起'密室杀人案'。原来是有人在撒谎。"

六份剧本的封皮空白，但里面的内容并不相同。通过剧本的内容，朱晓大致明白了这场游戏的设定。玩家进入游戏后，实际上会被分为两派，两派将寻找游戏屋内的七件宝物，最终获得宝物数量多的一派获胜。游戏共分为四个阶段，在第一次抽取剧本后，众人进行的是第一阶段的游戏，第一阶段结束后，众人才会得到与第一阶段抽到剧本相对应的后续剧本，但谁都没想到，第一阶段的游戏尚未结束，命案便发生了。

纪罔抽到的是"土匪"的剧本，他从一开始便要亮明身份，其余人因游戏剧情需要，必须被"土匪"蒙上眼睛并锁进五个密室内。五间密室的锁为电子定时锁，门上锁后，定时锁默认设定三十分钟，只能从外部打开，玩家们被带入密室后，除非定时锁计时结束自动开启或由人从外部用钥匙解救，否则无法走出密室。剧本设定"土匪"知晓第一个宝物的线索，将玩家锁进密室并设定上锁三十分钟后，需要到泳池中心，将水面上的浮标取走，浮标内藏有第一件宝物的指向标。

朱晓翻阅的第二份文件是"先知"的剧本。剧本设定"先知"知晓藏有可以打开密室定时锁钥匙的房间，并设定"土匪"因"操作失误"，将囚禁"先知"密室的定时锁设定为十分钟。"先知"被关十分钟后，定时锁将自动开启，他需要到藏有钥匙的房间内找到钥匙，回来将其余密室的定时锁打开，解救其他人，否则，其他人将继续被锁，直至三十分钟定时锁开启。

接下来的一份文件则是"间谍"的剧本。游戏剧情设定"间谍"潜伏在玩家身边，但实际上为"土匪"的同伴。事先"土匪"会将一个可以打开对应定时锁的微型遥控器交给"间谍"，"土匪"离开后，"间谍"可以通过遥控器开启定时锁，立即离开房间，在"先知"找到钥匙前，将钥匙破坏，阻碍"先知"将其他人救出，无论任务是否成功，"间谍"都需要在"先知"发现其身份前，返回密室，通过遥控器将所处密室的定时锁的时间重新设定为与其他密室定时锁一样的剩余时间，继续伪装。

朱晓翻到的下一份文件是"幸运儿"的剧本。在游戏正式开启前，"幸运儿"会被分发一个带有电子屏幕的遥控器。由于朱晓还未进入游戏屋，看过剧本后，他才知道每一间密室的墙上还有一道十分隐蔽的暗门，这个遥控器可以开启距离它最近也就是"幸运儿"所处的密室暗门。"幸运儿"在使用遥控器前，需要解开遥控器屏幕上出现的谜题，如若成功，暗门开启，"幸运儿"通过暗门直接离开密室，无须理会定时锁，并且可以自由选择帮助"土匪"一派，或是选择帮助"先知"一派；如若失败，"幸运儿"便与剧本的另一角色"平民"无异，需要在密室里待三十分钟，等待"先知"营救或三十分钟后定时锁开启。

"平民"的角色有两人，在游戏的第一阶段，他们的功能比较小，被关密室期间，他们要么等待"先知"营救，要么等待三十分钟后定时锁开启。朱晓看了"平民"后几个阶段的剧本，发现他们在第一阶段的游戏剧情简单，但将在后几个阶段产生重要作用。只是，他们还未拿到下一阶段的剧本，便结束了游戏，离开了游戏屋。

"凶手的作案时间是纪冈将大家锁进密室后独自到泳池寻找宝物的时间，也就是定时锁上锁的三十分钟内。"朱晓说，"在此期间，有机会离开密室的有三个人：'先知''间谍'和'幸运儿'。凶手就在这三人中间。"

朱晓一边说，一边来到了审讯室外。

"朱队，这几人都说自己抽到的是'平民'的剧本。"负责讯问的警察头痛道，"他们出了密室后有过交流，都知道游戏第一阶段，'平民'的剧本很简单，就是待在密室里等待，所以，我们无法通过询问'平民'的剧本细节来判断谁在撒谎。"

更令警方感到头痛的是，游戏屋内没有监控探头，他们抽到的游戏身份只有自己知道。朱晓很快明白了过来，"先知""间谍"和"幸运儿"害怕被警方怀疑，所以选择了撒谎，咬定自己是"平民"，这样，他们便没有作案时间了。

警方除了发现游戏剧本，还发现了两个遥控器。两个遥控器分别属于"间谍"和"幸运儿"。"间谍"的微型遥控器被丢在了游戏屋内的角落里，"幸运儿"的带有屏幕的遥控器被丢在泳池附近。两个遥控器上也只发现了纪罔的指纹。

"看来必须尽快进入游戏屋正式取证。"朱晓说。

"我们找了当时施工的工人，可是时间太久了，他们也忘记了游戏屋内的具体细节。"警察说，"但是，通过讯问五名犯罪嫌疑人，发现了游戏屋的总设计师崔鹏手里有一份总剧本，如果拿到总剧本，就能知道游戏屋内的所有细节，避免勘查游戏机关和道具时破坏凶手留下的痕迹。"

"联系上崔鹏了吗？"

"正在联系。"警察回答，"崔鹏出国了，还没有下飞机。"

正说着时，朱晓的手机振动了几下，他走到角落里，取出手机一看，是一个匿名号码发来的信息：关闻泽回南港了，可以试探。

发信息的人在信息末尾署名"双喜"。

朱晓的记忆回到几个月前。

"京市在南港安插了一名卧底，必要的时候，你可以使用他。但是，一切都要听从他的安排，他的指令代表京市。"江军在送朱晓离开前，突然说。

"使用？这叫使用吗？"朱晓一脸无语，"老大，您这是给我安插了一个上司吧？"

江军自顾自地继续说："这名卧底从多年前警方怀疑暗光窝点位于南港时就被安排到南港了。为了他的身份安全，目前京市没有强制给他安排过任务，一切行动都由他自行决定，只有在涉及重大事项的决定时，才需要汇报。"

"这么高的权限？难道京市警方也不知道他现在潜伏在南港的哪一个角

落里？"

"知道的人不多。"江军说，"我知道的信息也不多。"

"老大，一个'声音'已经让我蒙了大半年，现在又来一个身份不明的卧底？"朱晓更加惊讶，顿时明白了这个卧底的重要性。

"他的代号是'双喜'，必要的时候，他会主动联系你。"

朱晓翻了一个白眼："这是什么奇怪的代号？"

关闻泽出了机场，一辆出租车恰巧停在他的跟前，他打开门，冷漠地说道："去恭家大院。"

出租车朝前开，司机问："你这是去哪儿了？"

关闻泽觉得司机的声音有些熟悉，扫了一眼司机的侧脸，这才发现司机是朱晓乔装而成的。他并不感到惊讶，闭上了眼睛，倚在座位上。

朱晓见关闻泽没有回答，继续问："恭临城死了，你知道吗？"，

"知道。"关闻泽显得很平静。

"你不难过？"

关闻泽又沉默了。

"有人和我说，你是他派进暗光的卧底。"朱晓忽然说。

关闻泽睁开了眼睛："还说了什么？"

"他说，他的所有情报都来源于你。"朱晓眼角的余光盯着后座，"还说，你失控了，怀疑你已经背叛。"

关闻泽难得地露出了一丝表情，但朱晓看不透那丝表情代表了什么。他答非所问："你们查了这么久，找到方涵的线索了吗？"

朱晓惊得踩了一个急刹车："你这是在承认卧底方涵的失踪和暗光有关系？"

关闻泽平淡地说："以他的性格和能力，终有一天能冲破牢笼，你们大可以不必白费力气。"

"你认识方涵？"朱晓转过头去。

"我救过他。"

朱晓看过方涵的档案，当年，方涵在追捕罪犯时，被困在落水的车内，车窗和车门因水压而无法开启，险些命丧江底。据他后来回忆，是一个十几岁的年轻人将他救起。至于那人是谁，一直是方涵和警方心底的谜题。

"你到底是什么人！"

关闻泽打开了车门，下了车："猎手。"

朱晓也立即下车："但你不同于别的猎手。我想知道，你真的背叛了恭临城吗？"

"我从不隶属任何人。我做任何事都有自己的目的。"关闻泽说着，突然动手。

朱晓大惊，刚想后撤，便被关闻泽拧住了胳膊。关闻泽的身手太好了，朱晓在没有防备下，瞬间便被制服。车来车往的道路上，关闻泽毫不顾忌地将他按在了车上。

关闻泽从朱晓的兜里掏出了一支录音笔后，这才松手。

朱晓甩着几乎被拧断的胳膊，疼得龇牙咧嘴："既然不隶属任何人，为什么要替暗光做事，又为什么要替恭临城做事？你到底站在哪一边？"

关闻泽没有回答，转身朝前走去，走了几步后，又停下："是敌是友，以后自见分晓。我警告你，你的所有线人都可以死，但如果范雨希出事，我会血洗南港支队。"

如此赤裸裸的警告令朱晓的后脊发凉。

第 24 章
钥匙

崔鹏下飞机后，南港支队终于联系上了他，然而，他却声称总剧本落在了案发前一夜众人一同喝酒的酒楼里，并未随身携带。南港支队到酒楼里查找，问遍了服务员，愣是没找着，也没有人见过那份文件。紧接着，警方又再次讯问了五名犯罪嫌疑人，没人承认拿走了总剧本。朱晓不肯放弃，又派人到纪罔家中搜查，仍然未果。就这样，总剧本不翼而飞了。

崔鹏听闻纪罔死讯后，虽然震惊，却怕惹祸上身，以处理要事为由，拒绝回国协助警方。他告诉警方，这个"剧本杀"的游戏时长为三个小时，游戏开始三个小时后，无论玩家是否通关，游戏屋内的所有机关都将重置，恢复到起始状态，方便下一组玩家进入游戏。不久后，他的电话无法再拨通。

朱晓当机立断，立即带了五六个人进入了游戏屋。

"都给我小心点！不要破坏几人在游戏过程中留下的痕迹！"朱晓叮嘱道。

游戏屋里很黑，朱晓等人带上了手电筒，进门处是等候区，仅有一张桌子。

"朱队，几个犯罪嫌疑人说，桌上原本放着游戏服装和手套，是纪罔强制要求大伙儿穿戴上的。"

朱晓点了点头："纪罔迫切地希望得到众人的投资，绞尽脑汁想让大家更有代入感，从而喜欢这游戏。只是他做梦也不会想到，凶手戴了手套，反而对杀害他更有利。"

与等候区衔接的是另一个名为抽签处的房间，朱晓进入抽签处后，又看到了另外一张桌子，桌子上摆放着六个黑匣子。原本六人的剧本放在黑匣子里。玩家们会依次进入抽签处抽取剧本，抽完剧本的玩家继续前行，在游戏起始口等候，直到所有玩家都抽到自己的剧本，游戏才正式开始。

朱晓等人在等候区和抽签处都没有发现有用的线索和痕迹，于是继续朝前走，来到了游戏起始口。起始口前是一片宽阔的空地，连同着众多狭窄的分岔口。一旁放置着一个大桶，昨天，率先进入查探的两名警察便是在大桶内发现众人的剧本的。

按游戏要求，众人阅读完自己的剧本后，需要记住所有情节和任务，随后将剧本丢进大桶内，不允许随身携带。正因如此，为了防止玩家因剧本内容过多而忘记，设计师才将游戏分为多个阶段，每个阶段发放对应阶段的剧本。

"几名犯罪嫌疑人称，抽剧本前，纪罔和他们对过时间，他们是两点半进入游戏屋的，有二十分钟时间抽剧本和读剧本，游戏正式开始于两点五十分。"

朱晓在起始口找到了一个按钮，按钮下方标示着"游戏开始"。他决定还原案发现场，于是按下了按钮。突然，空地上的灯光忽明忽暗，配合着不知从哪里传来的背景音乐，倏地让人头皮发麻。

"纪罔是'土匪'，他将所有人的眼睛蒙上后，又把他们带到了密室。"朱晓说着，在分岔口找到了密室的路标，带着众人小心翼翼地朝前走。过了狭长的通道后，另外一间占地大约九十平方米的房间映入眼帘。房间里还分布着五个敞着门的小房间，每个小房间大约十五平方米。

"朱队，这五间小房间就是困住犯罪嫌疑人的密室，剧本上将之称为密室。"白洋说着，指向了门上的定时锁，"我们已经试验过了，定时锁在门关上时默认定时三十分钟，最长定时时间也是三十分钟，并且，一次游戏内，定时锁只能设定一次，只有通过微型遥控器才可以多次设置。打开定时锁只有三种方法：一种是找到'先知'和'间谍'需要找到的钥匙，从外部手动打开；一种是利用'间谍'的微型遥控器，从内部打开对应房间的定时锁；还有一种方法就是等待三十分钟后，定时锁自行开启。"

朱晓默不作声，走进其中一间密室。密室内，空空如也，墙壁被刷成了黑色，令人觉得压抑，唯一的光束是从顶部的灯口和通风口照射下来的。朱晓在墙壁上摸索了一番，好不容易才发现墙上的暗门。暗门与墙壁几乎没有缝隙，如果不仔细看，十分容易被人忽略。

"暗门通往哪里？"朱晓问。

"暗门只有'幸运儿'的电子遥控器可以打开，遥控器屏幕上会出现随机的谜题，解开谜题后才能开启暗门。目前，我们还没有开启过。"白洋汇报，"不过，我们在另一个分岔口发现了一条死胡同，胡同尽头上也有五道暗门，根据方位判断，密室的暗门可以通往外面的分岔口。"

朱晓又依次进入另外几间密室，发现每一间密室都是从一个模子里刻出来的。他问："'间谍'的微型遥控器和'幸运儿'的电子遥控器能打开其他密室的定时锁和暗门吗？"

"不可以。"白洋十分肯定，"技术队分析检验过了，密室的墙经过特殊处理，两个遥控器的信号都会被屏蔽，所以无论'间谍'和'幸运儿'身处哪一间密室，遥控器信号都无法传输到隔壁甚至更远的密室去。两个遥控器会自动与所处密室的定时锁和暗门的信号匹配，一旦匹配成功，本场游戏内就只能控制所处密室的定时锁和暗门。遥控器的控制范围大约为五米。"

"凶手最有可能是'先知'。"朱晓盯着门上的定时锁，解释道，"如果'先知'找到钥匙替众人开锁，众人便会知晓他的身份；如果没有找到钥匙，三十分钟后，需要带领众人寻宝，所以，他的身份迟早会被曝光，区别在于是三十分钟内曝光，还是三十分钟后曝光。"

白洋接过朱晓的话："但是，'先知'在恰巧三十分钟后，所有人的定时锁打开时，站在密室外，营造自己也是刚出来的假象。倘若他不是凶手，时间满三十分钟时，他要么还在其他地方找钥匙，要么需要回到密室外，向众人表明自己的身份，带领大家继续游戏。"

朱晓盯着白洋，故意笑道："我发现，你越来越聪明了。"

白洋话里有话："说不定，我一直很聪明呢。"

朱晓瞥了白洋一眼，继续说："但是，还有一个疑点。'土匪'只给'先知'的定时锁设定了十分钟，一轮游戏，定时锁只能设定一次，所以他离开密室后，无法将定时锁重新上锁。'间谍'可以随时通过微型遥控器离开密室，既有可能先于'先知'离开，也有可能晚于'先知'离开。剧本要求'间谍'隐藏身份，需要先于'先知'回到密室，假设'间谍'先于'先知'离开密室，那他回来看到'先知'的门没有上锁，一定会发现'先知'的身份；又假设，'间谍'晚于'先知'离开密室，那走时便能发现'先知'密室上的锁没锁。"

"所以，'间谍'一定在三十分钟内就知道了'先知'的身份。"白洋也疑惑道，"'先知'撒了谎，又有作案时间，您是在想，'间谍'为什么不直接揭发'先知'，而是跟着大家一起撒谎？"

朱晓揉着发疼的脑袋："知道'先知'身份的只有'间谍'，倘若'幸运儿'开启过暗门，那'幸运儿'也可能知道'先知'是谁，要找'先知'，需要先锁定'间谍'和'幸运儿'的身份。但是，'间谍'可以用微型遥控器反复打开和上锁定时锁，他离开密室时，一定会将定时锁上锁，并将定时时间设定成和别人一样，回密室时，也一定会在密室里将时间设定成和别人一样，对于他的身份，无论是'先知'还是有可能离开过密室的'幸运儿'都不知道，找他很难。至于'幸运儿'，就算他离开过密室，也是通过暗门离开的，回密室也一样，究竟谁是'幸运儿'更难确定。"

白洋沉默不语，其他警察都被朱晓的分析绕晕了。

朱晓说着，忍不住骂了一句脏话："他妈的，纪罡和崔鹏在设计游戏屋的时候，不能在这里面也安上监控探头吗！"

关闻泽还未踏进恭家大院，便被范雨希和孔末拦了下来。孔末死死地盯着关闻泽，摩拳擦掌，跃跃欲试，想要为先前数次未完成的战斗分出胜负。范雨希喝止："住手！都什么时候了！"

孔末啐了一口，闷闷不乐地蹲到了一边。

"你知道了吗？"范雨希悲痛万分地问。

关闻泽面无表情地点了点头。

"你打算怎么做？"范雨希的眼角淌下两行热泪。

关闻泽什么也不回答。

范雨希将关闻泽往后推了几步："你为什么这么冷血，恭爷待你那么好，你对得住他吗！"

关闻泽仍旧直直地站立着，没有表态。范雨希心灰意冷，牵起孔末的手，出了胡同。孔末得意扬扬地对关闻泽扬了扬拳头，心满意足地离去。在远处等候的阿二将一切看在眼底，立即将范雨希和关闻泽闹掰的事告诉了恭嘉明。

恭嘉明看到信息后，哈哈大笑。乔润上前来，问道："你在笑什么？"

恭嘉明收起手机，警告道："乔叔，不该问的就别问了。"

乔润迟疑地告诫："如果是要对小希动手，我建议你打消这个念头。这些年，小希深得人心，不仅兰尼楷那一群老家伙对她好，街头的痞子们也都认可她。如今，大家站在你这边，全是遵照恭临城的遗嘱，倘若小希死了，恐怕大家就没那么好说话了。"

恭嘉明不耐烦道："知道了。"

乔润想了想，又问："从京市运来的那批货什么时候出手？买家催得紧。"

恭嘉明摆手："别急。京港两地都咬着毒品案不肯松口，恭家大院又遭逢剧变，很多眼睛盯着咱。等风头过去再说，我可不希望恭家大院成为第二个南港达。告诉买家，要买就等着，不买就找别人去。"

恭家大院外，关闻泽吃了闭门羹后，便走了，恭嘉明这才放下心来。

范雨希回到住处，支开阿二后，孔末才换了一张脸。

“能骗过阿二吗？”范雨希问。

孔末点了点头：“放心吧。阿二面对我们时战战兢兢，恐怕是被恭嘉明逼着潜伏到我们身边的。这个时候，他没有太多判断力。”

不久前，范雨希联系了关闻泽，要求他配合自己迷惑恭嘉明，之后各自单独行动，将恭嘉明扳倒。面对范雨希的请求，关闻泽答应了。

这些天，蒋海也突然行动起来，四处寻找范雨希和孔末。范雨希和孔末一边躲避，一边计划着怎么对付恭嘉明。

离开了南港的吴点点回到了山区的小村庄里。村民见了她都热情地向她打招呼：“点点啊，回来啦！”

时隔多年，吴点点重返家乡，心头一阵酸楚。其实，她不愿意离开家乡，在城里拼搏的这些年，尽管置身茫茫人海，但总觉得孤单，身边连一个可以交心的人都没有。

吴点点激动地朝家里奔去，远远地便闻到了熟悉的饭香。屋里，白发苍苍的老母亲和只有十几岁大的弟弟正坐在饭桌前扒着饭。她激动地叫了声：“娘！”

老人看见吴点点，拿着碗筷的手僵住了，很快又利索地站起身，走向吴点点。吴点点正想好好地抱一抱许多年没见的母亲，一个巴掌却将她打醒了。老人怒气冲冲地问：“谁让你回来了！”

吴点点看着母亲，只觉得好笑。老人这番模样，哪里像是生了病。她对朱晓撒了谎，原本打算此次离开南港，就再也不回去了。

吴点点捂着发红的脸颊：“娘，我想您了。”

“你回来了，你弟弟怎么办！”老人一个劲儿地把吴点点往外推，“你弟弟还要上学，很快就交不起学费了！”

吴点点不肯走，将身上的包递给了老人：“娘，您看看，这里面有十多万。”

老人一惊，接过包后往里一瞧，立即过去将门关上，这才将包里的现金全倒在桌上。吴点点的弟弟也放下碗筷，欣喜万分地数着钱。

"娘，我不想走了。这些钱够弟弟好好读书了。"吴点点轻声请求，然而，老人和她的弟弟都像钻进了钱眼里，眸子里发着光，完全没听见吴点点在说什么。

吴点点耐着性子等老人将钱数完。老人把钱藏起来后，才问："你是从哪儿弄来这么多钱的？"

吴点点不回答，又说了一遍自己的请求。

老人一听，不愿意了："那你弟弟读了书，将来还要娶媳妇儿呢！"

吴点点的弟弟也点头："就是，我还要娶媳妇儿呢！"

吴点点的心寒了下来："娘，我要负责弟弟的生活到什么时候？"

"他是你弟弟！你怎么这样说话！"老人气得咬牙切齿，"将来你的弟弟要走出去，住到城里去。听说城里的房子可贵了。"

"对啊，姐，你总不希望我到城里受苦吧！"

吴点点的视线模糊了，泪水一滴接一滴地往下掉。此刻，她才终于明白，自己的母亲和弟弟就像永远不会满足的吸血鬼，贪婪地吮吸着她的血肉，榨取着她的年华。

吴点点想了起来，她原本是可以不坐牢的。被抓的前一天，她在电话里听老人说，弟弟摔断了腿，需要治疗的钱。她急了，这才没有计划地乱偷一气，露了马脚，进了监狱。后来她才知道，弟弟压根儿没有受伤，只是嫌弃房子太破，想要买点砖修缮一下。

吴点点坐牢的那两年，托朋友给家里报平安，隐瞒她坐牢的事。可是，老人哪里在乎她平不平安，只有缺钱的时候，才会给她的朋友打电话。出狱后，她激动地给老人打去电话，可老人竟然不问问她为什么两年不打电话回去，而是开口要钱。

吴点点越想越觉得心寒，看着指着自己谩骂的老人和弟弟，终于爆发了："我受够了！你们知道这些年我在外面受了多少苦吗！"

老人没有料到吴点点敢顶嘴，愣了几秒后，抬手想打。

吴点点将老人的手抓住，然后轻轻甩开："我不会再回来了，我也不再是你的女儿。"

吴点点走了，她做了一个重大的决定：她要回南港去。

朱晓和几名警察离开了密室，负责取证的警察什么也没有发现。他们根据分岔路的路标，来到了藏书间。"先知"的剧本显示，"先知"拥有神奇的能力，时常能得到隐蔽的提示，他在剧本里得到的第一条提示便是可以打开定时锁的钥匙藏于藏书间。

朱晓看着偌大的藏书间，又一次感到头痛："藏书架上的书有被翻动的痕迹，但究竟是谁翻的，不好说。"

单纯按照剧本内容判断，"先知"可以根据提示直接来到藏书间，但"间谍"比"先知"多了十分钟时间，倘若他很聪明，机缘巧合之下，先来到藏书间，翻动书籍找钥匙的便可能是"间谍"。同理，"幸运儿"若是很快打开暗门，也有可能来到这儿，视情况选择"土匪"或"先知"的队伍，帮助"间谍"或"先知"找钥匙。

"'间谍'只有十分钟时间，加上那么多分岔路，在没有提示的情况下，他很难找到藏书间来。'幸运儿'需要先解谜，才能打开暗门，出了暗门，面临分岔路的选择，他更难找到这儿来。"白洋细细地分析，"先来到这儿的还是更可能是'先知'。"

朱晓打量起了藏书间，由于没有总剧本，他也不知道钥匙被藏在哪里了。但很快，白洋碰巧在藏书间进门的柜子脚处找到了电子钥匙。

"不会这么简单。"朱晓说着，从地上拾起了一本关于"时间"的书，"原本钥匙被夹在书里，定时锁和时间有关系。"

白洋凑上去一看，只见这本书的纸页上映出一把钥匙的形状。那一页纸上还手写了一行字：钥匙离开藏书间两分钟后无效。

"奇了怪了。如果是'先知'找到钥匙了，为什么不直接去开锁，而要把钥匙留在这儿？"朱晓疑惑道。

"他先去杀人，之后再回来取钥匙。"一名警察推测。

朱晓摇头："不可能。如果'先知'杀了人，一定不会去替别人开锁，这样会曝光自己的身份的，倘若他一开始就打算冒充'平民'，根本没必要浪费时间找钥匙，反而会担心'幸运儿'选择他的队伍，帮助他找到钥匙替别人开锁。所以，如果'先知'是凶手，找到钥匙后，也可能会将其销毁。"

"如果'间谍'是凶手，又先找到钥匙了呢？"

"无论'间谍'是不是凶手，他找到钥匙后，都应该将其销毁。如果他不是凶手，为了继续游戏而销毁钥匙，这没有争议，但如果他是凶手，又找到了钥匙，那他一定是在杀人前找到钥匙的，他只比'先知'多十分钟时间，杀了人后，再在没有提示的情况下先于'先知'找到钥匙，这不可能。"朱晓否定道，"他发现钥匙后去杀人，就必须防止'先知'找到钥匙，将众人放出来后撞见他行凶，所以，他会将钥匙带走销毁，让'先知'把时间浪费在藏书间内，而不是把钥匙换个不太高明的地方依旧藏在藏书间里。"

"朱队，我好晕啊。"

朱晓摸着胡楂儿："我也晕。"

第 2 5 章
确认

　　朱晓又假设"幸运儿"成功解密并打开暗门，且到过藏书间：假如他是凶手，"间谍"和"先知"忙于找钥匙的时候是他动手行凶的绝佳时机，因为他从暗门进出，没有人能够发现，他根本没有必要到藏书间浪费时间；又假如他不是凶手，他选择派别后，无论加入"土匪"派，还是加入"先知"派，都要么将钥匙带走销毁，要么与"先知"会合解救众人，而不是将找到的钥匙藏在藏书间的另一个角落。

　　朱晓推理到这里，竟然想不通了。有机会接触到钥匙的无非是"先知""间谍"和"幸运儿"，可是，对于其中的任何一个人，无论是不是凶手，他都无法揣测那人找到钥匙后又将钥匙换了个地方藏在同一间藏书间内的动机。想到这儿，不要说确定每个人的身份，更不要说锁定谁是凶手，就连是谁动了钥匙都揣测不出。

　　朱晓头痛欲裂时，取证的警察结束了对藏书间的勘查。

　　"朱队，没有发现指纹和头发之类的证据。"取证的警察问，"咱还继续往下查吗？"

"必须先分别锁定'先知''间谍'和'幸运儿'的身份。"朱晓摇了摇头，"你们继续往下查，但是记住不要轻易触动机关和现场的布置。我回去亲自讯问五名犯罪嫌疑人。"

朱晓离开这片绿地后，给范雨希打去了电话："丫头，还生我气呢？"

范雨希鼻尖一酸，又想起了恭临城生前的模样，强忍住哭意，冷静了下来："这不是你的错。"

"那帮我一个忙呗。"

"恭爷刚刚去世，你还想着利用我。朱晓，你真的这么铁石心肠吗？"范雨希虚弱地反问。

"我一直这样没心没肺的，你又不是不知道。"朱晓厚着脸皮说，"而且，你听说命案了吧？我打听过了，纪罔曾经救过恭临城一命，在恭家大院里颇有威望。案发后，你们来过这片绿地，如果我没猜错的话，你们是来找纪罔的吧？"

范雨希没有否认。

"那你不是更应该觉得奇怪吗？你们刚要找他帮忙，他就死了，世上怎么会有这么巧的事？"朱晓反问。

范雨希一惊："你是说，这事是恭嘉明干的？"

"凶手在被拘留的五名犯罪嫌疑人当中，但我猜测，凶手和恭嘉明有关系。"朱晓说，"我已经让人去查这五个人的社交关系了，但是目前还没有发现什么线索。"

"你需要我帮什么？"

"天黑了，我要连夜亲自讯问五名犯罪嫌疑人，请你替我确认他们的身份。"朱晓望着黑蒙蒙的天空说。

冬季的夜晚总是来得很早却又漫长，才过九点，街道上的人就已经不多了。赵彦辉戴着手套，裹着围巾，走进了小酒馆。

酒馆内很安静，灯盏散发着微弱的光。

"哟，赵队，您可许久没有光临小店了。"井娅穿着纤薄的红色长裙，扭动着腰肢，缓缓地走过来迎接，"今晚可要不醉不归。"

赵彦辉取下围巾和手套随手丢给井娅，熟悉地迈上台阶，上了二层的隔间，仿佛已是这里的常客。酒馆的二层只有两间屋子，一间是井娅用来招待熟客的酒屋，另一间是她的卧房。

赵彦辉坐下后，拿起酒单扫了一眼后，笑道："你这里的酒可是越来越贵了，我那点工资快要付不起了。"

井娅小心翼翼地替赵彦辉将围巾和手套叠好，放置在一旁，这才坐下："赵队，您说笑了，甭管有钱没钱，我这小店还能少了您酒喝？"

赵彦辉放下酒单："那就给我来一壶最贵的酒。"

"得嘞。"

井娅下楼取酒之际，赵彦辉站起身出了酒屋，将头探进了没有关门的卧房，里面漆黑一片，什么也看不着，正想抬脚往里走，忽然看见地上闪烁的绿光。年轻时卧底贼窝多年的他谨慎地收回脚，仔细辨认后，发现那果真是报警器。

赵彦辉没有继续往前走，而是退回了酒屋。这时，井娅端着酒上来了："需要给您热一热吗？"

"糙汉子，热什么？"说罢，赵彦辉取过酒往嘴里灌了一口，"我这次来是警告你不要惹事。"

井娅撩拨着发丝，媚笑着问："我能惹什么事？"

"虽然朱晓那家伙看着讨厌，但是脑子好使。我们的线人死后，他做的第一件事就是来砸你的酒屋，你觉得这是为什么？"赵彦辉放下酒瓶，死盯着井娅。

井娅扬起了嘴角："赵队，据我所知，那个线人又胖又壮，我只是一个弱女子，难不成您怀疑是我干的？"

"弱女子？"赵彦辉冷哼，拍桌而起，"有人举报，你是猎手榜排行第五的猎手'毒姐'！"

井娅的目光陡然变冷，袖口里的毒枪已经准备就绪。

赵彦辉突然收敛了脾气："井娅，我在你这儿喝酒已经许多年了，和你算得上半个朋友。而你却在支队里高声嚷嚷，指名道姓要见我，是故意要毁我的名声吗？"

井娅仍然没有放松警惕："赵队，您当真以为我不知道您在我这儿喝酒喝了这么多年的目的？"

"有些话，就算知道，也要吞进肚子里！"赵彦辉又冷哼一声，"你干什么事，我可以睁一只，闭一只眼，但是把屁股给我擦干净咯，如果连累我，我让你吃不了兜着走！"

"对于您这话，我可以理解为您愿意成为我的靠山吗？"

赵彦辉喝完最后一口酒："我劝你，不要得寸进尺，南港的警察不止我一个。"

井娅笑得花枝招展："我明白了。赵队，您在我这儿耗了这么多年，我可以圆了您的心愿，但是，您要替我做一件事。"

"说。"赵彦辉的眼前一亮。

"我要朱晓离开南港支队。"

赵彦辉的眉头紧锁，酒屋陷入了死一般的沉默。

"看来您是不答应了。"井娅起身送客。

"希望你说话算数。"赵彦辉主动起身，从怀里掏出了一摞钱丢在桌上，"我赵彦辉不喝免费的酒，这辈子，我还没干过亏心事。"

"您确定吗？"井娅的笑意味深长。

赵彦辉取了围巾和手套，离开了酒馆。井娅这才打了一个电话："赵彦辉黑了。"

"他年轻时单枪匹马，潜伏卧底，捣毁了南港最大的犯罪团伙。这样的人老谋深算，你确定他不是诈你？"电话那头传来一道听起来三十多岁的声音。

"现在，他可不是当年那个满腔热血的卧底警察了，如今，他更在乎他的职务。"井娅自信道，"而且，在他的心里，他未了的心愿比什么都重要。"

"那我要怎么做？"那人问。

"什么都不用做，继续潜伏。除非朱晓真的离开警队，否则我不会彻底相信赵彦辉。"

赵彦辉没有回家，而是去了一趟南港支队。朱晓正在讯问犯罪嫌疑人，赵彦辉经过审讯室时，透过玻璃窗盯了朱晓的背影许久，之后哀叹了一声，这才离去。

朱晓面前坐着金丽珠。

金丽珠是裁缝出身，二十多岁时，丈夫便跳楼自杀了，留了一屁股的债给她，她打拼多年，不仅将债还完了，还在商界混得风生水起，办起了服装厂。她年轻时便与纪罡交好，如今已经不怎么联系了，所以没有犯罪动机。

"你是'先知'吗？"朱晓不经意间问道。

金丽珠摇了摇头："不是。"

"你是'间谍'？"

"不是。"

"那你是'幸运儿'？"

"不是，我是'平民'。"

朱晓深吸了一口气："你杀人了吗？"

金丽珠摇头："我怎么可能杀人？"

朱晓问完话后，让人将金丽珠带走，传唤下一名犯罪嫌疑人。等候的间隙，他对着空荡荡的审讯室问："怎么样？"

"她的反应让我有些看不透。"朱晓的耳边传来范雨希的声音，"佳姐说过，有些人的反应天生平淡，无法被看透，她就属于这类人。"

细看之下，原来朱晓的胸前装着一个高清针孔探头，耳朵里戴着隐蔽的通信器。朱晓决定利用微表情判断众人的身份，于是请求范雨希远程提供协助。

"算了，她是最没有嫌疑的一个人。就算她出过密室，也不可能扯断绑带。"支队里受过专业训练的女警试验过，就连她们都无法扯断绑带，更不要说已经五十多岁的金丽珠了。

下一个被带到审讯室的犯罪嫌疑人是彭云。彭云与纪罡的交情不浅，此次会面是他极力帮助纪罡促成的。彭云一坐下，就忍不住往地上啐了一口唾沫。朱晓没有在意，一一问了同样的问题，范雨希发现，当朱晓问到他是不是"先知"时，他的眼角不经意地下垂。

"他紧张了，他可能是'先知'。"范雨希说。

彭云又往地上吐了一口唾沫，朱晓挥挥手，让人将他带走，又叮嘱："去把彭云的资料拿给我，我要再看一遍。"

很快，高洪亮被带了进来。

朱晓试探过后，范雨希认为他是"平民"之一。

之后，严平和俞宁也分别被范雨希通过微表情变化认定为"间谍"和"幸运儿"。严平的反应还算冷静，但俞宁一惊一乍，当被问及是不是"幸运儿"时，他紧张得几乎喘不过气来。

警方已将几人详尽的资料搜集齐全，朱晓看过，俞宁是一个非常容易紧张的人，而且不算精明，手里的资金大部分来自继承，这么多年，得亏他的家底厚，否则早就被他赔光了。

"俞宁的心不安稳，很容易被攻破，他或许是一个突破口。"范雨希说。

讯问结束后，朱晓对范雨希说："丫头，按照你的判断，彭云是'先知'，严平是'间谍'，俞宁是'幸运儿'，金丽珠和高洪亮是'平民'。"

"我无法保证我的推断是正确的。而且，这不能作为证据吧？"

朱晓点点头："微表情和心理学的判断的确不能作为证据，但总算为我提供了侦查思路。接下来，就该想办法让他们承认各自的身份了。"

此时，那名去拿彭云资料的警察回来了。朱晓接过资料，仔细查看了一番后，发现彭云患有十分严重的胃炎，几乎接近癌变。

"倒是有点线索了。"朱晓对范雨希说，"他的胃不好，唾液分泌比常人多，你发现了吗，我问几个问题的工夫，他吐了好几次口水。假设他进入了藏书间，恐怕会忍不住吐口水。"

朱晓切断与范雨希的通话后，拨打了还在绿地里勘查的警察的电话，但没打通，又给白洋拨了电话，可是五六个人，愣是谁也没能联系上。

朱晓气得联系了附近的片警，片警找到白洋后，终于回了电话："朱队，游戏屋的电路和机关太多，信号被屏蔽了，我们几个人的手机号码都分属不同的运营商，结果都没信号，您别生气。"

"行了，行了。你让取证的小子重点查查藏书间，看有没有干涸的吐沫星子。"朱晓说，"里面灯光太暗，唾沫干涸后，没有专门的设备和试剂不容易发现。我会立刻带痕检队过去。"

朱晓吩咐后，正打算带两名痕检员出警，突然又站在了原地。

"朱队，怎么了？"

"查个唾沫星子，你们就能搞定吧？我去趟技术队吩咐点事，运气好的话，说不定能再锁定一名玩家的身份。"

范雨希取下耳机后，敲了另外一间房间的门，孔末没有应声，于是她推门而入。屋里没有亮灯，床上空空荡荡，冷风从窗户外灌进来，卷起了飞扬的帘子。这两日，孔末都住在范雨希家的客房。

范雨希疑惑地走到窗边，把头探出去，在窗台上发现了一个脚印。

突然，灯开了，范雨希吓了一跳。孔末笑着走了进来，他走到窗边，也往下看了看，调侃道："怎么了，你该不会以为我跳下去了吧？这虽然是二层，但也有三四米高，我可做不到，要是换成另一个我倒能试试。"

"你们是怎么分配时间的？"范雨希好奇道。

"看需要，需要脑子的时候是我，需要动手的时候是他。剩下的时间公平分配，今儿他待了一白天，晚上该换成我了。"孔末耸了耸肩，"怎么，想他了？"

范雨希摇了摇头："现在不是说这些的时候。"

孔末变得严肃起来："放心吧，我会帮你把杀害恭爷的凶手绳之以法的。"

"你刚刚去哪儿了？"范雨希问。

"我去看了看阿二的情况。"孔末答道。

阿二就住在附近的宾馆里，两人为了稳住他，没有将对他的敌意表露出来。

"怎么样？"

孔末摇头："他老老实实地待在宾馆的房间里，早早地关了灯。为了不让我们起疑，近期，恐怕他不会和恭嘉明会面。"

"阿二否认知晓遗嘱的事，但如果遗嘱上发现了他的指纹，他就圆不了谎了。只要他能站出来说清楚，就算无法将恭嘉明定罪，也可以让真正跟随恭爷的人站到我们这边。"范雨希说。

"阿二在恭家大院里端茶递水，手上沾了不少油污，如果他触碰过遗嘱，便一定会在纸上留下肉眼难见但又不容易被擦去的指纹。"孔末说，"难题在于，我们怎么样才能得到那份遗嘱。"

"我有办法。"

第 2 6 章
间谍

　　翌日，朱晓刚到南港支队，化验组便向他递来了一份检验报告。昨夜，负责勘验和取证的警察果真在藏书间内发现了一片干涸的唾沫，提取化验后，唾沫的主人被锁定为彭云。

　　朱晓推断："彭云去过藏书间，那他就一定是'先知''间谍'或'幸运儿'中的一人。"

　　这时，白洋凑了上来："朱队，我看那彭云像'先知'。"

　　朱晓皱眉，他讯问众人时，白洋并不在场。如今，白洋越发显得聪明，甚至不再掩盖自己的实力了。白洋毫不顾忌地与朱晓对视，那眼神仿佛在挑衅朱晓。

　　朱晓的火气涌上心头："没事别在支队里瞎晃悠，一个协警而已，还轮不到你发表看法。"

　　白洋摊着手，一边往外走，一边说："再过几个月，等我过了警察考试，我就不是协警了。"

　　朱晓调整好心情后，又从技术队办公室拿到了另一份资料，看过之后，立即吩咐人将严平带到审讯室。严平的表现算不上太紧张，朱晓乐呵呵地坐到他的面前："哥们儿，现在该说实话了吧？"

"我早就说实话了，我是'平民'。"严平不与朱晓对视。

"这会儿，你没机会撒谎了。"朱晓咧着嘴笑，"昨儿，我发现那栋游戏屋里一点儿信号都没有，于是就让技术队去查了一下，碰碰运气。你猜怎么着，我还真碰着了。"

技术队查了每一个人的手机信号与附近基站的信号、网络连接状态，发现至案发当天两点半时，众人原本登录于手机社交软件上的社交账号全掉线了，这与众人所说进入游戏屋的时间吻合。

"你们进入游戏屋后，穿了游戏服装，又抽了剧本，游戏正式开始于两点五十分。"朱晓说，"'土匪'的剧本中显示，他需要将你们蒙上眼睛并带到密室，随后给定时锁上锁。五个人，五间密室，我让人试验过了，全程需要十分钟左右的时间。也就是说，纪罡完成这一切大约在三点钟，且误差范围在两分钟以内。"

严平终于紧张了："什么意思？"

"技术队发现，三点过八分时，你的社交账号又登录了，IP位置就在那片绿地里。"朱晓的手指轻敲着桌面，见严平忽然间大汗淋漓，继续笑着说，"也就是说，你在三点过八分时，离开了那栋游戏屋，手机恢复了信号和网络，因此，社交账号才自动登录。纪罡离开密室时是三点钟，而十分钟之内，'先知'无法离开密室，能出密室的只有'间谍'和解开谜题从暗门离开的'幸运儿'。"

严平的手终于开始颤抖，不等他开口，朱晓又撒了个谎："俞宁那小子心理素质太差，已经交代了他'幸运儿'的身份。所以，你是'间谍'。"

严平抢过话，承认了："我是'间谍'，但我没有杀人，我之所以出游戏屋，是忽然想起我有一封紧急邮件要收！"

朱晓摆手："别着急，我给你时间考虑该怎么说。希望这一次，你不要撒谎了。"

严平被带走了，彭云又被带了进来。

"我们在藏书间里发现了你的唾沫星子。我们已经找到证据证明严平是'间谍'，俞宁是'幸运儿'，能够离开密室并进入藏书间的只剩下'先知'。"朱晓半真半假地指明了严平的身份。

彭云不断咽着口水，虽然默不作声，但他的表情已经承认了。

"我们翻了你的手机和电脑，发现上面有不少解密游戏。好家伙，每一个游戏都快被你通关了。"朱晓赞叹道，"你很擅长玩同类型的游戏。你进入藏书间后，一定不难推理出钥匙藏在与时间有关的书内。动了钥匙的是你吧？"

彭云的心理防线终于被击垮，低下了头："是。"

朱晓依旧没有着急接着讯问，而是让人带走彭云后，又将俞宁带来了。

"我已经确定'先知'和'间谍'的身份了，你要么是'幸运儿'，要么是'平民'。"朱晓来到俞宁的身后，双手撑在他的肩上，"你是要自己承认呢，还是我拿证据出来指认你的身份？"

俞宁的肩头颤抖，支支吾吾地说："我是'平民'。"

朱晓在心里暗笑，范雨希说得不错，俞宁是最容易被攻破心理防线的一人。

"你可想清楚了，自己招认了，我们还可以大事化小，小事化了。"朱晓又回到座位上，与俞宁面对面，"一旦我们拿出证据证明你撒谎，就算你没有杀人，也需要负刑事责任。"

俞宁的眼皮正在以肉眼可见的速度跳动着："你们有证据？"

朱晓悠闲地跷起了腿："你也可以认为我们没有。"

接下来的十分钟里，朱晓什么也不说了，眼睛却死盯着俞宁。俞宁的呼吸越来越急促："我是'幸运儿'。"

终于，每一个人的游戏身份都被确认，与范雨希的推测分毫不差。

天还未亮时，孔末便走出了范雨希的家。为了不吵醒范雨希，他踏上窗台，从二层楼上跃了下来。这一次，他还小心翼翼地擦拭了鞋底，不再在窗台上留下脚印。落地时，他险些崴脚。

当清晨的第一道曙光从天际倾泻下来，孔末驾着快艇来到了一座小岛上。岛上有一栋气派的别墅，他走到门前，正要按门铃，却发现门没有上锁，于是推门进去。

屋里的沙发上坐着一个留着寸发的男人，身形瘦壮，背对着他，他看不清对方的脸。

"你是谁？"孔末警惕地问。

"能给你的未来带去转机的人。"男人没有转过身来。

"昨夜为什么没有赴约？"孔末又问。

几天前，孔末接到了一个神秘的电话。男人在电话里说穿了孔末的心思，并约他见面。可是，昨夜他前去赴约时，男人却没有现身。今日一早，男人又一次约他见面。

"确认。"男人平静地说。

"你认为我在被爽了一次约之后，还愿意来见你，就一定是真心想跟着你吗？"

"当你第一次赴约，我就已经确认了。"男人说，"我是在给你时间确认自己的决心，给了你一个反悔的机会。"

孔末苦笑："我不会反悔。"

孔末想起了几个月前在京市生不如死的那段日子。每一天，他都被困在实验室的透明玻璃里，身上接满了仪器的线路，赤裸裸地暴露在医生们的眼皮下，毫无尊严可言。医生们监测着他的情绪起伏，不断用花言巧语引导着他自愿从这个世界离开。当他终于受不了，试图逃离实验室，却又被医生们抓了回去，每一个人的眼神里都充满了对他的厌恶。从前，那种眼神都是看向另一个他的。他分明什么也没做错，却忽然间被整个世界厌恶和抛弃，而另一个他却享受着远高于他的待遇。从那一刻起，他变了，再也不愿意冒着生命危险去帮助和保护那些遗弃他的人，他要报复，让所有人都后悔抛弃他而选择另一个他。

"仅仅因为如此？"男人突然问。

孔末欲言又止。只有他清楚背叛朱晓的真正原因，但他不能讲，因为这个世界上还有需要他守口如瓶地保护的人。

"你说你能帮我。我需要知道你的身份。"孔末换了一个话题，朝前走去，试图看清男人的侧脸。

"你再往前走一步，就会死在我的枪口下。"男人掏出了一支枪，语气里夹杂着一丝兴奋，与先前平静如水的模样判若两人。

孔末止住步伐，谨慎地四处望了望："我凭什么相信你有能力帮助我？"

"不久后，朱晓将会被赶出南港支队。这能力足够了吗？"男人戏谑地问，而后像个疯子一样尖锐地笑出了声。

孔末一惊："你是暗光的人？"

乍然间，男人的语气又变得随和："邪恶之人的心永远也聚不到一起。这便是邪恶与正义的区别。"

"你是说，暗光的人心不齐？"孔末的内心一凛，男人已然承认自己与暗光有关，而且看似身份不低。

"我的加入将暗光分成了两派。两派里，我更弱小。你愿意跟着我吗？"

"你的目的是什么？"

男人没有回答。

"另一派的幕后黑手是谁？"孔末又问。

"有人称他'天叔'。"男人摇了摇头，"没有人知道他的真实身份，我有所怀疑，但不确定。我甚至连猎手榜的名单都没看过。"

"我只是一个必须与别人共享同一具皮囊的人，我没有自由。对你来说，有更多好的选择，为什么偏偏选择了我？"孔末又问。

"我看到你，想到了曾经的我。"男人微微叹息，尽显悲哀。

"你到底是谁！"

男人站起身，缓缓转了过来。孔末看清男人的容貌时，惊得合不拢嘴："警方为了找你而大动干戈，你竟然加入了暗光！方涵！"

212

犯罪嫌疑人被朱晓锁定在彭云、严平和俞宁三人之中。金丽珠和高洪亮因没有作案时间且有不在场证明而被排除嫌疑，离开了南港支队。确定了每个犯罪嫌疑人的身份后，朱晓又一次感受到了压力，因为案情并没有变得明朗起来。

　　最先离开密室的是"间谍"严平。他说，他到游戏屋外收邮件时，远远地看见纪罔站在泳池旁犹豫，还未下水，他收了邮件之后，立即回去继续游戏，眼看已经过了十分钟，又进了密室，以免"间谍"的身份暴露。严平的社交账号在案发当天三点过八分时登录，不到一分钟又退出了，朱晓据此判断他在游戏屋外只待了一分钟。

　　一分钟的时间不足以让严平将挣扎的纪罔推入水中；若是偷袭杀人，倒可以缩短作案时间，但他需要在纪罔没有察觉的情况下蹑手蹑脚地接近泳池，一分钟时间恐怕难以办到。然而，倘若严平并非凶手，在众人交流决定不再继续游戏时，又为什么要撒谎，冒充"平民"？

　　在众人离开游戏屋发现尸体前有过交流，当时，五人都明确表态自己被困密室半个小时。高洪亮和金丽珠是"平民"，没有撒谎；倘若"幸运儿"俞宁没能打开暗门，也可能没有撒谎；肯定撒了谎的是"先知"彭云和"间谍"严平。

　　朱晓甚至怀疑，这起案子至少由两人共谋完成，否则无法解释彭云和严平为什么在众人发现尸体前就撒谎排除自己的嫌疑。对此，严平牵强地解释，他过于融入游戏，担心众人以不继续游戏为由，将他"间谍"的身份诈出来，于是撒了谎。他回密室时，已经发现彭云是"先知"，但为了圆自己的谎，没有揭露出来。

　　俞宁回忆起刚出密室时与众人的交谈，坚持自己并未撒谎，因为他的说法是他也被困密室半个小时，而没有谎称自己是"平民"。他是到警方讯问时，才坚称自己的身份是"平民"，因为他知道只有"平民"没有作案时间，又见其他人都说自己是"平民"，于是跟着扯谎否认了"幸运儿"的身份。

　　彭云向警方供述，他离开密室后，第一时间去往了藏书间，并靠着经常玩同类型游戏锻炼出的敏锐度找到了电子钥匙。他原本打算去解救众人，但想起众人对这个项目不怎么感兴趣，又想检验一下自己长期玩同类型游戏的成果，于是决定独自闯关。电子钥匙离开藏书间两分钟后就会失效，于是他将钥匙换了一个触手可及的地方藏，方便返回时一摸就能拿到。他在下一个房间内寻找"宝物"时，透过窗户目睹了泳池内已经死亡的纪罔，由于担心被怀疑，所以在满三十分钟时回到密室外，装作也是刚出来的模样并撒谎。

朱晓细细地推敲，一口断定："俞宁和彭云说的有可能是真的，也可能是假的，但严平一定还在撒谎。"

严平握有的微型遥控器被丢弃在游戏屋内的角落里，俞宁握有的电子遥控器被丢弃在泳池附近。假设俞宁所说为真，那电子遥控器被丢弃的位置恰好符合他的心理：发现尸体后，才将电子遥控器丢弃。而严平的微型遥控器却是被随手抛在了游戏屋内，即使他对这个项目不感兴趣，也不至于乱扔朋友的东西，除非他的心里有鬼。

"朱队，接下来咱们怎么办？"

朱晓想了想说："'间谍'的嫌疑最大。咱们到游戏屋内再走一遭，先判断彭云和俞宁有没有撒谎。"

朱晓带上两名警察正要往外走，法医急匆匆地跑了过来："朱队，尸检结果有新发现。"

法医实验室反复地检验尸体，发现了先前被忽略的细节：死者左手腕处的皮肤比周遭的皮肤白，白印子呈手表状。

"死者戴手表？"朱晓问，"现场有发现死者的手表吗？"

警察马上前去确认，回来后回答："没发现手表。不过，物证处的人说，咱们在案发现场带回来的东西里有一块圆形的金属，判断过后确认是手表背部的圆盖子，上面有磕碰过的痕迹。还有一块纽扣电池，是在泳池边上发现的。"

"池底查过了吗？"朱晓疑惑道，"没发现死者的手表？"

"没有。"

吴点点回到南港后，在火车站被范雨希拦住了。她的心里有些紧张，拍着脑袋打招呼："呀，你是范雨希，我们在京市见过。"

"有事请你帮忙。"范雨希说着，将吴点点带进了一间安静的咖啡屋。

从南港至京市，范雨希总是以不同的理由涉案，吴点点知道，范雨希一定是暗光的怀疑对象。朱晓对每一个线人的身份都守口如瓶，吴点点并不确定范雨希的身份，相反，她确信，朱晓不会主动对范雨希暴露她的身份。人们都说范雨希能窥探人心，她在心里担忧：难道范雨希看透了她的身份？

"你怎么知道我在火车站？"

"我在南港有一些人脉，找一个人不是什么难事。"范雨希平淡地说。

"你找我帮什么忙？"吴点点继续试探，"我们之间好像不是很熟，有我必须帮你的理由吗？"

范雨希一眼便看穿了吴点点的心思，但仍然没有表露出已经知晓吴点点身份的迹象："你四处打工，总不会和钱过不去。"

"那你说说看。"

"我要你重操旧业，替我偷一件东西。"

吴点点立马站了起来："我不干。"

范雨希给她丢了一张银行卡："只要你同意，密码我会马上发给你。给你一天的时间考虑。"

范雨希说罢，便离开了。没多久，她接到了朱晓气势汹汹的电话："你和'鬼手'接触，为什么不提前向我报备！"

"和你说了，你怎么可能同意？"范雨希说，"而且，我早就告诫过你，此人心思不纯，我会替你试探她。"

朱晓冷静了下来："倘若她心思纯正，离开了又甘愿回来，我会好好用她。"

"等试探过后再说吧。"

第 27 章
时间

朱晓带着人来到了绿地里的泳池旁，盯着岸上的一个大匣子看了许久，匣子上印着四个红字：救生装备。

"朱队，咱的人捞遍了池底，就是没有发现纪罔的手表。"

"我就不信邪了。"朱晓说罢，扑进了泳池，游到了池底。

即使是在冬季的室外，泳池里的水依然保持着令人体舒适的温度。泳池是游戏的一部分，纪罔为了打造高端的"剧本杀"项目，下了血本。泳池最浅处三米，最深的地方达到近五米。水很干净，清澈见底，朱晓在池底摸索了一番，果然什么也没发现，之后将脑袋探出水面，大口大口地呼吸着空气。

"纪罔这家伙也是可怜，死在了自己造的泳池里。"朱晓说罢，又潜入了水底，这一次，他游到了泳池的四壁。

过了一会儿，朱晓发现了四壁上的排水口。纪罔的命案发生后，泳池内的水没有替换过，想到这儿，他潜至壁底，将手伸进了排水口的管道内，摸索第四个排水口时，忽然摸到了什么坚硬的东西。

朱晓握紧那东西，滴着一身水，上了岸。冷风袭来，他不自觉地打了个喷嚏，白洋倒是有眼力见，立刻脱下身上的外套为他披上。朱晓摊开手心，责骂手下："要是全天下的警察都像你们这么粗心，还破个屁的案！"

朱晓的手心里攥着的正是一块金属手表，表面完好无损，但背面的盖子和纽扣电池早已经不知去向，表带上的细小螺丝已经脱落，表带无法正常扣上。表芯内没有浸水，时针和分针指向的时间为三点十五分。

一名警察问："朱队，咱找这块表干什么？能当证据吗？"

"案发现场的东西，甭管能不能当证据，都要带回支队，你不知道这规矩吗？"朱晓又打了一个喷嚏，"再说，谁说这块表不是证物了？"

白洋忽然说："它能确定死者落水的精确时间。"

其余警察摸不着头脑，朱晓指着他们，话里有话地骂道："你们当了这么多年警察，连一名协警都比不上！"

白洋感受到朱晓的针锋相对，耸了耸肩，站到一旁。

"我推测这块表是死者落水时脱手的，后盖和纽扣电池摔了出来，表掉进了水里，表的指针不会再转。"朱晓说，"纪罔的落水时间就是下午三点十五分。"

"朱队，不对啊，您怎么能确定这块表不是凶手扯下后丢进水里的？"那名警察仍然摸不着头脑。

"表带上的小螺丝掉了，凶手戴着手套作案，没有办法干这么精细的活。人的指纹上有油脂，油脂不溶于水，你要是不信，回头验一下表上的指纹就知道了。小螺丝是在磕碰的过程中掉落的，磕碰的位置就在这儿。"朱晓指着泳池的边缘，那里有一个不易察觉的小豁口，"死者落水时，手上戴的表磕到了这里，小螺丝掉了，表带脱了手，由于力的作用，表掉进了水里，纽扣电池和后盖弹到了岸上。死者身上没有抵抗伤，更可能是被偷袭遇害的，凶手既要扯断求生腰带的绑带，又要将死者推入水内，难不成还有时间在手表掉落时接住手表？"

那名警察恍然大悟，却又随即提出了另一个问题："表的指针不会因震荡和进水而发生偏移吗？"

"没吃过猪肉，还没见过猪跑？"朱晓说，"这是块名表，贵得很，防震荡和防水都做得很好。"

朱晓大胆地用力甩了甩手表，果然，手表的指针没有发生偏移。

吴点点在朱晓的首肯下，答应帮助范雨希，并据此推断范雨希确实是朱晓的线人。但这一切都是朱晓和范雨希故意让吴点点知道的，一旦吴点点有异心，朱晓将在第一时间将她逮捕。

中午时分，恭嘉明接到阿二的通风报信，得知范雨希打算去医院和火葬场逼问被他收买的几人，他放心不下，离开了恭家大院，亲自前去阻拦。吴点点则乔装成下人，带着扫帚和簸箕进了恭家大院。

恭家大院很大，每天都有人修剪花草和打扫院落，恭临城去世不久，恭家大院里乱成一团，没有人怀疑她。她进了恭家大院后，迅速分辨了方位和房间分布，悄悄地寻找着遗嘱。

恭嘉明赶到医院后，发现范雨希还没到，立即给了两名医生一笔钱，让他们举家离开，出去避避风头。随后，他又火速赶往火葬场，找到亲手将恭临城推进火化炉的工作员，将他也打发走。

恭嘉明放下心后，回到了恭家大院，进门时与正要离开的吴点点撞了个正着。吴点点躬身打了招呼后，匆匆离开。当恭嘉明察觉异常，回房发现遗嘱丢失时，想起了与他擦肩而过的可疑下人，立刻派人追击，又马上打电话给阿二。可是，阿二的电话却怎么也打不通了。

吴点点偷得遗嘱后，来到了与范雨希约定的荒郊，等了许久也没等到范雨希，倒见一人飞速跑过。曾经朱晓给她看过蒋海的照片，她顿时认了出来，那人正是朱晓口中疑似猎手的蒋海。她四处查看，又发现了一片血泊，沿着血印走去，在一片草丛里发现了浑身被鲜血染红的范雨希。

"你怎么了！"吴点点惊慌道。

范雨希吃力地睁开眼睛，虚弱地说："替我打个电话给朱晓，通知他，我被猎手袭击。"

"猎手！"吴点点一怔，警惕地观察四周。

"快！"范雨希催促。

吴点点问："你真的是线人吗？"

"你不也是吗？"范雨希反问。

吴点点终于从范雨希口中证实了她的身份，伸手探向范雨希。

范雨希的目光陡然冷厉，准备随时反击。朱晓之所以对吴点点怀有强烈的戒心，全因她在潜入井娅的酒馆时所犯的低级错误。倘若吴点点刻意犯错提醒井娅，必然就是暗光的猎手，而猎手一旦得到证据确定线人的身份，便会动手猎杀。

为了不让吴点点产生怀疑，范雨希让孔末冒险地将近期四处寻找他们的蒋海引至附近，让吴点点确信她是被蒋海所伤。一旦吴点点在此时对她出手，便可以确定吴点点是敌人。

绿地内，朱晓带着一身湿走进了游戏屋。他们沿着分岔路来到了彭云所说的下一间藏有宝物的房间。房间里漆黑一片，没有能够透光的窗子。

"我就说彭云在撒谎，哪有什么窗子？"

"游戏屋里的机关每隔三个小时自动重置一次，我们得把这间房间的游戏走上一遍。"朱晓说。

彭云声称找到电子钥匙后，选择独自继续寻找宝物，他来到了此处，但因无意间透过窗子发现尸体后，惊慌过度，想不起在这间房间里玩了什么。朱晓坚信，只要彭云确实在房间里耗了时间，总会留下痕迹，于是带着众人在房间内的机关布置里寻找蛛丝马迹。

"朱队，这屋子这么黑，窗户透进来的光不足以让彭云继续游戏吧？"

朱晓走到房间外，房门上挂着一张迷宫图，迷宫上的金属凹槽构成了走道，迷宫的入口凹槽内有一颗可移动的钢珠，旁边有一行小字提示：离开迷宫，便可看见光。

朱晓一边摆弄着钢珠，一边说："走出迷宫，房间应该就亮了。"

十几分钟过去，朱晓被眼花缭乱的迷宫走道折腾得心烦意乱。白洋忽然接手，仅用了十几秒就将钢珠推到了出口。迷宫走道的尽头凹槽上有一块金属片，钢珠触碰金属片后，房间里的灯亮了起来。

"白洋，你可以啊！以前看你稀里糊涂的，没想到这么聪明。"一名警察对着白洋竖起大拇指。

朱晓再次望向这间四十多平方米大的房间，里面堆满了柜子和看上去稀奇古怪的物件，墙角屯放着一个盒子，盒子上了锁，需要输入正确的数字密码才能够打开。

"找密码。"朱晓命令道。

一名警察问："朱队，您确定咱们要浪费时间？彭云撒谎了，不是一眼就能看出来了吗？"

"少废话！"朱晓骂骂咧咧地找起了盒子的密码。

这间房间里的机关太多了，朱晓和白洋等人摸索了近三个小时，开启了十几道机关，才终于从一个隐形抽屉里找到一把普通的钥匙。

"朱队，墙上还有一个上了锁的柜子没有打开。"白洋提醒。

朱晓大步走向柜子，用钥匙打开柜门后，在里面发现了一顶渔夫帽。渔夫帽上连接着一根可拉伸的电线，看上去有些古怪。

"天哪，这游戏是人玩的吗，怎么还找不到密码？"一名警察抱怨。

朱晓双手端着渔夫帽，想了许久，突发奇想地将它扣在了头上。陡然间，房间里响起了震耳欲聋的音乐声，墙上的机关被触动，开了一道脑袋大小的口子，夕阳的余晖从口子里照进来，直射在对面的墙上。在光的作用下，墙上慢慢浮现出了一串数字。

"密码！"那名警察激动地输入数字，打开了盒子，拿到了里面的宝物。

朱晓透过口子，向外望去，泳池内的动静尽收眼底。

"这就是彭云说的窗户。"朱晓摘下帽子，那道口子的机关又关上了，他看了看手表，"马上就三个小时了，机关将重置，我们重新玩一遍。"

几名警察不明白朱晓的意图，但也不敢反对。机关重置后，他们又从门外的迷宫开始，重玩游戏。在已经知晓谜底的情况下，众人用了十八分钟拿到了开启盒子的密码。

"这间屋子的许多机关，解密后需要等待一段时间才能开启。即使知晓谜底，最快也需要连续玩十八分钟才能得到密码。如果中途离开房间，已经解密的机关会重置。"朱晓推算，"纪罔动身前往泳池的时间是三点钟，死于三点十五分。彭云离开密室的时间是三点十分，假设他是凶手，又必须连续在这间房间里玩游戏，那必须是先杀人，再回游戏屋。他杀完人回游戏屋的时间是三点十五分后，但是，就算他再聪明，再擅长玩这类游戏，戴上渔夫帽开启窗户也最少需要十八分钟，五分钟加十八分钟，一共二十三分钟，他拥有的时间是二十分钟，赶不及在定时锁自动开启时回密室，而且，这还不算他去找电子钥匙的时间、途中损耗的时间以及咱们计算误差的时间。假设不成立，他不是凶手。"

"可是，游戏的总剧本不是在案发前一晚的酒局上丢了吗？凶手不需要玩游戏，看总剧本就能知道戴了渔夫帽后可以开启正对泳池的窗户，很可能是彭云偷了总剧本，对我们撒谎。"

"倒有这个可能。"朱晓琢磨着，突然看向那顶渔夫帽，"把它装好，带回去。"

天快黑了，朱晓又带着众人来到关押"幸运儿"的密室。下一步，朱晓需要确认俞宁是否在案发期间通过暗门离开过。

"俞宁那家伙没头脑，心理素质又差，我猜他真的被困了半个小时。"

"靠猜能破案？"朱晓指挥，"找证据！"

深夜，白洋结束了一天的工作，朝住处走去，经过一条胡同时，一人拦住了他的去路。

"蒋海？"白洋唤出了对方的名字。

"一直听说，猎手名单上的猎手分属两派。"蒋海倚着墙，"我想知道，你属于哪派？"

"你说什么？"

"别装了。我看过猎手名单，第四个名字就是你，白洋！"

白洋的眼睛眯成了一条缝："听'毒姐'说，你快要不受控了。现在看来，确实如此。如果不想死得太快，我劝你收敛点。"

"'毒姐'只能调动和她同属一派的猎手，这么说，咱们都归'毒姐'管。不过我知道，'毒姐'上面还有人。"蒋海慢慢地走向白洋，"你知道，咱们这一派的老大'天叔'是谁吗？"

白洋的声音忽地阴冷："你想知道的同样也是我想知道的。"

"看来你的权限也不高。"蒋海嘲讽道。

白洋猛地掏出了一柄看上去有些古怪的枪："趁我还没有发火，滚吧。"

"自制气枪？"蒋海发觉了这把枪的古怪，"早就听说猎手榜上有一个精通自制武器的猎手，号称'武器库'，看来你就是传闻中没有武器造不出来的那个高手。"

白洋位居猎手榜第四，尽管名次比蒋海靠后，但蒋海丝毫不敢小瞧对方，不再问，而是笑道："你倒厉害，竟然以协警的身份混进了南港支队。如果我猜得不错，是赵彦辉把你安排进去的吧？也不知道'毒姐'那家伙抓住了赵彦辉的什么把柄。"

白洋收起了杀意："看在你和我同为'天叔'做事的分儿上，我警告你，别违抗'毒姐'的命令。"

"朱晓那家伙不简单，你进南港支队这么久，应该快要瞒不住他了，还有心思担心我？"

"朱晓？"白洋不屑地扬起了嘴角，"'毒姐'说，他很快就会被赶走。"

白洋不愿与蒋海攀谈太久，走出胡同，进家门时，接到了赵彦辉的电话，立刻恢复了平时的语气："赵队，这么晚了，您还没歇着？"

"我听人说，最近你有点针对朱晓？"

白洋忙喊冤："赵队，我哪敢啊，您是听谁说的？"

"甭管我听谁说的，我告诉你，收敛着，别给我惹麻烦！当初，井娅非要向我推荐你，我见正好协警组招人，才勉强同意了。过几个月，如果你没考上警察，协警合同期限一到，我就不留你了，免得招人闲话！"

"您放心。"

朱晓忙着调查，在队里过夜，就在刚刚，他将"幸运儿"俞宁的犯罪嫌疑彻底排除了。

众人在游戏屋时，解开了电子遥控器上随机出现的谜题。暗门即将开启的那一刻，游戏屋突然断电。重新拉起电闸后，众人反复试验，发现暗门开启时，游戏屋总会断电。

朱晓找了专业的电工排查后发现，控制暗门的电路有些问题，一旦通电，就会影响整个游戏屋的电路运转。他推测，当初游戏屋施工时，工人粗心大意地犯了错，将暗门的电路与其他电路串联了。他暗道俞宁傻人有傻福，果真是个幸运儿。案发期间，游戏屋内的供电一切正常，没有出现跳闸，于是可以判断，俞宁真的没能成功解密，在密室里待了三十分钟，中途没有离开过。

于是，犯罪嫌疑人的范围进一步缩小，仅剩彭云和严平二人。

朱晓在法医实验室外来来回回地走动，等了好几个小时，门终于开了。

"朱队，我们在渔夫帽上发现了几根头发，经DNA比对，确定有一根头发属于彭云。"法医汇报。

朱晓一拍手："五六十岁的人果真容易脱发！"

"朱队，上面也发现了您的头发。"法医打趣道。

朱晓尴尬地挠了挠头，心里大喜。他看见渔夫帽时，便猜测倘若彭云真的玩了游戏，就会在上面留下头发。那间房里的机关一道接一道，是有顺序的，彭云要得到渔夫帽，必须通过先前的所有关卡，这足以证明他真的在那间房里耗费了十八分钟。

彭云缺乏作案时间，也被排除了犯罪嫌疑。

"凶手是严平！"朱晓大步走向审讯室，准备再审严平，经过技术队办公室时，有人叫住了他。

"朱队，您不是让人把密室的定时锁都拆回来了吗？我们加班检测了。"

取证工作进行到了这一步，朱晓不再畏惧动用机关会损坏游戏屋内的痕迹，派人将定时锁拆卸并交给技术队了。

"怎么了？"

"我们发现，每一个定时锁里都有一块芯片，能记录近期定时锁使用的时间和次数。"

朱晓看了检验报告后，愣道："严平也不是凶手！难道这真的是一起'密室杀人案'……"

第 28 章
密室

"你怎么了？"范雨希问一脸憔悴的孔末。

这两日，孔末的心情异常暴躁，觉得自己像脱缰的野马，几乎无法抑制情绪。从前，他与另一个孔末共享记忆，即使在身体不归自己控制时，也能感觉到自己的存在。那是一种无法用言语道明的神奇状态，当身体的控制权回归自己，他能在一瞬间知道另一个孔末干了什么，但现在不可以了，另一个孔末控制身体期间的记忆一片混沌，像无尽的黑夜，看不见曙光。他总觉得自己去过什么地方、见过什么人，但什么也记不起来。

孔末捂着发痛的脑袋，范雨希担忧地攥着他的手，掌心传来的温度令他强行冷静下来，摇了摇头，挤出一抹苦笑："没事。"

范雨希退出孔末的房间后，看见正在门外等候的吴点点，扫了一眼窗外漆黑的夜色，问："不多睡一会儿？"

吴点点揉着惺忪的睡眼："小偷小摸习惯了，听到点动静就醒了。你和孔末睡一起了？"

范雨希的脸颊发烫，急忙否认。昨夜，她与另一个孔末商量扳倒恭嘉明的对策直至天快亮。孔末切换了人格后，头疼得厉害，她这才在孔末的房里多待了一会儿。

"孔末也是线人吗？"

范雨希将手指竖在双唇前，佯装谨慎："他不是，我们的身份要对他保密。"

范雨希早已是暗光的目标，暗光之所以没对她动手，只是还没拿到确凿的证据而已，但孔末不一样。

昨天，吴点点经受住了范雨希和朱晓的考验，但为了孔末的安全，范雨希只透露了自己的身份。

吴点点的肩头担着重担，被远在山区的母亲和弟弟压榨着，当范雨希了解吴点点的经历后，终于明白为什么会从她的脸上看到那么多不纯粹了。

范雨希出了住处，来到了一间出租屋里，阿二被五花大绑在一条凳子上，嘴被胶带封上了。昨天，阿二向恭嘉明通风报信，使恭嘉明中了调虎离山之计后，便被范雨希捆到了这里。

阿二见了范雨希，不断挣扎着，嘴上的胶带被用力撕下后，闷哼了一声："希姐，我错了，是恭嘉明逼我监视你们的，您饶了我吧！"

范雨希掏出一柄小刀架在阿二的脖子上："你知道吗，现在我恨不得将你千刀万剐！恭爷待你不薄，你怎么下得去手！"

阿二被吓破了胆："恭爷不是我杀的！"

"到现在还在撒谎吗？如果他不是你杀的，那么碎药碗怎么会被人调包！"范雨希的眼眶发红，"我比对了你的指纹，遗嘱上有你的指印，为什么你要谎称从不知道恭爷立了遗嘱！"

阿二瞠目结舌，终于明白昨天范雨希取走他指纹的目的了。

范雨希偷走了遗嘱，但恭嘉明早已经办完了继承手续，遗嘱也有备份，她阻止不了恭嘉明继承恭家大院。

"你大概还不知道，恭爷让你去立遗嘱的时候，我就躲在厅堂后面。"范雨希手里一用力，刀锋轻轻割破了阿二颈部的皮肤。

阿二哭着求饶："希姐，饶命！饶命！我愿意为你指证恭嘉明！"

范雨希深吸了一口气，将小刀随手抛在地上："就算你死千遍万遍，也消不了我的心头之恨！光靠你的指认，恭嘉明大可反咬一口。我快要找到他贩毒的罪证了，等我把他送进监狱，再找你算账！"

范雨希说罢，又将阿二的嘴堵上，气势汹汹地离去。阿二喘着粗气，目光瞥见了被范雨希遗忘在地上的小刀，扬起了嘴角。

天才刚亮，赵彦辉一进南港支队，便听说案情更加扑朔迷离了。他找来朱晓，朱晓刚踏进办公室便质问："怎么回事？昨儿不是说马上就能破案了吗？"

朱晓将一份侦查报告丢给赵彦辉，拿起杯子接了杯热水，一屁股坐下："您看看吧，彭云、俞宁和严平都不是凶手。"

赵彦辉突然怒斥："你当这儿是你家吗？我让你坐了吗！"

朱晓差点儿呛了水，赶紧站了起来，问："赵队，您这是吃炸药了？"

赵彦辉冷哼，拿起侦查报告翻阅。

技术队将定时锁卸下来后，有了新的发现。定时锁内具备记录功能的芯片显示，严平所处的密室在那轮游戏内分别关闭和开启过五次。第一次关闭的时间为三点整，第一次开启的时间在三点过两分；第二次关闭的时间也在三点过两分，第二次开启的时间在三点十四分；第三次关闭的时间也在三点十四分，第三次开启的时间是在三点十九分；第四次关闭的时间在三点十九分，第四次开启的时间在三点二十二分；第五次关闭的时间也在三点二十二分，第五次开启的时间在三点三十分。

"什么意思？"赵彦辉看着报告上满满的文字，晕乎乎地问。

"第一次关闭是游戏正式开始后十分钟，纪罔将众人关进密室，定时锁自动上锁，默认定时三十分钟，时间为三点整，与我们先前估算的时间一致；纪罔走后，严平用'间谍'的微型遥控器打开了密室的门，这是第一次开启，时间在三点过两分，为了不让别人发现他出来，于是他马上锁上空的密室，并将定时锁的剩余时间设定为和其他人一样，于是又有了第二次关闭，时间也在三点过两分；他在游戏屋里绕了一会儿，想起需要接收重要邮件，于是离开游戏屋，那时是三点过八分，回到游戏屋后，他应该又绕了一会儿，琢磨着'先知'可能要回来了，于是回到密室，第二次开启定时锁，时间为三点十四分，进了密室后，又需要用微型遥控器将定时锁的剩余时间设定为与其他人一样，这是第三次关闭，时间也在三点十四分；在三点十九分的时候，他又离开密室，并将空的密室关闭，这是第三次开启和第四次关闭；三点二十二分，他回到密室，需要先开启定时锁，进入密室后，又一次通过遥控器设定定时锁，这是第四次开启和第五次关闭；三点半，所有人的定时锁自动打开，由于严平事先将定时锁的剩余时间设定为与其他人一样，所以定时锁也自动开启，这是第五次开启。"

赵彦辉终于懂了，游戏开始后，严平先后独自离开、进入过密室两趟，加上众人被纪罔带入密室和离开密室的那一趟，定时锁留下了五次开启和五次关闭的记录。他问："怎么证明严平不是凶手？"

"纪罔死于三点十五分，而三点十四分至十五分内，严平用遥控器设置过定时锁。遥控器的控制范围约为五米，所以案发时，严平一定是在密室附近，算上误差时间和来回的路程，他绝不可能是凶手。"朱晓解释。

"那他第二趟进出密室干吗了？"

"我讯问过了，这一次，这小子总算老实了。"朱晓说，"三点十九分时，他没见'先知'来替众人开锁，心里又都是公事，所以又离开密室，去游戏屋外发邮件去了。"

密室里很闷，严平心烦意乱，竟然把手机落在了密室内，白走了一趟，因此，警方通过网络和信号的端倪，只发现他在三点过八分时出了游戏屋，并未发现他第二趟走出游戏屋。严平说，他发现手机没带后，本想回去拿，但不经意扫了一眼泳池，发现了纪罔的尸体，犹豫了一番后，担心惹祸上身，立刻于三点二十二分回了密室。此后，他一直在密室里待到所有人一同从密室出来。

"赵队，彭云、俞宁和严平的犯罪嫌疑先后被排除了。根据定时锁芯片的记录，五名犯罪嫌疑人中，金丽珠和高洪亮也确实没有在案发时间内离开密室。表面上看，他们都不是凶手。"朱晓的面色凝重。

"你的意思是，除了这五人，还有其他人进入过绿地？"

朱晓摇头道："不，绿地的围墙处设有多个监控探头，全方位记录了游戏时段众人的进出情况，确实没有其他人进入过绿地。我的意思是，这真的是一起'密室杀人案'。而且，是一起与传统密室杀人案例相反的大案。"

这起"密室杀人案"并非死者身处密室，凶手可以自由活动，而是凶手处于密室内，死者能够自由活动。率先被排除嫌疑的金丽珠和高洪亮已经被重新传唤，等待讯问。

"这么说来，前一阵的侦查白忙活了？"赵彦辉的语气变了。

"怎么能说是白忙活了呢？至少金丽珠被排除了犯罪嫌疑。金丽珠不具备扯断救生腰带绑带的力气，除非她是个隐秘的女大力士。"朱晓总觉得赵彦辉老是找理由针对他，于是赶忙摆手，"接下来，我破解凶手的作案手法。"

赵彦辉点了点头："行了，今儿晚上，我请弟兄们吃顿饭，慰劳一下大伙儿。"

朱晓诧异道："吃饭？"

范雨希又一次到出租屋给阿二送饭时，凳子上早已经空空如也，只留了一地被割断的麻绳。此时，在恭家大院里惬意待着的恭嘉明忽然接到了阿二的电话："大哥，不好了！"

恭嘉明听闻阿二说的一切后，顿时大呼不妙："遗嘱果然是她派人偷走的！"

"大哥，接下来怎么办？"

恭嘉明的眼珠子转了转："不要慌，只要你不承认，就算他们偷得遗嘱，我们也可以反咬是他们在遗嘱上复刻了你的指纹。你先藏好，今晚我会与你见面。"

"不。"阿二竟然拒绝了，"大哥，我给您一个账号，往账号上打一笔钱。我马上离开南港。"

只有死人才不会说话，恭嘉明的眼底泛起杀意，原本打算杀人灭口，却不料阿二已有察觉。恭嘉明为了稳住阿二，便同意了。结束通话后，恭嘉明叫来了乔润："乔叔，我让你处理掉那两名医生和火葬场的工作员，搞定了吗？"

乔润点头，肯定道："放心，我的手下已经办妥了。"

"那再替我杀一个人，决不能让阿二活着离开。"恭嘉明吩咐道。

"我马上去安排。"乔润又问，"买家那儿又催了，我是不是再让他们等着？"

"不着急回答，容我想想。"恭嘉明犹豫了，"范雨希拿到了遗嘱，就算没法儿将我们定罪，也会一直找我们麻烦。警方盯我们太紧，今后在南港恐怕不好混。"

"您的意思是？"

"做好准备，到了万不得已的时候，将货出手，拿着钱，带上兄弟，到海外东山再起。"恭嘉明对南港并不留恋，更何况已经杀了恭临城，替母报仇了。

"那我选几十个可靠的兄弟和咱们一起走。"乔润说着，正要往外走，又被叫住。

"确定关闻泽的行踪了吗？"

"您放心，他和范雨希吵架后，离开了南港，我亲眼看着他登上火车的。"

恭嘉明长舒了一口气："暗光对猎手有约束，命令他们不能杀线人之外的人。好在关闻泽是个猎手。恭临城这老东西也真是可悲，到死了也就一个范雨希肯为他卖命！"

蒋海踏进了井娅的酒馆内，见只有井娅一人坐着，调侃道："您这小店该倒闭了吧？"

"这次找你来是向你下达任务的。"井娅将一个信封递给蒋海。

蒋海接过信封，坐下后打开扫了一眼，问："'天叔'让我杀朱晓？"

"朱晓才到南港不到一年，已经闹了这么大动静，他的命运必须和前任

230

副支队长余严春一样。"

蒋海不屑一笑："你们不是想让我离开南港吗？这会儿怎么想起我了？没人可用了？关闻泽呢？"

"蒋海，如果你真的不想活，大可以继续问不该问的问题。"井娅恫吓道。

"如果我猜得不错，关闻泽早已经不属于你们这派了。不过我很好奇，他的心不在你们这儿，却还与你们有交集，这是为什么呢？"蒋海仍然自顾自地发着问。

井娅的眼底闪过一抹阴冷："你知道得太多了。"

蒋海搓着手，将信封丢到桌上："你的如意算盘倒是打得响亮。朱晓好歹是一个副支队长，你让我杀他，我可不背这锅。"

"假如他很快就不是副支队长了呢？"

蒋海一怔："看来白洋说得不错，赵彦辉黑了。"

"即使你手里握有我将周旱抛尸大海的证据又怎样？"井娅警告，"先前不处理你，是为了不节外生枝。"

"也对，有赵彦辉替你撑腰，证据交给警方也没用。"蒋海不置可否，"不过，赵彦辉必然知道所有线人的身份，你直接问他不就好了？"

"他这样的人比谁都爱惜自己的羽毛，如果不是有自己的目的，不会自甘堕落，与我们为伍。找他帮点小忙都难，你以为，他真的会将警方的秘密全告诉我们？"

"你说杀就杀咯。"蒋海答应了，"不过，范雨希和孔末，我要一起杀。"

"没有证据，不可杀，这是暗光不变的规则。假如你得到孔末是线人的确凿证据，随你动手，但范雨希不能杀。"井娅再一次告诫。

"为什么？"

"她还有用。说不能杀，就不能杀，如果敢违背，你会马上死无葬身之地，没有任何余地！"

夜幕降临，赵彦辉请支队里的警察们到了自己的家里，亲自下厨张罗了一桌子好酒好菜。

　　"赵队，您这么大年纪了，怎么也不找个媳妇，一个人生活不累得慌？"有人在桌上调笑。

　　"年轻的时候倒是有个爱人。我不是去干卧底了吗，为了她的安全，就分了手。等几年后，我回了警队，就找不着她了。"赵彦辉喝了口闷酒，眼底满含唏嘘。

　　朱晓突然插嘴："赵队，是该找个人陪陪啦。我琢磨着，您常去喝酒那地方的老板娘就不错。"

　　桌上顿时陷入了一片死寂，赵彦辉不在意，说："朱晓，你这人和我年轻时候一样，看见什么就是什么。等再过些年，你的棱角被磨平了，就是一名合格的警察了。"

　　"像您这样吗？"朱晓毫不掩饰语气里的嘲讽。

　　立即有警察打圆场："难得出来喝喝酒，干杯！"

　　朱晓拒绝了："队里还有案子，我要回去了。"

　　赵彦辉起身，亲自给朱晓倒酒："大家都有案子，难得放松，也就只能喝一杯两杯，暖暖身子而已。"

　　众人的目光都聚焦在赵彦辉给朱晓递去的酒杯上，朱晓迟疑了片刻，接过酒杯，一饮而尽后，道别："急事，先走了。"

　　冷风呼啸，朱晓走到大街上，越走越晕，没一会儿就失去了知觉。等他再醒来，发现自己浑身赤裸地躺在一张床上，床边还躺着一个熟睡的女人。他晃了晃迷糊的脑袋，还没反应过来，便有人破门而入："扫黄！"

　　朱晓顿时清醒，暗道不好。

第 2 9 章

陷害

十天后，蒋海找到了恭嘉明。

"什么，你要动手杀朱晓？"恭嘉明听得消息后，又惊又怕。

蒋海擦拭着黑亮亮的枪，云淡风轻地回答："我和你之间的交易结束了。"

"范雨希和孔末还没死，怎么能够结束！"恭嘉明不答应。

"你到现在还没明白吗？暗光接受你们的雇用，不是为了挣取佣金，而是为了利用你们找到更多的怀疑对象罢了。"蒋海劝道，"我自然会杀范雨希和孔末。和你相识一场，奉劝你见好就收，离开南港吧。"

恭嘉明自然不敢得罪蒋海，便同意了。南港波涛暗涌，情势原本复杂万分，一旦朱晓再死，必然掀起惊涛骇浪，引发南港警方严查，届时，他刚接手的恭家大院必然受到波及。想到这儿，他决定尽快将南港的货出手，实施逃离计划。

恭嘉明给乔润打了一个电话："乔叔，准备一下，明天晚上约买家交易。"

乔润接到电话后，动身前去查货。这一批毒品是恭嘉明从京市派人偷偷运到南港的，由乔润代为保管在一个车间内。乔润为了不引人注意，将货闲置，就连自己都没来过几次。

乔润来到车间后，将大门打开，丝毫没有察觉到悄悄跟踪他而来的关闻泽。前些天，关闻泽营造离开南港的假象骗过了乔润，登上了离开南港的火车，后来又乘船偷回南港跟踪数日，终于等到乔润按捺不住了。

车间里的温度很低，里面停着一辆货车，货箱上装满了桶装方便面。乔润将方便面桶打开后，瞄了一眼包装袋里装着的粉末，打开放在鼻前嗅了嗅，确认没有受潮后，又将它装好，关上车间的大门，打了一个电话："明晚交易，带上现金来取货。"

关闻泽将消息传递给了范雨希。

吴点点为了不引人怀疑，已经离开了范雨希的住处。

"小希，你这招高明。"孔末夸奖，"故意将阿二放走，让恭嘉明紧张，逼他早日动手。恐怕恭嘉明不会放过阿二。"

"他是死是活听天由命。"范雨希心头觉得不安，"我还是觉得奇怪。我们抓到阿二，偷得遗嘱，真的足以让恭嘉明狗急跳墙吗？"

按照范雨希的计划，他们还要一步一步将恭嘉明逼得不得不逃离南港。如今，恭嘉明提前动手，出乎了她的意料。

"和朱队商量过了吗？"孔末问。

"他的电话打不通了。"范雨希忧心道，"我给他发了暗号，但他没回，已经十天了，不知道是不是出事了。"

范雨希每一次通过信息主动联络朱晓，都会先发一个事先商量好的暗号，确认手机在朱晓手中后，才会进行沟通。朱晓失去消息十天了，范雨希想方设法打探他的消息，但南港支队对此守口如瓶。

"朱晓说过，南港支队有古怪，我们最好不要亲自联系。"范雨希决定。

"那明晚谁负责抓恭嘉明？"

范雨希想到了兰尼楷："我联系兰叔，只要他肯站出来，就能阻止恭嘉明，等事后再以恭家大院的名义，把恭嘉明送到南港支队。"

几乎在同一时间，一辆车停在了南港支队门口。一支拐杖、一道佝偻的背影从车上下来，缓缓地走进了支队。

十天来，南港支队终日忙着审讯几名犯罪嫌疑人，然而，除了严平两次离开游戏屋收发邮件，以及彭云去往下一个游戏场景闯关，大家均不承认案发期间离开过游戏屋，更不承认杀了人。警方细细地勘测了游戏屋和密室不下十遍，仍旧没有搞懂凶手是如何瞒过定时锁内的芯片，离开密室并杀人的。

朱晓被困在拘留所里，每天都嚷嚷着要见赵彦辉。终于，这天，赵彦辉踏进了拘留所。

朱晓的脸上爬满了胡楂儿，十分狼狈，见了赵彦辉，龇牙咧嘴："你陷害我！"

赵彦辉确认监控探头关闭后，才不紧不慢地说："你因嫖娼被处十五天拘留，这是你罪有应得。上头对你的处罚也下来了，很快就会公布。"

"处罚？"朱晓怒道，"赵彦辉，你敢和我对质吗！"

"你知法犯法，已经不能再担任人民警察一职，南港支队经批准决定将你开除。"赵彦辉像什么也没听见一样，往外走去，"再过五天，你就可以出去了，我劝你今后安分一点，人赃并获，没有人会相信你说的话。"

朱晓气得一拳砸在墙上，鲜血顺着手臂往下滴。

"哟，朱队，怎么这么想不开？"白洋的声音传来。

朱晓死死盯着他，收起了脾气，嘿嘿笑道："怎么，一个小协警也来看我笑话吗？"

"果然是干大事的人，这么快就能笑出来。"白洋走到铁栏杆前。

"笑不出来的是赵彦辉吧？"朱晓嘲讽，"怎么样，十天了，案子还没破吧？"

白洋皱起了眉头，这些天，南港支队依旧一无所获。

"听你这么说，被拘留的这些天，你想明白了？"

"不要以为有点小聪明，就能和真正的警察相提并论。我想是想明白了，就是不知道你拿什么来和我换。"朱晓突然笑出了声，"你和赵彦辉挺熟络啊，他就算了，就连你来见我，竟然也没人跟着，监控探头也不开。"

"朱晓，你以为没你，南港支队就破不了案了吗？"白洋被激怒。

"当然可以。再说，你不是很聪明吗，那么有能耐，自个儿去找线索。"朱晓挥挥手，"滚蛋！"

白洋站着没走。

"怎么，舍不得走？"朱晓颓废地靠在墙上，"白洋，你只是一个协警，对案子这么上心，是想立个功，考上警察之后有个好起点，在南港有话语权吧？"

白洋见心思被看破，转身想走，朱晓却又将他叫住，他问："怎么，你该不会要帮我？"

"案子总归要破，由谁破都一样。而且，就算你立了一百次功，成了天王老子，我也会把你拉下来！"朱晓往地上啐了一口痰，"把手机给我，我打个电话，我就告诉你线索。"

白洋没有马上答应，朱晓又劝道："能进南港支队的都是有头脑的，要是被别人抢了先，你的如意算盘可就打空了。"

终于，白洋把手机递给了朱晓，又在朱晓的要求下，走远了。

白洋给江军打去电话，可没有人接。

朱晓急得像热锅上的蚂蚁，电话的另一头，江军却平静地喝着茶。

"沉不住气的小子，挨了打就想着找师父。"江军自言自语地起了身，任由手机响动。

朱晓逐渐冷静了下来，白洋也在此时回来了，他将手机丢还给了白洋。

"现在可以说了吗？"白洋问。

"你记得吗？泳池边上有一个印着'救生装备'字样的大匣子。"朱晓守信地提供了线索，"案发现场发现了不少救生腰带，一条是在水面上捞起来的，另外一些是在泳池附近的草丛里发现的。"

"然后呢？"

"然后？如果你还理不出线索，警察考试也别参加了，你不是这块儿料！"

夜晚，阿二扛着一袋钱，登上了船。船缓缓地离港，行驶至茫茫海上时，正熟睡的他被人拎了起来。

"恭嘉明真的要过河拆桥！"阿二瑟瑟发抖。

"有什么话，等到海里喝够了水再说吧！"

不久后，乔润接到了手下的信息。

"阿二死了。"乔润向恭嘉明汇报。

恭嘉明点了点头："明晚离港的船准备好了吗？"

"您放心吧。"

可是，恭嘉明的心跳动得厉害，始终不得宁神，煎熬地度过一天，终于等到了第二天天黑。恭嘉明带着一群手下，开着货车，来到港口。交易一完成，他们就要乘船偷渡离开。

恭嘉明等了近二十分钟，终于等来几辆车。恭嘉明死死盯着从车上下来的人："兰尼楷，范雨希，孔末？"

范雨希高声喝道："恭嘉明，今天你必须付出代价！"

恭嘉明的手下聚拢上前，与范雨希等人对峙。恭嘉明指着兰尼楷："兰叔，舅舅生前待你不薄，你竟敢背叛我！"

兰尼楷大义凛然："恭爷生前禁止我们所有人违法犯罪，而且他最恨贩毒的勾当。如今你和乔润狼狈为奸，我决不答应！"

"贩毒？兰叔，您的嘴都学会放屁了？"恭嘉明不肯承认。

兰尼楷指着货车："那是什么？"

"你过来瞅瞅不就知道了？"恭嘉明笑道。

兰尼楷在手下的保护下，朝着货车走去。孔末蠢蠢欲动，随时准备出手。范雨希往人群里扫了一眼，没发现乔润，怔了怔。

兰尼楷登上货车，撬开了车上的一个木箱子，箱子里装满了皮革。

"怎么，兰叔，我想做点皮革生意也不行？"恭嘉明暗呼过瘾，昨夜，他思来想去，决定改变计划，让乔润前去交易。

兰尼楷仔细地检查皮革，确认没有问题后，恼怒地望向范雨希："小希，这是怎么回事！"

"还能怎么回事？舅舅把恭家大院交给我，她心有不服，想嫁祸给我呗！"恭嘉明对着守在范雨希身旁的手下呵斥，"长不长眼睛，还不给我过来！"

顿时，人群全走向恭嘉明，范雨希和孔末形单影只，面对对方几十号人，压力陡增。

"岸边的船是怎么回事？"兰尼楷发问。

"我联系的客户，十分重要，我要亲自将货送去，你也一起去吧。"恭嘉明撒谎道。

兰尼楷觉得不对劲："亲自送？"

"怎么，你不听我的话？"恭嘉明怒道。

兰尼楷犹豫片刻后，低下了头："不敢。"

恭嘉明得意地望向范雨希和孔末，此时，手机振动了一下，看了信息得知交易已经完成后，对着他们挥了挥手："后会有期。"

眼看恭嘉明即将登船，孔末焦急地问："动手吗？"

范雨希想要阻拦，无奈对方人太多，如果强行阻拦，只会令二人身陷险境。她叹了一口气："恭爷，您在天之灵，真的打算就这样放过恭嘉明吗？"

"站住！"范雨希的话音刚落，就听到了一道中气十足的呵斥声，这声音是那样熟悉。

范雨希循着声音望去，在一人的搀扶下，那道拄着拐杖的身影缓缓走来。她顿时泪眼蒙眬，那是恭临城吗？她狠狠地摇头，把这一切当成了幻觉。当初，她是亲眼看见恭临城的遗体被推进火化炉的。

"恭临城！"恭嘉明吓得魂飞魄散，又望向搀着恭临城的那人，"阿二！"

终于，范雨希确定了，这不是幻觉！

港口的海风袭来，吹起了恭临城稀疏的白发。恭临城止住了脚步，沟壑纵横的脸上露出了和煦的笑意："小希，孩子，苦了你了！"

范雨希的眼泪止不住了，颤颤悠悠地走向恭临城："恭爷，这是怎么回事？您真的没死？"

恭嘉明揪过兰尼楷："你看见了吗？那是恭临城吗！"

兰尼楷不敢相信自己的眼睛，再三确认后，老泪纵横，带着一群手下飞奔向恭临城。

"是时候做个了断了。"恭临城哀叹了一声，"嘉明哪，你果真没有走上正途。"

"怎么回事！怎么回事！"恭嘉明的大脑一片空白，慌张地说着同一句话。

阿二嘿嘿一笑："恭嘉明，你还骂杨荣傻呢，真正傻的人是你！有了杨荣的前车之鉴，你竟然还敢相信我！"

恭临城看人很准，不会用错人。踏入恭家大院的那一刻，阿二就将杨荣和恭嘉明先后找上他的事向恭临城和盘托出了。这些年，阿二待在恭临城身边，不仅要向杨荣交代，还需要时不时地向恭嘉明传递假消息。所有人都觉得阿二傻，实际上他聪明至极。

恭嘉明决心回南港报复后，恭临城和阿二用一份遗嘱让他短暂地接管恭家大院，好抓住证据，送他入监狱。恭临城的这一招可谓一石二鸟，一来对付早已无药可救的恭嘉明，二来肃清已经怀了异心的掌事人。

"这些年，恭家大院成了庞然大物，大到已经不受我控制了。"恭临城无奈地摇头，"树大招风，即使我们的一举一动问心无愧，也难免遭人非议。"

经此一役，恭家大院必然元气大伤，不比从前，但恭临城并不痛心，反而心安。从今往后，恭家大院可以告诉全南港人，他们是踏踏实实做生意的人，绝无不法行为。

"你以为你买通了医院的医生和火葬场的员工，事实上，我和恭爷抢先了一步。"阿二拍着手，"你派去杀我们的人反被我们擒下，乔润的手下也弃暗投明，向乔润发了假消息报信。"

"不可能！"恭嘉明发着蒙，"我亲眼看见你被推进火化炉的！"

"那天倒是很险。你非得在火化前盯恭爷那么久，如果再多盯一会儿，恭爷就该憋不住气，露馅儿了！"阿二哈哈大笑。

恭嘉明忽地想了起来，那天，阿二不断催促火化遗体，原来是怕露馅儿。恭临城化了妆后，脸色苍白发青，像极了死人，又闭着气，如若不仔细看，根本发现不了端倪。

"本打算将你支开，恰巧希姐赶到了。你出去阻拦的时候，我和火化场的员工来了一招偷天换日，将恭爷换成了事先准备好的蜡像。"阿二冲着范雨希眨眼睛，"希姐，对不住了，要怪就怪蜡像师傅做得太栩栩如生了，你们隔那么远，当真发现不了蹊跷。"

恭嘉明、范雨希和孔末亲眼看着"恭临城"被推进火化炉，全受骗了。为了不露出马脚，即使被范雨希抓走，阿二也没敢透露半句。

"怎么，你们还打算跟着恭嘉明吗？"阿二恶狠狠地喝道。

围着恭嘉明的手下犹豫不决之际，恭嘉明说："你们背叛了恭家大院，他们一定会把你们交给警方！不如跟我一起，杀出一条血路！"

说罢，恭嘉明掏出了枪。

就在此时，赵彦辉带着被抓捕的乔润和毒品买家赶到，成批的警察将众人团团围住。

昨夜进入南港支队的老人正是恭临城。

第 3 0 章
任务

翌日，一则重磅消息传遍南港：京港两地联合侦查的新型毒品案告破，警方与歹徒激烈枪战后，抓获毒贩和毒品买家数十人。

一天之内，恭家大院宣布永久关闭一半以上的娱乐场所，继续营业的舞厅也进行自查整改，并呼吁同行遵纪守法，此举受到广泛褒扬。南港支队里一片欢腾，夸赞恭临城："姜还是老的辣。"

朱晓被开除公职后，白洋在小组组长的带领下，继续侦查破案。这天，白洋兴冲冲地找到赵彦辉："赵队，凶手是金丽珠。"

赵彦辉一愣："金丽珠？她不是最不可能作案的嫌疑人吗？你确定吗？"

"确定。"白洋说，"我是一个协警，没有资格讯问犯罪嫌疑人。您帮帮我，今儿我就能让她认罪！"

赵彦辉将信将疑地传唤了金丽珠："人是你杀的，你承认吗？"

金丽珠惊得差点儿从椅子上跌倒："警官，你们抓不到凶手，也不能抓我凑数啊！"

白洋接过话，说道："金丽珠，你年轻时，丈夫因不堪重债，抛下你跳楼自杀。先前，我们的调查着重放在其余四名男性犯罪嫌疑人身上，险些忽略了你。"

金丽珠听闻丈夫的名字，掩面而泣。她永远也忘不了丈夫纵身跃下高楼的那一刻。那一天，她跪下挽留站在高楼上的丈夫，可是，丈夫却因给不了她安定的一生而愧疚，毫无眷恋地跳了下去。她更加忘不了丈夫那具被人围观、指指点点的血肉模糊的尸体。

"你们年轻时与纪罔交好，负债后，你们找纪罔，请求他施以援手。他是你们的最后一根救命稻草，你们卑微地向他下跪。"白洋不带任何情感地诉说，"但是，纪罔因建厂需要用钱，所以拒绝了你们的请求。次日，你的丈夫便跳楼自杀了。至此，你与纪罔决裂，直至中年才重新联系。"

金丽珠擦干了眼泪："不错，我恨他，当初如果他愿意伸出援手，我的丈夫就不会死！"

"借你是情分，不借是本分。你们这种人总把别人的帮助当作理所当然。"白洋掏出笔，准备记录，"你怀恨在心，所以趁此次重聚杀了他。"

"难道因为有过节，凶手就一定是我吗！"金丽珠反驳，"游戏时，我被关在密室里半个小时，根本没有时间动手杀人！"

赵彦辉也看向白洋，等着他解释。

白洋挠着头，笑了笑："这些天，我和支队里的弟兄们绞尽脑汁地想凶手是怎么离开密室完成这一起密室杀人的。直到昨天，我突然想明白了，要是凶手压根儿没有出过密室，一切不就说得通了吗？于是，我去查了你的过往，还真就找到了你的犯罪动机。"

"荒唐！"赵彦辉拍桌而起，"你们破案是靠猜的吗？要猜也靠点儿谱儿，凶手没出密室怎么杀人！"

白洋打了一个激灵："赵队，您别急，听我慢慢说。死者压根儿不是被推入泳池的，而是主动下水的，他为了让大家体验到游戏乐趣，争取投资，即使不会游泳，犹豫许久后，仍然决定下水。泳池旁不是有一个写着'救生装备'的匣子吗，我让人化验了匣子，在里面发现了救生腰带的气囊和同类绑带的纤维材料。也就是说，救生腰带原本是要放在匣子里的。"

"所以呢？"赵彦辉瞥了一眼金丽珠，发觉她变得紧张，于是继续问。

"但是，咱们在水面上发现了被扯断的一条救生腰带，剩余的都是在隐蔽的草丛里找到的。"白洋推论道，"所以，我怀疑凶手在游戏开始前，将大部分救生腰带藏到了草丛里，只留下一条。几名犯罪嫌疑人都说，游戏开始前，众人曾分开在游戏屋外走动过，凶手有这个作案预备时间。"

这时，白洋从怀里掏出一份皱巴巴的文件："所以，我又让人重新鉴定了那条被扯断的救生腰带，这是那条救生腰带与其他正常气胀式腰带的对比结果，您看看。"

赵彦辉接过文件，翻阅起来。

痕检队经过仔细检查，用技术手段在绑带断裂处发现了两排肉眼不可见的针孔，而其他正常的气胀式腰带的绑带上并没有相同的针孔。

"害死纪罔的那条气胀式腰带是凶手事先准备好，藏在随身携带的包里，然后放置到泳池旁的匣子里的。匣子里的其他救生腰带都被凶手藏到了草丛里。这样一来，纪罔到泳池旁时，就只有一条救生腰带可以选择。"白洋推测。

"放屁！"金丽珠爆了粗口，"先不说人是不是我杀的，你说说凶手是怎么确定纪罔会到泳池旁，又需要使用救生腰带的？"

"案发前一晚，众人喝醉了，总剧本不翼而飞，一定是你偷的。你通过总剧本知晓了这场游戏的每一个细节，于是策划了这么一起谋杀案。如果我记得不错，第一个进抽签处抽签的是你吧？"白洋说，"你要营造一起密室杀人案，就必须抽到'平民'的身份，也必须让纪罔抽到'土匪'的身份，因此，你必须第一个进去抽签，说服纪罔让你作弊看剧本，选择'平民'剧本，并说服纪罔选择'土匪'剧本，以免被其他人选择。"

"纪罔凭什么听我的？"金丽珠仍旧否认。

"纪罔想要你们投资，又因你丈夫跳楼一事对你有愧，你很容易就能说服他让你看剧本内容后再选择。纪罔不仅是玩家，也是这场游戏的主持人，看过剧本内容后，他最想拿到的一定是'土匪'的剧本，因为'土匪'需要一开始便公开身份，还得下水，与其他角色相比，费劲不少，为了让你们有更好的娱乐体验，他会把'土匪'的剧本留给自己。加上你的怂恿，他会同意。"白洋说。

"你的意思是凶手放进匣子的救生腰带是事先扯断并缝上的？"赵彦辉打断二人的对质。

白洋点头："救生腰带是金丽珠事先准备的，她大可以使用工具将绑带截断，伪造出扯断的痕迹，以此来干扰我们。我们一开始的侦查思路就错了，不应该因金丽珠不具备扯断绑带的力气，就将她排除。"

"说不通。"赵彦辉反驳，"倘若凶手用针线将绑带缝至纪罔都没有发现是坏的模样，那一定缝合得很整齐很牢固。纪罔落水后，水压不足以让线断开。"

"一开始我也思考了很久。"白洋继续分析，"倘若凶手缝得不牢固，纪罔不仅能一眼看出绑带是坏的，而且可能在穿戴时，稍一用力就将绑带扯断。"

"尸体被发现后，直至我们的人赶到现场，没有人动过那条救生腰带。即使上面提到的问题都不存在，那绑带上断开的残留线头去了哪儿？不至于都被水冲走了吧？"赵彦辉继续提出疑点。

"是啊，要是有一种线既能够把绑带缝得牢固，又能遇水断裂，事后还会不见踪影就好了。所以，我就想啊想，想啊想。"白洋对着满头大汗的金丽珠打了一个响指，"终于，我找到了一种线：水溶线！"

白洋又掏出了一份关于水溶线的资料。水溶线，又被称为PVA线，主要成分为聚乙烯醇。经过优良加工的水溶线遇水即溶，常用于刺绣时绣花的衬托和产品在水中分离，以缩短人工拆线的工时，并且绣缝不留线迹，一般水温超过二十度，它就会像盐一样溶化。

"不从事相关职业的人一般不知道水溶线。"白洋看向赵彦辉，"赵队，金丽珠曾经是裁缝出身，令她发家致富的产业也与之有关。"

金丽珠终于按捺不住了："即使凶手的作案手法被你们猜中了，又凭什么认为是我，就因为我是裁缝吗！"

"当然不是。"白洋翻了一个白眼，"今儿，我去你家搜了一番，发现你的家里有一间缝纫室。想不到，混到今天这个地步，你还不忘本，平时没事的时候，没少在里面缝缝补补吧？"

如此缜密的"密室杀人案"少不了作案前的试验。白洋将缝纫室翻了个底朝天，终于找到了水溶线和几块与救生腰带的绑带材料相同的布匹，取回化验后，又一次在上面发现了肉眼不可见的针孔。

"从偷得总剧本到策划密室杀人案，再到实施作案，你只有一个晚上和一个上午的时间。你太匆忙了，只记得试验水溶线能否满足你的需求，却忘记了将试验品丢弃。"白洋伸了个懒腰，"或者说，你太过于自信，觉得我们查不到你的头上？"

金丽珠的肩膀颤抖："我的家里有这些东西奇怪吗？你都说了，我是裁缝出身。"

"您可真犟！"白洋无奈，"你只有一个晚上和一个上午的时间预备犯罪，深夜，所有店铺都关了门，那救生腰带一定是在案发当天上午买的。大多数店铺只卖救生衣和救生圈，卖救生腰带的可不多。今儿我让人走访了一下，找到了目击证人，又调取了相关的监控录像，发现了一个可疑的男子。"

"是谁？"赵彦辉问。

"恭嘉明的一个手下。"白洋回答。

"金丽珠，没想到你和恭嘉明之间还有勾结呢。怎么，他贩毒的事，你也有份儿？"赵彦辉拍桌问道。

金丽珠只觉得头皮发麻，万万没有想到南港支队在暗地里已经查到了这一步。半个月前，不方便亲自动手的恭嘉明找到了她，诱惑她杀了纪罔，并承诺让她入股贩毒，牟取暴利。她对纪罔怀恨在心，又利欲熏心，便答应了下来。

"我不承认。"金丽珠认定恭嘉明哪怕是为了自保，也不会将她供出来。

"金丽珠，你以犯罪嫌疑人的身份被我们控制了半个月，恐怕还不知道吧。前些天，恭嘉明落网了，他自身难保了。"白洋将事先准备好的报纸丢给了金丽珠。

金丽珠的额头青筋暴起，扫了一眼报纸后，终于瘫在了椅子上，俯首认罪。

离开审讯室后，赵彦辉拍着白洋的肩膀，意味深长地说："干得不错，等你成为警察后，南港支队考虑破格提拔。"

十五天拘留期满，朱晓终于重见天日。

吴点点第一时间约朱晓在自己的出租屋里见面，见他浑身脏兮兮的，打趣道："朱队，听说您嫖娼被拘留，怎么，在拘留所里受虐待了？"

"老子这辈子都没受过这种窝囊气！"朱晓将外套脱下丢在了一旁，"前阵子怀疑你，向你说句对不住。"

"您什么时候学会说对不起了？"

朱晓哀叹道："周旱在的时候劝过我，用人不疑，我没听。"

吴点点的眼底闪过一抹哀伤。

朱晓收敛了情绪："借你的浴室用用，好久没有痛痛快快地洗澡了。"

吴点点径直站着，直到浴室里传来水声，才急忙去翻朱晓的外套。她找到了一个手机，又用自己的手机打给范雨希："朱队出事了，他让我告诉你，让那人给他打电话，但我不知道那人是谁。"

电话那头，范雨希沉默了一会儿："我知道了。"

"朱队为什么不直接联系我，要让'鬼手'通过你让我联系他？"孔末疑惑道。

"别打了。"范雨希也起了疑心。

"如果真有我们暂时没想通的理由呢？他被陷害，关了半个月，事有蹊跷。"孔末还是决定打这个电话，"万一有急事呢？"

范雨希叮嘱："先等朱晓开口，否则不要轻易说话。"

孔末点点头，拨了过去。电话通了，听筒里传来朱晓的声音："近期不太平，保护好自己。"

孔末确认过后，才答复："知道了。"

电话很快被挂断了，范雨希和孔末没有察觉出端倪，但吴点点攥着朱晓的手机早已经乐开了花。朱晓说的那段话是从前对她说的，当时她给录了下来，今天果真派上了用场。

吴点点打了一个电话："上来吧，我拿到孔末是线人的证据了。"

"你是猎手！"浴室的门忽地被踹开，朱晓赤裸着上身，杀气腾腾地走了出来。

吴点点警惕地往后退了两步："没想到吧，我略施小计，就骗过了你们。"

朱晓觉得晴天霹雳："为什么！我刚要选择信任你！"

"为什么？"吴点点面露癫狂，"你们警察满口仁义道德，却像极了我的母亲和弟弟，只想利用我，榨干我！但'天叔'不一样，他待我那样好，我坐牢期间，他让人给我的老母亲汇款，我出狱后，他愿意给我介绍工作，给我生计！"

"'天叔'是谁？是暗光的幕后者吗？"朱晓追问，"难道你看不出来，他也是在利用你吗！"

"就算要被利用，我也只想被对我好的人利用，而不是你们这些想要榨干我的吸血鬼！"吴点点咬牙切齿，坦承道，"不错，我就是猎手榜排行第八的猎手。你不是问过我，你去京市前的两个月，我到南港来干什么吗？你就没有发现，那时，有什么重要的东西接二连三地丢了吗？"

朱晓大愣："南港达的印章和合同是你偷的！为什么！"

"'天叔'想引杨荣雇用猎手，好使得你们派出更多线人，然后一网打尽！"吴点点掏出了一支枪，"奈何孔末隐藏得太好，没留下太多证据。今天，我终于确定他的身份了，这是周旱死后，我立下的又一大功劳。"

朱晓的面色阴沉："周旱是你杀的？"

"要这么说也可以。"吴点点勾起了嘴角，"是他活该。当天，我去与'毒姐'见面，他应该是通过监控录像发现了我，觉得好奇，便主动离开了安全屋。"

朱晓歇斯底里地咆哮："你知道周旱多么相信你吗！否则，他也不会不通知我，自己前去确认！"

"所以，他太傻。"吴点点的枪口对准了朱晓，"你们都傻，人心岂是那么容易看透的？范雨希以自曝身份为代价来试探我，却不知道，即使我们知道她是线人，也不能杀她。我的目标是孔末。"

"什么意思！"朱晓攥拳，准备迎击。

"去了黄泉路上，就都清楚了，感谢你这么看得起我，纳我为线人，但我更愿意当猎手！"吴点点即将开枪之际，朱晓拖过一把椅子朝她砸去。

吴点点不擅长打斗，枪掉落在地。朱晓正要去捡，早已等候多时的蒋海夺门而入。朱晓嗅到了死亡的气息，毫不犹豫地撞破玻璃，从三层楼破窗而下。

幽夜漫漫，朱晓光着膀子，身上满是被玻璃碴子划破的伤口，几乎要被寒风冻晕。他一瘸一拐地跑到郊外，找到了一间废弃的草屋躲了进去。他不敢报警，一想到赵彦辉的嘴脸，竟觉得孤立无援。

朱晓迷迷糊糊地不知在草屋里躲了多久，直至脚步声传来，才随手拾起一块石头，朝着推开门的那人砸去，哪知来人径直将他手里的石头夺过，将他踹倒在地，用他熟悉的声线笑道："你小子该练练了，这么不堪一击。"

来人竟然是江军，身旁跟着赵彦辉。

朱晓的眼眶一红，刚想告状，江军便阻止了他："时间不多，仔细听我交代的新任务。京市查到卧底方涵的恋人王雅卓去了东南亚。范雨希和孔末的身份已经暴露，留在南港不再安全，我要你带着他们，去往东南亚寻找线索。"

赵彦辉给他丢了一本护照和一些现金："该准备的，我都替你准备好了。此次你被拘留十五天，又被开除公职，应该能瞒过暗光。但是，暗光不蠢，过不了多久就会明白过来，然后派人到东南亚阻止你们。在此之前，你们要找到王雅卓。别忘记，暗光也正在寻找王雅卓。"

朱晓指着赵彦辉，气不打一处来："你丫的就不能早点和我说吗！"

赵彦辉摆手笑道："这是江队的意思。"

"你小子，希望经过这一次教训，能磨磨你的煞气。赵队一把年纪了，还要干年轻时的事，假装坏人，接近敌人，最后还不是给你立功？不要辜负了他的良苦用心。"江军承认了，取出一个袋子递给朱晓，"加把劲，找到方涵！"

"方涵是我的偶像，我当然会用尽全力！"朱晓一拍脑门儿，"不对啊，这老家伙不是在'毒姐'身份曝光前就和那女的纠缠不清了吗？还有白洋，那家伙是你安排进支队的吧？"

"我有苦衷。现在来不及向你解释，你不相信我，也该相信江队吧？"赵彦辉将朱晓从地上拉了起来，"我以你的名义约范雨希和孔末来这儿找你了，过一会儿，他们应该就会到，你们收拾收拾就走吧。"

"走？"朱晓还没消气，"你不知道我被追杀吗，哪那么容易。"

"我们不会帮忙，否则就露馅儿了。"赵彦辉说，"这点困难难不倒你和你那些神通广大的线人吧？"

"手机借我。"朱晓想了想，用赵彦辉的手机打了一个电话。

电话那头传来了一道调侃的声音："老朱，您还没忘记有'轮胎'这个线人呢？"

朱晓与"轮胎"结束通话后，又问："老大，'双喜'能给我吗？照您的说法，他很厉害。"

"不能。"

朱晓失落道："给我件衣服总行吧？"

"不行。"江军拦住正要脱衣服的赵彦辉，"会引人怀疑，这小子抗冻，冻不死。"

"妈的。"

次日深夜，吴点点和蒋海进了井娅的酒馆。

"没找到人吗？"井娅凝重地问。

蒋海冷哼："昨夜，我们追杀到郊外，想不到朱晓联系了范雨希和孔末帮忙。"

"你们有枪，连三个人都对付不了？"

"不是。"吴点点说，"关键时刻，有一辆出租车赶到，救走了他们三人。"

"出租车？"井娅翻出了地图，"这地方沟壑纵横，怎么开车？"

"是一辆改装过的出租车。那家伙很可能是朱晓的其他线人，擅长改装车和极限驾驶。"蒋海推断道，"我就不信，他们能逃得出我的手掌心！"

吴点点沉思许久，问道："朱晓是真的被开除了吗？"

"如果是假的，你们对他行凶，这会儿早该被逮捕了。"井娅说，"我会派人继续追杀他们。下一步，我会从赵彦辉那儿得到完整的线人名单！"

"说到名单，我有个疑问，"蒋海问，"我看过猎手名单，猎手榜第三的名字是空白，他是谁？还有，为什么在猎手榜榜首前还有'零'这个序号，第零位猎手是何方神圣？"

吴点点见井娅的表情凝固，劝说："不该问的就不要问了。"

蒋海若无其事地耸肩："那总该告诉我，咱们这一派的老大，'天叔'是谁吧？"

此时，一道涣散的脚步声传来。

井娅和吴点点见了来人，都十分恭敬地欠身，蒋海看愣了，旋即拍手叫道："你是'天叔'？有意思，太有意思了！"

"蒋海，你是猎手榜上第六个知晓我身份的人。如果你背叛了我，你会死无葬身之地。""天叔"坐下后，哑着嗓子说。

饶是天不怕地不怕的蒋海，竟也被吓得一哆嗦。他转而抓住了"天叔"话语中的漏洞："第六个"。除了关闻泽、井娅和吴点点以外，他应该是第四个知道来人身份的人才对。他不相信这是口误，继而猜测起另外两个知晓来人身份的人，不知为什么，他立刻想到了猎手榜第三的匿名猎手和第零位的那个名字。

"关闻泽怎么办，他已经不见踪影了，会不会背叛我们？"井娅担忧道。

"天叔"面无表情地说："随他去吧，他有很重要的东西在我手上，总会回来的。"

"范雨希不杀的话，孔末呢？"

"天叔"举起了手中的拐杖，抽出安在拐杖顶部的龙头，里面露出了一柄"十"字形的利刃："杀。"

就在此时，一道老式的手机铃声打破了酒馆的寂静，手机屏幕上显示着一串陌生的号码。

"如果我猜得不错，是朱晓。""天叔"淡然地笑着，接起了电话，"喂？我是恭临城，哪位？"

【第二部完】

MEMORY
HOUSE